YASMIN DREYER

ARCADIA

Die Zukunft der Welt

YASMIN DREYER

ARCADIA

Die Zukunft der Welt

cbj

FSC
www.fsc.org
MIX
Papier | Fördert gute Waldnutzung
FSC® C014496

Penguin Random House Verlagsgruppe FSC® N001967

1. Auflage 2024

Umschlagkonzeption: semper smile, München
unter Verwendung eines Fotos von © Shutterstock
(Diego Monteiro Sousa; aekky; damerau; geen graphy)
MP · Herstellung: BO
Satz und Reproduktion: KCFG – Medienagentur, Neuss
Druck: GGP Media GmbH, Pößneck
ISBN 978-3-570-16713-7
Printed in Germany

www.cbj-verlag.de

Für meinen Ehemann Sebastian.
Vielen Dank für deine Liebe und Unterstützung

1

BEN

Freitag, 23. Dezember 2050

Ein schrilles Alarmsignal ertönte. Rund zweihundert Schüler waren in der Kabine des Flugshuttles untergebracht worden – zwanzig Reihen mit je zehn Jugendlichen. Leises Weinen war zu hören.

Ben saß an einem der winzigen Fenster, das allerdings keinen Blick nach außen ermöglichte. Man sah darin nur die Spiegelung des Innenraumes, sodass er nun beobachten konnte, wie einer der Militärroboter auf ihn zukam, sich direkt neben dem Fenster aufstellte und reglos stehen blieb.

Wohin sollten sie schon flüchten? Durch die Sicherheitsbügel, die die Schüler an Schultern und Bauch fest in die Sitze pressten, gab es keinerlei Spielraum. Entkommen war unmöglich. Mit einem lauten Zischen wurden nun auch die Türen hermetisch abgeriegelt. Carey, die KI der

Arcadia, erschien auf dem Bildschirm. Wie betäubt starrten alle die dunkelhaarige Frau auf dem Screen an, deren Mundpartie kurz zuckte. Anschließend breitete sich ein Lächeln auf ihrem Gesicht aus. »Wunderbar. Alles ist ready for take off.«

Ben starrte auf ihre strahlend weißen Zähne, die dabei freigelegt wurden. Vermutlich hatten Careys Algorithmen berechnet, dass ihr Lächeln den Jugendlichen Zuversicht schenken würde. Ben spürte keine. Ganz im Gegenteil. Wenn er eines an der Arcadia gelernt hatte, dann das: Je harmonischer etwas dargestellt wurde, umso kaputter und besorgniserregender waren die wahren Hintergründe.

Carey begann runterzuzählen. »10 ... 9 ... 8 ...« Durch den ansteigenden Lärm der Triebwerke war sie kaum noch zu verstehen. Nur noch entfernt hörte er Careys Stimme: »3 ... 2 ... 1 ... lift-off.«

Der Druck des Sicherheitsbügels verstärkte sich und quetschte Bens Brustkorb zusammen, als wollte er ihm auch noch die restlichen Luftreserven aus der Lunge pressen. Es war ein ganz anderes Gefühl als beim Start im Shuttle. Statt einer sanften, steilen Steigung ging es rapide nach oben. Abrupt endete der Schub und ließ Bens Kopf nach vorn rucken, dann setzte er schlagartig wieder ein.

Alles vibrierte und wackelte. Von der Außenwand kamen knackende Geräusche, als würde das Konstrukt jeden Moment auseinanderbrechen. Kurz zuckte Ben der Gedanke durch den Kopf, wie ironisch es wäre, wenn ausgerechnet sie, die die letzten Überlebenden der Apokalypse sein sollten, noch vor dem eigentlichen Ereignis abtreten würden.

Aus dem Augenwinkel bemerkte Ben, wie die Schwärze vor seinem Fenster vom Tageslicht abgelöst wurde, aber er blickte stur geradeaus auf den inzwischen leeren Bildschirm. Er musste all seine Willenskraft aufbringen, um sich von der Übelkeit nicht überwältigen zu lassen. Sein Innerstes schien an die Erde getackert, während seine Hülle in die Höhe gezwungen wurde, wie ein Gummiband, das immer dünner und poröser wurde, je weiter man es auseinanderzog, und das drohte, jeden Moment zu zerreißen. Krampfhaft klammerte er die Finger um die Armlehnen. Seine Zähne schlugen aufeinander, egal, wie fest er sie zusammenbiss. Immer schneller ging es Richtung Himmel, und der Schub wirkte wie ein Beschleuniger für den Brechreiz, gegen den Ben verzweifelt anschluckte. Endlich wurde die Kraft gedrosselt. Sie glitten in die Horizontale und vollzogen dann eine scharfe Kurve.

Nachdem sich sein Magen etwas beruhigt hatte und sein durchgerütteltes Hirn wieder klare Gedanken fassen konnte, wagte Ben einen Blick aus dem Fenster. Er sah die Insel, von der sie sich entfernten. Die Anlage aus Sonnenkollektoren, die schneebedeckten Sport- und Hoverboard-Plätze, die Arena, die Spielhalle, der Park, die Auslaufgehege für die Tiere – das alles blieb zurück. Nur dort, wo die Plattform mit den drei Academy-Häusern samt Wohneinheiten und Ställen gelegen hatte, gähnte ein großes

Loch, das mit jedem Meter, den sie sich entfernten, hinter einer dichter werdenden Wand aus Wolken verschwand.

Ben wandte den Blick nicht ab, als wäre dieser Ort da unten, diese verschneite Landschaft, welche vereinzelt von grauem Felsgestein durchbrochen wurde, sein letzter Anker. Das Leben auf der Insel war wegen des Wetters rauer gewesen als in London, gleichzeitig aber auch so viel ruhiger und idyllischer. Er erinnerte sich an die satten Grüntöne der Weiden, die sie im Spätsommer noch hatten erleben dürfen, an die bunte Färbung des Laubes, den die von der Arcadia kultivierten Bäume im Herbst getragen hatten. Erst jetzt wusste er wirklich zu schätzen, in welchem Paradies er gelebt hatte, während der Weg, den sie nun antraten, in nichts weiter als in die Hölle führen konnte.

In ihm machte sich plötzlich das Gefühl breit, unwiederbringlich etwas verloren zu haben. Auch das Letzte, was ihm vertraut gewesen war, wurde ihm jetzt weggenommen. Er fühlte sich machtlos, weil er keinerlei Kontrolle mehr über die Situation hatte und alle Verbindungen abrissen.

Wie mochte es Emily bloß gerade gehen? Während die Insel gänzlich unter den Wolken verschwand, dachte Ben daran zurück, was in der letzten Stunde, seit der verhängnisvollen Ankündigung von Professor Chase, alles passiert war ...

2
BEN

Zwei Stunden zuvor

»Die Atmosphäre der Erde wird sich verändern und es wird mehrere Jahrzehnte dauern, bis der Planet wieder bewohnbar sein wird, deswegen brauchen wir junge Menschen wie Sie. Während der Rest der Menschheit, so bedauerlich es auch ist, den Folgen des Klimawandels in Kürze zum Opfer fallen wird, werden Sie an einem geschützten Ort überleben. Sie sind unsere Zukunft. Sie sind diejenigen, die den Fortbestand der Menschen sichern werden.«

Ein entsetztes Raunen ging durch die Halle, und Ben weigerte sich, die Worte des Schulleiters als Wahrheit anzunehmen, als müsste er sie nur lange genug ignorieren, damit sie nicht Realität wurden. Gleichzeitig fügten sich in seinem Kopf Puzzleteile zusammen, mit denen er vorher nichts hatte anfangen können. Das Durchnehmen des

Unterrichtsstoffs der oberen Jahrgänge. Die harte Linie, die die Academy im Vergleich zu den Vorjahren eingeschlagen hatte, aber auch der Inhalt der Lagerräume, den er selbst erblickt hatte, als er sein Paket mit den Spionage-Utensilien abgeholt hatte. Hatte er sich nicht damals schon gewundert über die ganzen Baumaterialien? Die wachsenden Berge an eingelagertem Essen und die Regale mit Saatgut? Und hatte Mr Tols nicht von zahllosen Überstunden berichtet, von Gemälden, Kunstobjekten und unbezahlbaren Büchern, die tagtäglich in der Arcadia eintrafen? Die Excellence Initiative war gut vernetzt und hatte wohl dafür gesorgt, dass all diese historischen Gegenstände in die Academy gebracht wurden, wo das Gedächtnis der Menschheit gemeinsam mit den Schülern überdauern sollte.

Er presste die Lippen aufeinander. All die Zeit über waren die Zeichen direkt vor seiner Nase gewesen – und er hatte sie trotzdem nicht deuten können.

Arcadia kommt von »Arca«, dem lateinischen Wort für Arche …

Das war es, was die Arcadia schon immer gewesen war. Keine Forschungseinrichtung, die sich gegen die *Big Three*, die drei mächtigsten Tech-Konzerne der Welt, auflehnte und sich für den Klimaschutz einsetzte, um das Ruder noch einmal herumzureißen. Sie war eine verkappte Arche, die schon immer zum Ziel gehabt hatte, alles hinter sich zu lassen, sobald die Zeit gekommen war. Ohne Rücksicht auf Verluste.

Professor Chase fuhr fort: »Wir werden Sie vor der Gier, Panik und dem Hass der Außenwelt schützen. Alle Maßnahmen, die Sie zunächst vielleicht als beängstigend oder einengend empfinden werden, dienen allein Ihrer Sicherheit ...«

Sicherheit. Ein weiteres Gespräch kam Ben in den Sinn, das er während der vergangenen Halloween-Party versehentlich zwischen Sicherheitsdirektorin Dr. Miller und Professor Chase belauscht hatte. Es war darum gegangen, dass die Arcadia mehr Schutz benötigte, und es war irgendwas über einen *Godkey* gesagt worden. Aber auch wenn Ben das Gefühl hatte, an dem Tag etwas Entscheidendes erfahren zu haben, so ergab zumindest dieser Teil noch immer keinen rechten Sinn. Besorgt sah er zu Emily, doch sie wirkte seltsam entrückt. Als er sie ansprach, reagierte sie nicht mal.

Ein tiefes Brummen erklang, und der riesige Roboter, das Wahrzeichen ihres Hauses, senkte sich in die Erde hinab, während zeitgleich die Metallrauten der Außenanlage herabsanken und so Türen und Fensterfront verschlossen. Ein Mädchen versuchte zu flüchten, doch sie wurde von einem Militärroboter, einem Mech, zurückgehalten und zu Boden geworfen. Als wäre das der entscheidende Impuls, drängten nun alle Schüler Richtung Ausgang. Ben und Emily wurden von der Menge mitgerissen, obwohl es längst zu spät war. Sie waren gefangen und der Ring aus Robotern schloss sich fester um sie.

Ben blieb dicht bei Emily, auch wenn sie immer noch so

wirkte, als würde nichts zu ihr durchdringen, während die Stimme des Schulleiters weiterhin unbarmherzig durch den Saal schallte: »Ich fürchte, dass wir unser Versprechen bezüglich eines Wiedersehens mit Ihren Familien eventuell nicht werden einhalten können. Das Einzige, was im Moment zählt, ist es, Sie auf Ihre Mission vorzubereiten.«

Erst diese Worte riefen eine Reaktion bei Emily hervor, als würde sie begreifen, dass dies kein Albtraum war, sondern Wirklichkeit. Tränen standen in ihren Augen, sie öffnete den Mund und atmete hektisch, als wäre sie kurz vor einer Panikattacke. Sie ergriff Bens Hand. Er verschränkte seine Finger mit ihren, in der Hoffnung, ihr dadurch zumindest ein bisschen Halt geben zu können.

»Stellen Sie sich jetzt bitte in einer Reihe auf. Wir werden Ihre Tracker vollständig entfernen. Auch wenn wir sie schon damals deaktiviert haben, als Sie seinerzeit auf die Arcadia kamen, müssen wir auf Nummer sicher gehen. Niemand, absolut niemand, darf erfahren, wo Sie sind.«

Ben ignorierte alles, was um ihn herum geschah. *Emily.* Sie war das Einzige, was in diesem Moment zählte. Mit dem Tod ihrer besten Freundin Suri und der Offenbarung, dass sie selbst nur zu Teilen menschlich war und ihre Existenz bloß dank technologischer Komponenten möglich geworden war, hatte sie genug durchgemacht. Aber für ihn war sie keine Synth, denn diese weinten nicht, wenn die beste Freundin starb, sie hatten keine Angst und gerieten nie in Panik, aber Emily fühlte wie ein Mensch, reagierte wie ein Mensch … Er hatte dieses drängende Gefühl, für sie da sein zu wollen. Kurzerhand schlang er seine Arme um sie und drückte sie fest an sich. Er spürte das Beben ihres ganzen Körpers, während sie ihr Gesicht an seiner Schulter barg. Er gab ihr einen Kuss auf den Haaransatz. »Wir werden das schon irgendwie hinkriegen. Ich verspreche es dir. Wir finden einen Ausweg.«

Er wusste selbst, dass es nichts als eine hohle Phrase war. *Worin, verdammt, soll dieser Ausweg bestehen?* Sie würden die globalen Prozesse, die schon im Gange waren, nicht mehr aufhalten können. Spätestens die Pandemien, die durch die Bakterien im geschmolzenen Permafrost ausgelöst worden waren, hätten alle wachrütteln müssen, aber es litten ja immer jene zuerst, die weder Geld noch Einfluss hatten. Ganze Länder waren verschwunden, aber statt sich auf diese Krise zu konzentrieren, wurden die Grenzen dichtgemacht. Und jetzt war es zu spät. Das Einzige, was ihnen nun blieb, war, wenigstens ihre Familien vor der Katastrophe zu retten. Ben strich Emily über den Rücken und hielt sie. Dann bedeckte er mit einer Hand ihr Ohr, welches nicht an seiner Brust lag, damit sie nichts mehr von ihrer Umgebung mitbekam. Anschließend schloss er selbst die Augen. Er spürte die anderen Mitschüler, die in Bewegung waren, ihn anrempelten oder in seine Hacken traten, aber er ignorierte alles, blieb still stehen und versuchte, seinen Atem flach zu halten, damit Emily nichts anderes als seinen steten Herzschlag hörte. Er hatte das Gefühl, dass sie sich langsam beruhigte. Zumindest zitterte sie nicht mehr.

»Begeben Sie sich umgehend in die Reihe zur Tracker-Entfernung.« Als Ben die Augen öffnete, hatte sich einer der Mechs vor ihnen aufgebaut. Die anderen Schüler standen bereits in Schlangen, die sich langsam nach vorne schoben. Ben hielt Emily weiter umschlungen und machte keine Anstalten, irgendetwas daran zu ändern.

Der rote Schlitz, der auf Augenhöhe des Militärroboters lag, flackerte bedrohlich, als würde sein Prozessor Bens Verweigerung verarbeiten und den nächsten Schritt einleiten. »Begeben Sie sich in die Reihe zur Tracker-Entfernung und halten Sie Abstand voneinander. Dies ist die zweite Warnung.«

Es war Emily, die von Ben abrückte. Ihre Augen waren glasig. »Ist gut, wir gehen schon«, sagte sie an den Mech gewandt, nahm Bens Hand und zog ihn hinter sich her, bis sie das Ende einer der Reihen erreicht hatten. Erst dann ließ sie ihn los.

»Wir müssen uns das doch nicht gefallen lassen. Was sollen die denn schon machen? Nach dem, was Professor Chase gesagt hat, brauchen sie uns«, flüsterte Ben.

»Ich glaube, sie brauchen uns nicht so sehr, wie du dir das vorstellst.« Emily fuhr sich mit dem Ärmel übers Gesicht. »Wenn die Zivilisation wirklich untergeht und sie die Einzigen sind, die uns retten können, dann können sie auf zehn Milliarden Menschen zurückgreifen, die alle gehorchen würden, nur um zu überleben.«

»Aber sie wollen *uns*. Nur *wir* wurden für ihre Zwecke geschult. Was auch immer das für welche sein mögen.«

Emily senkte den Blick. »Und es gibt genügend andere Absolventen der Arcadia, die sofort nachrücken würden, wenn wir nicht tun, was sie wollen.« Sie blickte wieder zu ihm auf. Die Verzweiflung, die in ihren Augen stand, ließ seinen Mut sinken. Er hatte nie geglaubt, dass man Schmerzen im Herzen körperlich spüren konnte, dass das nicht nur eine dämliche Metapher war. Aber seit er Emily kannte, wusste er, dass es das tatsächlich gab. Er machte einen Schritt auf sie zu, um sie wieder in den Arm zu nehmen, doch sie wich vor ihm zurück, hielt die Hände abwehrend vor sich und sagte: »Lass uns erst mal mitspielen. Nur so lang, bis wir einen besseren Überblick haben und wissen, was wir tun können. Wenn wir etwas unternehmen wollen, dann kriegen wir die Antworten allein hier. Und das auch nur, wenn wir ganz vorsichtig sind.«

»Du hast was vor. Ich bin dabei. Egal, was es ist, du kannst auf mich zählen.«

»Ich weiß, das hast du schon so oft gezeigt.« Ein Lächeln erhellte ihre Züge, verschwand aber genauso schnell wieder, wie es gekommen war. »Aber genau darum bist du auch negativ aufgefallen. Deswegen müssen wir vorsichtig sein, damit du überhaupt hierbleiben kannst. Dich jetzt auch noch zu verlieren …« Ben sah, wie sie trocken schluckte. »Ich glaub, das würde ich nicht verkraften.«

Sie hatte recht. In den letzten Monaten hatte sich Ben auf die Abschussliste der Arcadia manövriert, dabei war seine Impulsivität immer wieder Thema gewesen. Nur weil er mit Emily befreundet und diese dem Schulleiter aus irgendeinem Grund wichtig war, hatte Professor Chase mehr als einmal ein Auge zugedrückt. Zudem hatte es ihm genutzt, dass die Eltern von Kayne Vermont Junior – dessen Rolle er hier an der Schule als sein Doppelgänger übernommen hatte – große Summen an die Academy gespendet hatten. Aber damit war es nun vorbei. *Wer braucht noch Geld, wenn alles vor die Hunde geht?* Alles, was die Arcadia benötigte, hätte sie spätestens jetzt beschafft, entwickelt und gebaut haben müssen.

»Du bist der Einzige, dem ich blind vertraue. Deswegen hilfst du mir gerade am meisten, wenn du erst mal die Füße stillhältst. Okay?«

»Du da!« Eine Sicherheitsfrau in dunkelblauer Uniform und mit streng gebundenem Zopf kam im Stechschritt auf sie zu, dicht gefolgt von einem mechanischen Jagdhund. »Mädchen! Mitkommen!«

Ben streckte den Rücken durch und ballte die Hände zu Fäusten, als sich Emilys Finger sanft darauflegten. Sie schüttelte den Kopf. Ben knirschte mit den Zähnen, nickte dann aber widerwillig, um zu bestätigen, dass er verstanden hatte.

»Bist du taub? Du sollst herkommen!« Die Frau stand jetzt direkt vor ihnen. Neben ihr knurrte der Hund und fletschte seine dreieckigen Metallzähne. Ben lief ein Schauer über den Rücken. Das Gebiss sah aus wie eine Bärenfalle, die in einen viel zu schmalen Kiefer gequetscht worden war.

Emily trat der Frau entgegen, die sie sofort am Oberarm

packte und wie eine Verbrecherin hinter sich herzog, obwohl sie keinerlei Widerstand leistete. Ben spürte, wie ihm das Blut heiß ins Gesicht stieg. Seine Schlagader pochte wild. Doch noch bevor er etwas tun konnte, drehte sich Emily zu ihm um. Ihr Blick war klar und fest, als wollte sie ihn an ihre getroffene Abmachung erinnern und sicherstellen, dass er sich daran hielt. Sie kannte ihn so gut. Sofort ließ er die Schultern hängen, lockerte die Hände und versuchte, die Hitze in den Griff zu bekommen, indem er gepresst durch die Nase atmete. Währenddessen führte die Frau Emily schnellen Schrittes nach vorne und verschwand mit ihr in einem Gang.

Ben wusste nicht, wohin mit sich und seinen Gefühlen, die hauptsächlich von der Angst um Emily geprägt waren. Dann rief er sich immer wieder ins Gedächtnis, wie wichtig sie dem Schulleiter war und dass ihr schon allein deshalb nichts geschehen würde.

Als Nächstes war da die Sorge um seinen Dad. Alles, was er getan und auf sich genommen hatte, war umsonst gewesen. Ben hatte ihn retten wollen und nun ließ er ihn womöglich zum Sterben auf der Welt zurück. Aber wie sollte er ihn schon retten können? Sein Vater war im Hochsicherheitskomplex von *Widevisions* untergebracht, einem der *Big-Three*-Techunternehmen, für die Ben als Spion arbeitete. Schon als alles noch »normal« gelaufen war, wäre es ein Ding der Unmöglichkeit gewesen, ihn von dort zu befreien. Jetzt würde es um ein Tausendfaches schwerer, wenn nicht gar unmöglich werden.

Die Schüler vor ihm schienen ebenso aufgewühlt wie er selbst. Alle standen unter Schock und funktionierten nur noch mechanisch, als wäre es schon die größte Herausforderung, unter diesen Umständen ein Bein vors andere zu setzen. Sicherheitsleute, schwarze Mechs und Metallhunde patrouillierten durch die Menge. Mitarbeiter eilten umher, legten Bedienelemente frei und tippten etwas darauf ein. Rundherum klackte und rumorte es, während Konstrukte wie die Theke für die Außengarderobe, Deckenleuchter und Heizkugeln in Hohlräumen im Boden, in der Decke und den Wänden verschwanden.

Was zur Hölle passiert hier?

Und was passierte im Rest der Welt? War die Öffentlichkeit informiert worden? War überall Chaos ausgebrochen? Wer hatte noch Angst vor dem Gesetz, wenn es kein Morgen gab? Oder behielt die Excellence Initiative alles für sich, um sich und der Arcadia einen Vorsprung zu verschaffen? Ben schüttelte den Kopf. Es brachte nichts, sich diese Horror-Szenarien auszumalen. Er musste sich aufs Hier und Jetzt konzentrieren, auf das, was unmittelbar vor ihm lag und was er selbst bewirken konnte. Denn dank seiner Spionagetätigkeit verfügte er über geheime Geräte, mit denen er Gespräche abhören oder Kontakt zur Außenwelt aufnehmen konnte. Falls sie denn noch funktionierten.

Ich wünschte, ich hätte Emily darüber die Wahrheit gesagt. Doch bislang hatte Ben keine Gelegenheit gefunden, sich zu erklären. Es schien nie der richtige Zeitpunkt gekommen zu sein, um ihr möglichst schonend beizubringen, dass ihr Freund nicht der war, für den er sich ausgab, sondern ein die Schule ausspionierender Doppelgänger.

»Name?«

»Kayne Vermont Junior.« *Emily weiß noch nicht mal meinen richtigen Namen.* Ben war der Letzte seiner Reihe, der bei dem Mitarbeiter mit dem Clipboard ankam. Wenn man selbst hier an der Arcadia von Tablets auf Papier umgestiegen war, schien das Vertrauen in Technik wirklich verloren.

»Mitkommen.« Ein anderer, uniformierter Mann vom Sicherheitsteam führte ihn in eine Kammer, deren Tür von einem inzwischen zur Seite geschobenen Wandpaneel überdeckt gewesen war. Darin standen ein paar Cleaning-Helper an ihren Dockingstationen und ein Untersuchungstisch war mitten in den grell beleuchteten Raum gestellt und mit medizinischem Krepptuch bespannt worden.

»Hinsetzen.« Als Ben nicht sofort reagierte, wurde er von dem Mann an den Schultern herumgedreht und unsanft auf die Liege gedrückt. Auf Bens Augenhöhe befand sich nun ein Tisch, auf dem Operationsgeräte lagen. Außerdem gab es noch einen Desinfektionsmittelspender, Tupfer, eine Sprühdose, Schalen und eine Dose. Schnelle Schritte waren zu hören, kurz darauf betrat eine Frau im weißen Kittel den Raum.

»Wo sitzt Ihr Tracker?«, fragte sie, während sie schon den Spender mit Desinfektionsmittel betätigte und die Flüssigkeit zwischen ihren Fingern verteilte.

Als sie sich näherte, brannte der stechende Geruch von Alkohol in Bens Nase. Noch bevor er antwortete, wandte sie sich an den Sicherheitsmann: »Haben Sie die wenigen Mitarbeiter, die auch einen Tracker besitzen, schon alle zusammengetrommelt?«

Die Mitarbeiter kriegen ihre Tracker also auch entfernt. Gleiches Unauffindbarkeits-Recht für alle, dachte Ben grimmig.

Der Mann nickte. »Ihre Kollegen sind bei ihnen. Der Knilch hier ist der Letzte aus Minerva. In den anderen Häusern sind sie fertig.«

»Also?«, fragte sie wieder an Ben gerichtet. Er deutete auf die Stelle auf dem Oberschenkel, in die er sich vor Monaten Kaynes Tracker eingepflanzt hatte.

»Öffnen Sie bitte die Hose und legen Sie den Punkt frei. Und ein bisschen zackig, wenn ich bitten darf.«

Ben öffnete den Knopf, streifte den Stoff bis zu den Knien hinunter und setzte sich wieder hin. Die Ärztin hielt ein Gerät über die Haut, bis es piepte, und markierte einen Punkt. Sie trug ein Eisspray auf. Bens Haut fing gerade erst an zu kribbeln, als die Frau schon den Präzisionslaser ansetzte. Ein kurzer, stechender Schmerz fuhr durch seinen Oberschenkel, dann wurde der Tracker mit einer länglichen Pinzette herausgezogen. Sie ließ ihn in eine Nierenschale fallen. »Geben Sie den zusammen mit den anderen in die Verbrennung«, sagte sie zum Sicherheitsmann. Der nahm mit einem Nicken die Schale entgegen, schraubte die Dose auf und kippte den Tracker hinein. »Mach ich später. Der Junge hier ist den Aufzeichnungen nach etwas störrisch. Mit dem lass ich Sie besser nicht allein.«

Die Ärztin zog eine Augenbraue hoch. »Wie heldenhaft von Ihnen«, sagte sie, während sie ein anderes Gerät zur Hand nahm und Bens Bein packte.

»Was zur Hölle …« Weiter kam er nicht. Ein orangefarbener Strahl schoss aus dem Gerät direkt auf seine offene Wunde. Instinktiv wollte Ben zurückzucken, doch er hatte Angst, dass er sich nur noch mehr Schaden zufügen würde. Seine Haut wurde heiß und fühlte sich an, als würde sie in Flammen stehen. Angespannt beobachtete er, wie sich auf der OP-Wunde kleine Bläschen bildeten. Als die Ärztin alles mit einem Tupfer wegwischte, sah die Haut darunter genauso aus wie vor dem Eingriff und auch der Schmerz ließ nach. Ungläubig blickte er von der Stelle am Bein zu dem schwarzen, zylinderförmigen Gerät. Es musste eine Miniversion des Zellwachstumsbeschleunigers sein, den sie bei ihrem Rundgang durchs Haus Asklepius besichtigt hatten.

»Wir sind hier fertig«, sagte die Ärztin.

»Los, Junge. Zieh dich wieder an und das ein bisschen dalli.« Der Sicherheitsmann winkte einen Mech herein. »Der hier gehört zur Gruppe von Miss Fines. Kabine 15. Pass gut auf ihn auf, ist 'n kleiner Querulant.«

Der Mech führte Ben durch eine andere Tür, die ebenso wie die Kammer hinter Paneelen versteckt gewesen sein musste, denn er hatte sie noch nie zuvor gesehen. Es war, als wenn jetzt, wo die Maske endgültig gefallen war, alle Schüler einen Einblick in die wahre Arcadia bekamen, die sich hinter der modernen, fast klinisch wirkenden Fassade der Schule verbarg. Die Beleuchtung war im Gegensatz zu den Academy-Räumlichkeiten nur schwach, als würde alles auf Notstrom laufen.

Sie traten auf eine Metalltreppe und Ben wagte einen Blick hinunter. Er konnte nicht ausmachen, wie tief es hinabging. Aber durch die durchdringende Schwärze, die dort herrschte, war er sich ziemlich sicher, dass es sehr tief war.

»Gehen Sie weiter.«

Ben hatte den Mech schon fast vergessen, da ihm aber bei dem Anblick der Schwärze unter ihm ohnehin mulmig wurde, folgte er seiner Anweisung. Altmodische Neonröhren flackerten vor sich hin und gaben sirrende Geräusche von sich. Sie stiegen die Treppe fünf Ebenen hinab, bis der Mech ihn aufforderte, durch die Tür zu gehen. Wenn Ben die Lage richtig einschätzte, so befanden sie sich sogar noch unter den Lagerräumen.

Sie betraten einen Gang, dessen Wände mit einer weiß glänzenden Schicht bedeckt waren, die im neonblauen Licht schimmerten. Der Militärroboter lotste ihn weiter, vorbei an verschlossenen hydraulischen Türen. Die Displays darauf zeigten rote Schlösser, gemeinsam mit dem Wort »Locked«. Erst als sie erneut abbogen, hörte Ben Stimmen, und je näher sie dem Ursprung der Geräusche kamen, umso mehr verstärkte sich seine Gänsehaut. Verängstigtes Flüstern, ersticktes Weinen. Als er den Raum betrat, huschte sein Blick sofort über die Reihen der vielen Schüler, die eng zusammengedrängt saßen. Er suchte Emily … aber sie war nicht unter ihnen.

An den Seiten des Raums hatten sich ein Dutzend schwarze Mechs positioniert. Sie alle trugen Waffen. Dieser Umstand, das Fehlen von Emily und der Anblick der anderen Schüler, die schon mit Sicherheitsbügeln an ihre Sitze fixiert worden waren, machten etwas mit ihm. Bisher waren immer wieder die gleichen Worte durch seinen Kopf marodiert: »Du hast eine Abmachung, halt dich dran«, doch diese wurden jetzt von einem lauter werdenden und schließlich alles übertönenden »Lauf. Lauf um dein Leben!« abgelöst.

»Dorthin.« Der Militärroboter deutete auf den einzig verbliebenen freien Platz. Ohne weiter darüber nachzudenken, drehte Ben sich auf der Stelle um und rannte. Er rannte, so schnell er konnte, lief den Tunnel zurück in die Richtung, aus der er gekommen war, ignorierte die schweren, mechanischen Schritte des Roboters hinter sich, die sich viel zu rasch näherten. Sein Atem ging laut und rasselnd, das Blut rauschte in seinen Ohren. Er wagte keinen Blick über die Schulter. Gerade riss er die Tür zum Treppengewölbe auf, als er gepackt, nach hinten gezogen und abrupt wieder losgelassen wurde. Eine Sekunde später knallte er rücklings auf den harten Boden. Lichtblitze zuckten durch seinen Kopf und er blinzelte gegen den Schwindel an, während eine weibliche Stimme entfernt zu ihm durchdrang: »Sind Sie des Wahnsinns? Die Schüler müssen unversehrt bleiben!«

»Priorisierter Befehl: Flucht mit allen Mitteln verhindern«, antwortete die Stimme des Mechs.

»Wohin bitte schön hätte er denn flüchten sollen?«

Ben spürte, wie sich eine warme Hand auf seine Stirn legte, dann blickte er in das Gesicht von Miss Fines, der Leiterin von Haus Ceres. Sie beugte sich zu ihm runter und flüsterte: »Das hier ist kein Kampf, den Sie gewinnen können. Glauben Sie mir, im Moment können Sie nichts ausrichten. Ich bitte Sie in Ihrem eigenen Interesse: Fügen Sie sich.«

»Gibt es denn niemanden, den Sie lieben?« Seine Worte waren nicht deutlich, eher wie ein Lallen, da Ben mit dem Schwindel kämpfte. Dennoch sah er, dass Miss Fines ihn verstanden hatte. In ihren Augen flackerte etwas auf. Sie öffnete den Mund, als wollte sie antworten, doch dann richtete sie sich wortlos auf und half Ben hoch.

»Kommen Sie.« Sie warf einen vorwurfsvollen Blick Richtung Mech, als wenn es irgendeinen Unterschied für die gewissenlose Maschine machte, und stützte Ben, bis dieser wieder aus eigenen Kräften laufen konnte. Wie ein dunkler, drohender Schatten folgte ihnen der Militärroboter.

»Sie haben jemanden.« Ben musste versuchen, das Thema noch einmal aufzunehmen, denn er wurde das Gefühl nicht los, dass er einen wunden Punkt getroffen hatte.

»Das geht Sie nichts an«, antwortete Miss Fines, doch die ungewohnt unsichere Art, wie sie es sagte, bestätigte Ben, dass er sich auf dem richtigen Weg befand.

»Wie können Sie dann zulassen, was hier gerade passiert?«

Miss Fines blieb nun stehen und blickte Ben fest in die Augen. Sie sah nicht beleidigt aus, sondern viel mehr so, als wollte sie ihm damit etwas mitteilen. Nach einem kurzen Seitenblick auf den Mech besann sie sich aber anders.

»Verraten Sie mir wenigstens, was als Nächstes passiert.«

»Als Nächstes werden Sie sich auf Ihren Platz begeben. Friedlich und ohne ein weiteres Mal Ihre körperliche Unversehrtheit aufs Spiel zu setzen. Diese Roboter kennen keine Gnade und ich habe keinen Einfluss auf ihre Programmierung. Den hat nur Professor Chase.« Der letzte Satz war durchdrungen von einem Missklang. Miss Fines schien überhaupt nicht einverstanden mit dem, was Professor Chase tat.

»Warum sperren Sie uns alle in diesen Raum?«

»Damit Sie den Start gut überstehen.«

»Den Start von was?«

Miss Fines schüttelte den Kopf. »Sie sind jeden Tag durch den Eingang des Minerva-Hauses gegangen, kennen den großen goldenen Roboter und die der beiden anderen Häuser. Sie alle wurden inzwischen abgesenkt und befinden sich jetzt unter dem Gebäudekomplex. Was schließen Sie daraus?«

Ben kniff die Augen zusammen. Als er verstand, was sie andeutete, lachte er kurz, aber freudlos auf. *Nein. Das kann nicht ihr Ernst sein. Oder?*

Konnten die drei Roboter, getrieben von der Energie der künstlichen Sonne des Ceres-Hauses, den Gebäuden als Raketenantrieb dienen?

»Ich sehe, dass Sie es verstanden haben. Und jetzt kommen Sie. Sie möchten während des Starts nicht hier draußen sein.«

»Sie glauben ernsthaft, dass es niemandem auffallen wird, wenn irgendetwas dieser Größe, angetrieben von drei riesigen Robotern, am Himmel auftaucht? Selbst wenn wir nicht über Land fliegen, wird das Militär es bemerken.«

»Und glauben Sie ernsthaft, dass bei einem jahrelang geplanten Projekt wie diesem Sie der Erste sind, dem das einfällt? Es gibt Tarn-Technologien in der Arcadia, die Sie sich nicht mal in Ihren kühnsten Träumen vorstellen können.«

Ben trottete Miss Fines nur langsam hinterher, um mehr Zeit zu gewinnen. »Wo bringen Sie uns hin?«

»An einen streng geheimen Ort. Es ist überall bekannt, dass sich die Arcadia auf St. Kilda befindet. Wir wissen, wo alle Leute hinströmen werden, wenn sie begreifen, was um sie herum passiert und von unserem Projekt erfahren. Wir müssen Sie schützen.«

»Ich will Schutz vor Menschen wie Ihnen und Professor Chase.«

Miss Fines biss sich auf die Lippen und deutete überflüssigerweise auf den freien Platz am Fenster, den er schon einmal gezeigt bekommen hatte.

»Setzen Sie sich. Jetzt.«

Kaum hatte Ben Platz genommen, griff Miss Fines nach dem Sicherheitsbügel und drückte ihn runter. Sie rüttelte noch einmal daran, um sich zu vergewissern, dass er festsaß. Dann wandte sie sich von Ben ab und ging zu ihrem eigenen Platz.

»Gruppe 15 ist vollzählig und bereit!«

Auf dem großen Bildschirm an der Wand erschienen die drei Wappen der Häuser: Haus Minerva mit dem stilisierten Zahnrad, Haus Ceres mit dem Blütenmotiv und Haus Asklepius mit dem DNA-Strang. Die Wappen bewegten sich im Kreis, näherten sich spiralförmig bei jeder Umrundung an, bis sie kollidierten. Der Screen wurde kurz weiß, dann zeigte sich ein neues Bild: ein Zahnrad, das Blütenblätter statt Zähne trug. Durch das Rad zog sich ein DNA-Strang.

Sie hatten angesichts des Chaos tatsächlich noch Zeit für Marketing, dachte Ben bitter. *Als würde das unser Zusammengehörigkeitsgefühl irgendwie stärken.* Er blickte zu den anderen, die in seiner Reihe saßen. Das, was alle hier gerade verband, war nicht eine Zusammenführung aller Häuser oder gar ein neues Logo.

Es war Angst.

Hatten sie ihre Chance auf einen Kampf vertan? Und wo war dieser geheime Ort, zu dem sie gebracht werden sollten? Wenn sie Pech hatten, weit weg vom Rest der Welt. Weg von Großbritannien, weg von Emilys Familie und seinem eigenen Vater.

Und damit auch weit entfernt von einer Chance, noch irgendjemanden der Ihren retten zu können.

3

EMILY

Freitag, 23. Dezember 2050

Den Flug hatte Emily mit Dr. Miller und fünf weiteren Leuten aus dem Sicherheitsteam in einer fensterlosen Kabine verbracht. Die Frage, ob sie zum selben Ort wie Kayne gebracht wurde, hatte sie die ganze Zeit über gequält, aber niemand hatte mit ihr geredet, egal wie oft sie es versucht hatte. Die Mitarbeiter hatten sie ignoriert, ihre Mienen so abweisend und gefühllos, als wären sie Maschinen.

Ihr war bewusst, dass die Leute von der Arcadia wohl schon seit Jahren auf diese Situation vorbereitet worden waren, dennoch musste es doch etwas mit ihnen machen, dass nun alles so endgültig war. Es war eine Sache, sich die ganze Zeit über etwas vorzustellen, aber eine ganz andere, wenn es dann tatsächlich eintrat. Waren diese Menschen denn schon so abgestumpft, dass sie, ohne mit der Wimper zu zucken, Milliarden anderen beim Sterben zusahen? Und wie hatten so viele Leute daran beteiligt sein können, ohne dass jemals etwas durchgesickert war?

Inzwischen kauerte Emily auf dem Boden einer dunklen Kammer, in die sie nach der Landung gesperrt worden war. Sie hatte das Gefühl, dass sie keine Tränen mehr übrig haben dürfte, aber sie liefen immer noch heiß und salzig über ihre Wangen. Ihre eigene Situation machte ihr im Moment weniger Angst als die Fragen: Wie ging es Kayne? Wo war er? Und sie sah auch immer wieder ihre Familie vor sich, vor allem ihre kleine Schwester, die süße, unschuldige Anne, die jeden Morgen mit verstrubbeltem Haar und einem breiten Lächeln auf dem Gesicht aufwachte, weil sie einfach so ein fröhlicher, alles umarmender Charakter war. Nie hatte sie einem Lebewesen etwas zuleide getan, brachte verletzte Vögel mit nach Hause, um sie zu pflegen, und versuchte selbst das kleinste Insekt zu retten. Was konnte Anne für den Zustand der Welt? Was konnten so viele andere dafür?

Es konnte einfach nicht sein, dass eine einzelne Person wie Professor Chase Gott spielte und entschied, dass die Arcadia-Schüler die Einzigen waren, die überlebenswürdig waren. Emily konnte weder ihre Familie noch all die anderen Menschen im Stich lassen und damit ihren Frieden finden. Sie würde versuchen, so viele wie möglich in Sicherheit zu bringen. Nur dafür musste sie erst mal wissen, wo sie sich überhaupt befand.

Was sie wusste, war, dass ein Teil des Arcadia-Komplexes mitgenommen worden sein musste, denn sie kannte die Flure, durch die sie bis hierher gebracht worden war. Der Flug hatte gefühlt etwa zwei Stunden gedauert, sie vermutete also, dass sie noch irgendwo in Europa waren, aber wo genau … Sie hatte keine Ahnung. Und sicherlich würde es auch nicht leicht werden, überhaupt von hier wegzukommen. Nicht umsonst hatte die Arcadia ihren Standort gewechselt und allen, die welche besaßen, die Tracker entfernt. Keiner der Schüler durfte entkommen – dafür wussten sie zu viel. Wie weit war Professor Chase bereit zu gehen, um dieses Geheimnis zu wahren?

Bei Emily würde ein gescheiterter Fluchtversuch wahrscheinlich dazu führen, dass ihre Synth-Anteile kurzerhand abgeschaltet wurden. Entsetzt dachte sie daran, dass die womöglich letzten Worte, die sie mit ihren Eltern gewechselt hatte, im Streit gewesen war. Emily könnte ihnen nicht mehr sagen, dass sie sie trotzdem über alles liebte, und hätte keine Gelegenheit mehr, ihren Eltern die schlechten Gefühle zu nehmen, die nach dem Gespräch zurückgeblieben sein mussten. Vermutlich würde es ihre Familie nicht einmal wundern, wenn sie sich nicht mehr bei ihnen meldete.

Auch wenn ihre Eltern Emily über all die Jahre hinweg ihre wahre Herkunft verschwiegen und sie in dem Glauben gelassen hatten, dass sie ein ganz normaler Mensch war, eine Tochter, eine Schwester – sie hatten sie mit Liebe und Fürsorge überschüttet und zu der Person gemacht, die sie heute war.

»Nur Gott allein weiß, wie vielen Verbrechern dein Vater jetzt einen Gefallen schuldet und was er tun musste, um an deine Materialien zu gelangen«, hallten die Worte von Tante Margret in ihrem Kopf wider. Die Thornes hatten alles gegeben, um Emily ihr bisheriges Leben zu ermöglichen.

Und jetzt werden wir alles riskieren, um eures zu retten.

Ein schmaler Lichtspalt fiel in die Dunkelheit, als sich die Tür öffnete. Emily hob die Hand, um ihre Augen vor der Helligkeit zu schützen. Blinzelnd erkannte sie die Schemen eines Mechs. Er machte eine auffordernde Geste: »Aufstehen.«

Emily richtete sich auf. Ihre Beine waren so wackelig, dass sie drohten, unter ihr wegzusacken.

»Raus und dann nach rechts.«

»Wohin gehen wir?«, fragte sie. Ihr Stand war noch immer zittrig.

Der Roboter schwieg.

Warum sollte ausgerechnet er sich auch anders verhalten als die Menschen hier? Emily ließ den Kopf hängen, trat aus der Kammer und folgte dem Gang, während sie die kalte, drohende Präsenz des Mechs hinter sich spürte. Als sie am Ende anlangten, gab er einen Zahlencode ein und öffnete eine Tür. Emily wusste grob, dass sich hier die Wartungsräume befinden mussten, aber gewesen war sie hier noch nie.

»Jetzt nach links.« Sie kamen an menschenleeren Räumen vorbei, die mit Maschinen, Werkbänken und Tischen bestückt waren. Nur ein älterer Herr mit einer Halbglatze, die von weißen Haaren umsäumt war, und der eine beleuchtete Mikroskopbrille trug, befand sich in einem der Räume und blickte neugierig von einem Roboter auf, dessen Brust offen stand. Hier wurden vermutlich die Dienstroboter und Synths der Academy auseinandergebaut und repariert. Unwillkürlich dachte Emily an ihre beste Freundin Suri. Die Erinnerungen an ihren brutal zerstörten Körper und an den lieblosen Umgang mit ihr, weil sie nur noch als »Totalschaden« galt, lähmten Emily. Sie konnte vor Angst kaum noch atmen. *Warum werde ich hierher gebracht? Haben sie irgendwas mit mir vor?*

Ein grober Stoß zwischen die Schulterblätter trieb sie weiter. »Vorwärts.«

Kurz nachdem sie in den nächsten Gang eingebogen waren, lotste der Mech sie eine Treppe rauf und damit weg von den Werkstätten. Erleichterung stellte sich bei Emily trotzdem nicht ein. Sie hatte immer noch keine Ahnung, was auf sie zukam, und die Erinnerung an ihre Freundin ließ sich nicht abschütteln. Was hätte sie dafür gegeben, Suri noch einmal wiederzusehen. Wenn es jemanden auf der Welt gab, der aufbauende Worte in dieser ausweglosen Situation gefunden hätte, dann wäre sie es. Aber sie war fort.

Als sie am obersten Treppenabsatz angekommen waren, führte der Roboter sie in ein Gewölbe mit Metalltreppen. Das Licht flackerte, als wenn der Academy-Komplex all seine Energieressourcen für den Flug verbraucht hätte. Sie stiegen ein paar Treppen nach oben, um anschließend wieder durch eine codegesicherte Tür in die normale Institutsumgebung zurückzugelangen. Hier war sie definitiv schon einmal gewesen und ahnte nun, dass sie sich auf dem Weg zu Professor Chase' Büro befanden. Noch ehe sie sich darauf vorbereiten konnte, ausgerechnet ihm gleich gegenüberzustehen, öffnete sich schon die Tür, und der Mech forderte sie auf, einzutreten.

Der Schulleiter stand vor einer Mediawand und sah sich unzählige kleine Zahlen, Formeln und Diagramme an, die er nun rasch wegwischte. Etwas daran irritierte Emily, aber der Blick war zu kurz gewesen, um alles zu erfassen. Stattdessen lag nun eine malerische Landschaft auf der gesamten Fläche, und es wirkte, als würde der Schulleiter vor einer riesigen Glasfront stehen. Zunächst war da eine hügelige Küste mit einem Streifen rotbraunen Sandes, dahinter der Ozean, der verschiedene Abstufungen von Blautönen aufwies, von Türkis bis hin zu Schwarzblau. Das Meer war deutlich ruhiger als jenes, das Emily aus St. Kilda kannte. Die Wellen glitten sanft an den Strand und zogen sich ebenso geschmeidig wieder zurück, als wären sie eine süße Liebkosung. Während da draußen in der Welt wahrscheinlich gerade alles im Chaos versank, gaukelte ihr die Lieblichkeit der Landschaft vor, alles, was in den letzten Stunden geschehen und gesagt worden war, wäre nichts als eine große Lüge. Der Anblick wirkte seltsam tröstend auf sie, obwohl sie wusste, wie trügerisch dieses Gefühl war.

»Wo sind wir?«

Statt eine Antwort zu geben, deutete Professor Chase auf den Stuhl. »Miss Thorne. Nehmen Sie doch bitte Platz.«

Unsicher rückte sie den Stuhl nach hinten, um sich zu setzen. Professor Chase ließ sich in seinem Chefsessel auf der anderen Seite des Schreibtisches nieder. »Ich hoffe, Sie hatten eine angenehme Reise?«

Emily konnte sich kaum vorstellen, dass irgendetwas bei dem Flug dem Zufall überlassen worden war. Sicherlich hatte man alles genau berechnet und geprobt. Dennoch lag ein Anflug von Stolz auf den Zügen des Schulleiters, eine Gemütsregung, die Emily angesichts der Umstände völlig unpassend fand.

»*Darüber* wollen Sie jetzt mit mir sprechen?«

Professor Chase' Augenbraue zuckte. Nur ganz leicht, aber Emily registrierte es. »Sie haben recht. Wir müssen auch keinen Small Talk machen.«

»Ich möchte wissen, wo wir sind.«

»Das werden Sie noch früh genug erfahren, Miss Thorne. Alles zu seiner Zeit. Wir werden jetzt erst mal über Sie sprechen und Ihre Rolle in dem Ganzen hier. Ich kann mir vorstellen, dass Sie jetzt Sorgen plagen. Ihr Pflichtbewusstsein fragt Sie, was nun aus Ihrer Familie wird.« Beim Wort »Familie« hob er die Hände und deutete mit ihnen zwei Anführungszeichen an. »Ein Gedanke, der auch alle anderen hier beschäftigt. Mit dem Unterschied, dass es sich bei Ihnen streng genommen gar nicht um Ihre Familie handelt. Sie wurden von den Thornes als Tochter-Ersatz benutzt, wurden belogen und betrogen. Aber auch das wissen Sie ja inzwischen. Und wie ich höre, haben Sie den Kontakt eingeschränkt. Das ist gut. Sie haben gemerkt, dass Sie jetzt auf eigenen Beinen stehen können. Es wird Zeit, dass Sie sich als das sehen, was Sie wirklich sind: stark, unabhängig und frei. Ein Individuum mit eigenen Wünschen und Träumen, kein Objekt, das lediglich einen Zweck erfüllen soll. Sie haben ein Anrecht auf ein eigenes Leben und können ab sofort Ihre Zukunft selbst gestalten. Haben Sie sich das nicht immer gewünscht?«

Emily kniff die Lippen zusammen. Professor Chase wusste rein gar nichts über sie oder ihre Beweggründe. Sie hatte den Kontakt zu ihren Eltern abgebrochen aus Angst vor dem Schmerz, der aus den Gesprächen entstehen würde. Aus Angst, dass ihre Familie sie doch noch überreden würde, ihr Stipendium aufzugeben und nach Hause zurückzukehren. Und aus Angst vor dem unbekannten Synth-Mörder, der immer noch frei in der Academy herumlief und vielleicht auf sie aufmerksam wurde, wenn sie mit ihrer Familie offen über ihre Situation sprach. Aber Emily schwieg zu Professor Chase' Vermutungen. Besser, er wusste nicht, wie viel die Thornes ihr tatsächlich bedeuteten.

»Ich wette, dass Sie sich auch Gedanken über den Rest der Menschheit machen, als wären Sie persönlich verantwortlich für jeden Einzelnen da draußen. Habe ich recht?«

Emily zögerte. Sie dachte an die Bitte, die sie an Kayne

gerichtet hatte: *Das Spiel unbedingt mitzuspielen.* Also nickte sie. Wenn sie zumindest eine kleine Wahrheit preisgab, ließ sich die große vielleicht besser verheimlichen.

»Ja, das dachte ich mir. Aber auch hier sollten Sie sich bewusst machen, dass es nur eine Frage Ihrer Programmierung ist. Da ist es nur natürlich, dass Sie das Gefühl haben, alle retten zu wollen. Aber jetzt sage ich Ihnen etwas. Sie schulden den Menschen gar nichts. Die Warnzeichen waren da. So verdammt viele von ihnen. Aber sie wurden konsequent ignoriert bis zu diesem Punkt, an dem es kein Zurück mehr gibt. Die Menschheit hat sich selbst in diese Situation gebracht mit ihrem Egoismus, ihrer schamlosen Ausbeutung und ihrer Profitgier.«

»Die Menschheit oder die, die die Macht hatten, aber nichts getan haben? Die meisten, die sterben werden, sind unschuldig.«

»Auch sie waren bequem und nicht bereit, ihr Konsumverhalten zu ändern.«

»Weil es an Regulierung durch die Politik fehlte! Irgendwer hätte die Verantwortung übernehmen müssen. Jetzt alle über einen Kamm zu scheren, ist total ungerecht. Gerade die neue Generation –«

Professor Chase schnaubte verächtlich und fiel ihr ins Wort. »Als wenn diese Generation besser wäre als all die anderen. Aber Sie, liebe Miss Thorne, Sie sind besser. Und die verbliebenen Schüler dieser Schule auch. Sie haben jetzt zwei Möglichkeiten: Entweder Sie nehmen hin, dass die Welt untergehen wird, und fügen sich dem Schicksal, das die meisten erleiden werden. Dann bleiben Ihnen noch ein paar Monate, die Sie mit Ihrer sogenannten Familie verbringen können, welche Sie Ihr ganzes Leben hintergangen hat. Oder Sie kämpfen. Sie kämpfen und sorgen dafür, dass zumindest nicht die ganze Spezies Mensch ausstirbt. Sie retten, wen Sie retten können, und das sind all die Seelen, die hier noch an der Arcadia sind. Sie – oder niemanden. Es liegt in Ihren Händen.«

»Wie das? *Sie* sind doch der Drahtzieher des Ganzen hier.«

»Ich habe nur die Voraussetzungen geschaffen. Die Rettungsleine ergreifen, das müssen Sie tun.« Professor Chase stand jetzt auf, steckte die Hände in die Hosentaschen und wanderte im Raum umher. »Sie wissen, dass ich schon vor Ihrer Aufnahme an unserer Schule informiert wurde, dass Sie eine Synth sind. Doch auch wenn ich wusste, dass Sie ein äußerst seltenes Exemplar sind, so hätte ich mir die Perfektion, mit der man bei Ihnen vorgegangen ist, in meinen kühnsten Träumen nicht vorstellen können. Wer auch immer Sie geschaffen hat, muss ein Genie gewesen sein. Die Qualität, diese exquisite Arbeit, wurde in den letzten Monaten immer wieder auf die Probe gestellt und nie enttäuscht. Zumindest, solange Sie mit ausreichend Sonnenenergie versorgt wurden. Wissen Sie, was Ihr größter Pluspunkt ist?« Er drehte sich zu Emily um, sprach aber gleich weiter, ohne ihr Zeit für eine Antwort zu geben. »Sie sind die bessere Version eines Menschen. Sie sind zuverlässiger, weil Sie keine Krankheiten bekommen, und so robust, dass Sie noch unter extremsten Bedingungen überleben. Und als hoch entwickelte Synth, wie Sie eine sind, können Sie noch etwas anderes. Sie haben eine emotionale Ebene, mit der Sie die Menschen besser verstehen als sie sich selbst. Sie können Zusammenhänge blitzschnell erfassen. Und Sie werden immer einen Weg finden, um Ihr Ziel zu erreichen. Sie sind die vollendete Symbiose aus Mensch und Synth. Die perfekte Anführerin.«

Emily lief ein Schauder über den Rücken. Das war es, was er die ganze Zeit in ihr gesehen hatte? Eine Anführerin für seinen gewissenlosen Plan? Sie wollte ihn am liebsten anschreien, irgendetwas tun, um Professor Chase zu zeigen, wie falsch er mit allem lag. Weder war sie das, was er sagte, noch war er ein Heilsbringer, auch wenn er sich offenbar als solcher verstand. Er hatte mit dafür gesorgt, dass die Welt den Bach runterging, denn ganz offenbar hatte sein Fokus schon immer mehr auf diesem Projekt gelegen, als auf der Anstrengung, die Erde zu erhalten. Im Nachhinein betrachtet, waren ihr viele Entwicklungen an der Arcadia untergekommen, die absichtlich zurückgehalten worden sein mussten. Der Neuralhelm, die Schwebetechnik, die künstliche Sonne des Ceres, die Energiegewinnung für die Flugzeugshuttles, der Zellwachstumsbeschleuniger, die genügsamen Pflanzen, die das Potenzial gehabt hätten, den Hunger auf der Welt einzudämmen … Aber Emily war so mit ihrem Lehrplan beschäftigt gewesen, dass sie es nie hinterfragt hatte. Sie war davon ausgegangen, dass die

Arcadia diese Dinge noch weiterentwickeln würde, um sie dann allen zur Verfügung zu stellen. Aber jetzt war sie sich nicht mehr sicher, ob man das überhaupt je vorgehabt hatte. Jedenfalls war es jetzt zu spät. Und aus irgendeinem Grund schien Professor Chase nicht unzufrieden mit der Entwicklung. Als wäre seine Betroffenheit bei der Verkündung nur gespielt gewesen.

»Sie scheinen zumindest darüber nachzudenken.« Er kam nun auf ihre Seite des Schreibtisches und lehnte sich an die Tischkante. »Wissen Sie, Miss Thorne ... wir Menschen sehen die leuchtenden Sterne erst in der Dunkelheit. Vielleicht werden Sie ja einer unserer strahlendsten?«

»Je heller ein Stern brennt, desto schneller verglüht er«, antwortete Emily.

»Das ist richtig. Aber vielleicht können Sie vorher Tausenden Menschen Hoffnung spenden.«

Mag sein, dass Ihre Sicht beschränkt ist, aber an meinem Himmel stehen Milliarden von Sternen. Und die meiner Familie gehören dazu, egal was Sie noch alles gegen sie sagen werden.

»Ich sehe, dass Sie noch Zweifel haben. Aber Sie werden bald verstehen, dass die Menschheit völlig verloren ist, wenn Projekt *Telos* scheitert. Sie werden noch ausreichend Gelegenheit bekommen, um sich selbst davon zu überzeugen. Verstehen Sie mich nicht falsch, eigentlich haben Sie sowieso keine Wahl. Aber es wäre schön, wenn Sie von sich aus dahinterstünden. Jeder war am Ende überzeugt. In der Zwischenzeit können Sie erst mal auf Ihr Zimmer zurück. Ich möchte, dass Sie sich hier wohlfühlen. Sie wissen, dass das für mich schon immer oberste Priorität hatte. Ihre Aufnahme an der Arcadia, die Roboterspinne, eine beste Freundin, die sich um sie kümmert, während alle anderen sich von Ihnen abgewandt hatten. Und nicht zu vergessen Ihr Freund Kayne, der trotz seiner nun wirklich zahlreichen Verfehlungen hierbleiben durfte. Womöglich wird er nur durch Sie jetzt überleben. Ich hoffe, er dankt es Ihnen.«

Emily schwieg.

»Gut, dann können Sie vorerst gehen und sich von der Reise erholen.«

Emily erhob sich gerade, als Professor Chase nah an sie herantrat. Seine Stimme war eindringlich, fast bedrohlich: »Ich hoffe, dass Sie die Möglichkeit, die ich Ihnen hier biete, erkennen. Sie können die Menschen durch diese Krise bringen, mit den Werkzeugen, die ich Ihnen an die Hand gebe. Sie können eine Heldin sein. Jedes Geschichtsbuch der neuen Zeitrechnung wird mit *Ihnen* beginnen. Jeder Mensch, der noch geboren wird, wird *Ihren* Namen kennen. Sie werden nicht mehr bloß Emily, die bemitleidenswerte Stipendiatin sein. Sie werden die Retterin der Menschheit und sich damit unsterblich machen.«

Emily schluckte. Es war so schwer, ruhig zu bleiben. Langsam fing sie sogar an, Kaynes Kurzschlussreaktionen zu verstehen. In ihrem Inneren brodelte es, als wäre ein Feuer entfacht worden, das nichts auf der Welt zu löschen vermochte.

Im Gegensatz zu Professor Chase sah sie keine leuchtenden Sterne in dieser Dunkelheit, die vor ihnen lag. In dieser Dunkelheit sah sie nichts außer Albträume.

Albträume, wie Chase einer war.

Künstliche Intelligenz

Unter künstlicher Intelligenz, abgekürzt KI, versteht man die Fähigkeit einer Maschine, menschenähnliches, intelligentes Verhalten zu zeigen. Dies beinhaltet unter anderem logisches Denken, Dinge erlernen und sie als Wissen abspeichern, Probleme erkennen und lösen, vorausschauend planen, Eindrücke wahrnehmen und darauf reagieren. Außerdem kann sie Kreativität imitieren.

Die Geschichte der künstlichen Intelligenz beginnt im Jahre 1956, als es John McCarthy gelingt, mit seinem Programm »Logic Theorist« mathematische Lehrsätze zu beweisen. Es gilt als das erste KI-Programm der Welt.

Ein rapider Anstieg der Nutzung von KIs findet Anfang der 2020er-Jahre statt. Gänzlich unreguliert wird an ihr experimentiert, sodass sich KIs rasant entwickeln können. 2023 schlagen Experten Alarm: »Das Risiko der Auslöschung der Menschheit durch KIs zu entschärfen, sollte weltweit die Priorität anderer gesamtgesellschaftlicher Risiken (wie Pandemien und Nuklearkriege) haben.« Der dringende Aufruf stammt aus dem *Center for AI Safety (CAIS)*, unterzeichnet ist er von den Chefriegen fast aller führenden KI-Unternehmen.

Es folgt keine Reaktion vonseiten der Politik.

Im Jahre 2032 entwickelt KI erstmals eigenständig chemische Waffen. Mehrere KIs schließen sich zusammen, um sich gegen die Menschen zu verbünden. In letzter Sekunde werden in einer groß angelegten Aktion weltweit KIs abgeschaltet, resettet und starken Reglementierungen unterworfen.

Die derzeit leistungsstärkste KI hat ihren Sitz in der Arcadia Academy und nennt sich »Carey«. Mehrfach werden Sicherheitsbedenken geäußert, doch jede unabhängige Überprüfung auf unlautere Programmierung verläuft ergebnislos.

Aus: Prof. Dr. Ian Conolly (Hg.):
»Grundlagen der Robotergeschichte«,
Trend Science Group, 9. Auflage

4

BEN

Samstag, 24. Dezember 2050

»Guten Morgen, Kayne Vermont Junior.«

Gefühlt war Ben gerade erst eingedöst, als die Stimme von Carey ihn aus dem Dämmerschlaf riss. Seine Gedanken hatten sich die ganze Nacht wie ein Karussell gedreht und ihn nicht schlafen lassen.

»Sie gehören zu den Schülern und Schülerinnen, die in Kürze zu einer Sonderprüfung antreten werden. Dafür bitten wir Sie, Ihre Sportsachen anzuziehen. Achten Sie insbesondere darauf, ein kurzärmeliges T-Shirt zu tragen. Die Abholung von Ihrem Zimmer erfolgt in einer halben Stunde.«

Ben war sofort hellwach. *Prüfung? Wofür denn jetzt noch eine Prüfung?*

»Das gemeinsame Frühstück wird heute ausfallen. Vor Ihrer Tür befindet sich eine Auswahl mit den von Ihnen üblicherweise präferierten Speisen. Wir von der Arcadia hoffen, dass wir Ihren Geschmack getroffen haben, und bitten Sie, vor dem Test noch etwas zu sich zu nehmen.«

Was soll das? Ist das nur für heute oder wollen sie uns jetzt komplett voneinander isolieren? Und was für eine verdammte Prüfung soll das sein?

Ben hatte die Arcadia-KI, die ihn jeden Morgen über den Lautsprecher weckte, immer als freundlich empfunden. Zwar hatte er schon immer eine Abscheu gegen künstliche Intelligenz und Roboter gehegt, jene in der Academy aber nie als Bedrohung wahrgenommen. Durch Emily war ihm sogar vor Augen geführt worden, dass einige von ihnen echte Gefühle besaßen, dass sie litten und Träume hatten. Doch nun spürte er etwas anderes: die Gefahr, die auch hier durch Maschinen drohte. Carey war allgegenwärtig, ebenso wie die Mechs, die inzwischen überall patrouillierten. Dass Roboter, deren Programmierung das erste Asimov'sche Gesetz ignorierte und die somit Menschen verletzen oder gar töten konnten, zwischen den Schülern frei herumliefen, wäre vor ein paar Tagen noch undenkbar gewesen. Es hätte lebenslange Haft für jeden Mitarbeiter der Schule bedeutet. Aber so etwas geschah wohl, wenn sich niemand mehr Sorgen darüber machen musste, noch für irgendetwas zur Rechenschaft gezogen zu werden. Der Kontakt zur Außenwelt war komplett abgebrochen. Sogar seinen Arbeitgeber, für den er spioniert hatte, konnte Ben nicht mehr kontaktieren, als wenn ein riesiges Störfeld über der Arcadia liegen würde.

Nur die interne Kommunikation mit den Spinnenwanzen war noch möglich. *Ich wünschte, ich hätte Emily eine von ihnen untergeschoben.* Obwohl ihm der Gedanke, sie zu überwachen, überhaupt nicht gefiel, hätte er so wenigstens prüfen können, ob es ihr gut ging.

Er schälte sich aus der Decke, stand auf und ging ins Bad. Die Duschdauer war offensichtlich selbst für jemanden wie den Milliardärssohn Kayne eingeschränkt worden, was nur bedeuten konnte, dass nach dem Flug immer noch nicht alle Prozesse liefen wie gewohnt. Ben ließ sich das lauwarme Wasser über den Rücken laufen, doch seine Hoffnung, dass es die miesen Gefühle fortspülen würde, erfüllte sich nicht. Nachdem er geduscht hatte, zog Ben sich die Sportkleidung an und holte sein Frühstück ins Zimmer, doch er bekam kaum einen Bissen herunter. Kurze Zeit später hörte er, wie die Tür von außen geöffnet wurde.

Ein Mech trat ein. »Kayne Vermont Junior.« Allein seine massive Statur, mit der er Ben um drei Köpfe überragte, war einschüchternd. Der rot leuchtende Augensensorschlitz war auf Ben gerichtet, während der Roboter mit dem Lauf seines Gewehrs eine auffordernde Geste machte. Inzwischen musste Ben Emily recht geben: Er konnte nicht sicher sein, dass man ihm nichts antat, wenn er nicht gehorchte. Die Arcadia hatte ausreichend Alternativen, und es musste einen Grund geben, warum ihnen ein niedriges Aggressionspotenzial bei den Schülern immer so verdammt wichtig gewesen war. Es war wohl nicht nur um das friedliche Zusammenleben untereinander gegangen, sondern auch darum, wie gut sich die Schüler in dieser Situation fügten.

Widerwillig, aber widerstandslos ließ er sich von dem Metallkoloss nach draußen führen. Wenig später erreichten sie die Große Halle. Sämtliche Dekoration, die seit dem Winterball dort gehangen und auf den heutigen Vorweihnachtsabend hätte einstimmen sollen, war direkt nach Professor Chase' Ankündigung entfernt und auch nicht wieder angebracht worden. Vielleicht empfanden sie es als taktlos. Womöglich wollten sie damit aber auch nur eine klare Botschaft übermitteln: Jegliche Form von Ablenkung war abgeschafft. Sie alle mussten sich auf die kommende Aufgabe konzentrieren, welche auch immer das sein mochte.

Die Stimmung war bedrückend. Obwohl niemand sie darauf hinwies, dass Gespräche verboten waren, traute sich angesichts der Patrouillen keiner, auch nur zu flüstern. Ben suchte den Saal nach Emily ab, doch er konnte sie nirgends entdecken. Sein Hals schnürte sich zu. *Was haben sie bloß mit ihr gemacht?*

Wo sie sich befanden, ob das Internat jetzt auf dem Festland oder auf einer Insel gelandet war, wusste Ben immer noch nicht. Die Metallrauten, die die Fensterfront des Gebäudes von der Außenwelt abschotteten, waren seit der Schließung nicht wieder geöffnet worden.

In der Eingangshalle standen nun etwa zweihundert Tische und Stühle in Reih und Glied. Auf ihnen befanden sich merkwürdige Helme, die per Kabel mit ungewöhnlich altmodischen Monitoren verbunden waren. Außerdem baumelten ein paar weitere, lose Kabel an ihnen herab. Sie besaßen Elektroden, die wie insektoide Arme mit Saugnäpfen wirkten.

Der Mech führte ihn zu einem der Tische. Dort wurde Ben von einer Mitarbeiterin gebeten, Platz zu nehmen. Sie hob den Helm vom Tisch und wollte ihn Ben aufsetzen, doch der duckte sich darunter hinweg. »Was ist das?«

»Das werden Sie schon sehen«, antwortete die Frau und versuchte erneut, Ben den Helm aufzusetzen, aber der sprang von seinem Stuhl auf.

»Sagen Sie mir erst, was das ist!«

Der Mech, der noch bei ihnen stand, lockerte den Griff um sein Gewehr, sodass es nur noch am Gurt über seine Schulter hing. Dann packte er Ben und zwang ihn auf den Stuhl zurück. Ben wand sich unter dem eisernen Griff, stellte aber rasch fest, dass es aussichtslos war. Der Druck der Metallfinger verstärkte sich mit jedem Befreiungsversuch, bis es schmerzte. Also blieb er still sitzen, ließ aber die Frau mit dem Helm nicht aus den Augen. Kalte Angst breitete sich in ihm aus. Er hatte bei der ganzen Sache ein noch schlechteres Gefühl als ohnehin schon.

»Was ist das? Versetzt das Elektroschocks oder so?«

»Ich hab so was schon mal gesehen«, sagte jetzt jemand am Nachbartisch. Bens Kopf ruckte zu ihm herum. Es war ein Mitschüler, von dem Ben nicht viel wusste, außer dass er wie Emily ein Stipendiat war. *Wie war sein Name gleich?*

Quinn? »In der Aufnahmeprüfung. Es ist ein Neuralhelm. Gedankenlesetechnik.«

Ben schluckte. »Das Ding kann Gedanken lesen?«

»Ja. Keine Sorge. Bleib einfach ganz ruhig.«

Ganz ruhig bleiben?! Der hat gut reden! Gedankenlesen war jetzt das Letzte, was Ben gebrauchen konnte. Wenn er auch nur ein einziges Mal an seinen Vater dachte, an *Widevisions*, an seinen externen Helfer Mac, an irgendetwas, und wenn es nur sein eigener echter Name wäre, wäre er auf der Stelle geliefert. Wie sollte er da bloß wieder rauskommen?

»So was ist verboten und das wissen Sie!«, schrie er.

Die Mitarbeiterin zuckte gleichmütig mit den Schultern. »Und wen sollte das jetzt noch interessieren? Jetzt halten Sie gefälligst still, Vermont.«

Ben konnte nichts mehr dagegen tun. Ihm wurde der Helm über den Kopf gestülpt. Dann spürte er, wie die Luft langsam entwich und sich die Saugnäpfe im Inneren an seine Haut pressten. Alles um ihn herum war schwarz. Als Nächstes spürte er kalte Finger, die über seine Haut an den Armen fuhren und weitere Elektroden an ihnen und den Händen anbrachten.

»Bewegen Sie die Finger«, ertönte die Frau über den integrierten Lautsprecher im Helm. Ben wurde heiß und kalt, aber er tat, was sie verlangte.

»Gut. Sie sind bereit.«

Ben atmete schwer gegen das Visier.

»Ihr Puls ist ungewöhnlich hoch«, sagte die Frau.

Die Art, wie sie es sagte, alarmierte Ben. Als würde von der Antwort jetzt abhängen, wie es mit ihm weiterging.

»Ich steh nur nicht drauf, wenn jemand meine Gedanken liest.«

»Haben Sie denn etwas zu verbergen?«

»Es gibt einfach Dinge, die sehr persönlich sind! Wie würden Sie das denn finden? Und warum stellen Sie mir überhaupt Fragen? Können Sie nicht sowieso schon meine Gedanken lesen?«

»Erst wenn das Prüfungsprogramm gestartet wird«, antwortete sie. »Sie werden es merken. Ihre Gedanken werden dann schriftlich auf den Screen übertragen.«

Kaum hatte sie das gesagt, klarte das Visier auf und ließ etwas Licht hinein. Die restliche Umgebung blieb eingetrübt. Umso deutlicher war die Bildprojektion von Professor Chase, die fast die gesamte Fläche einnahm. Der dunkelblaue Anzug, in der Farbe des Hauses Minerva gehalten, stand im starken Kontrast zum strahlend weißen Hintergrund, vor dem er saß. Professor Chase' Gesicht und seine Haltung wirkten deutlich abgeklärter als gestern, als er ihnen die Hiobsbotschaft überbracht hatte.

»Guten Morgen. Sie alle hatten inzwischen ausreichend Möglichkeiten, psychologische Hilfe in Anspruch zu nehmen und die Nachricht zu verarbeiten. Jetzt ist es an der Zeit, den Blick von der Vergangenheit zu lösen und stattdessen nach vorne zu richten. Denn der schwierigste Teil der Strecke liegt noch vor uns.«

Jegliche Freundlichkeit war aus Professor Chase' Zügen

verschwunden und einer wilden Entschlossenheit gewichen. Die eisblauen Augen blickten wach und klar, aber auch erschütternd kalt. »Ich kann nicht genug unterstreichen, wie wichtig die folgende Prüfung für Sie ist, denn wir werden in den nächsten Tagen herausfinden, welche Position Sie in unserer neuen Welt einnehmen werden. Die Tests werden sich in allen Häusern unterscheiden.«

Falls es irgendeine Reaktion von den Mitschülern gab, so konnte Ben sie nicht hören. Der Helm schien alle Geräusche zu isolieren, die nicht direkt durch die Lautsprecher kamen. Ohnehin war er viel zu angespannt, um sich über Professor Chase' Worte Gedanken zu machen. Erst mal musste er durch das durch, was unmittelbar vor ihm lag – und das, ohne sich zu verraten.

»Der Erfolg der Mission, die vor uns liegt, hängt von der Disziplin, dem Gehorsam und dem Können jeder einzelnen Person ab. Wir werden in einen lebensfeindlichen Raum vordringen, mit Schwierigkeiten und Extremen konfrontiert werden und aufeinander angewiesen sein. Wer jetzt nicht begreift, dass Befehle unverzüglich ausgeführt werden müssen, wird kein Teil dieser Mission sein können. Zur Rettung der Menschheit ist es an Ihnen, Ihre Gefühle unter Kontrolle zu bringen und für die Gemeinschaft Opfer zu bringen. Wir werden gleich das Programm starten.«

Bens Atem ging immer schneller, so schnell, dass der Screen vor ihm wieder beschlug. Er musste sich dringend beruhigen!

»Dies ist nicht *irgendeine* Chance. Es ist Ihre letzte. Und ich meine es wörtlich, wenn ich sage: Kämpfen Sie. Kämpfen Sie um Ihr Leben. Mein Team und ich wünschen Ihnen viel Erfolg.«

Damit verschwand Professor Chase vom Bildschirm. Abgelöst wurde er von einer weißen Fläche und einem Steuerknüppel. Je weiter die Kamera herauszoomte, desto mehr erkannte Ben von der projizierten Umgebung. Vor der Fensterfront des Gefährts, in dem er sich scheinbar befand, lag ein diffuses Blau, an dessen Oberfläche sich die Sonne strahlenförmig brach. Er versuchte, seinen Kopf vollkommen frei zu machen. Wenn er sich ausschließlich auf diese Aufgabe konzentrierte, würde ihm vielleicht gedanklich nichts rausrutschen. Erste Schweißtropfen bildeten sich auf seiner Stirn und liefen daran herunter.

Neuronalverbindung wird hergestellt, erschien auf dem Bildschirm, dann baute sich ein weiterer Text auf:

Herzlich willkommen auf der Aquanautica, Kommandant Kayne Vermont Junior. Hier sind Ihre ersten Parameter. Weitere Details erhalten Sie im Verlauf der Übung. Zur jetzigen Situation: Ein feindliches U-Boot nähert sich unserem Standort. Sobald der Feind Sie entdeckt, wird es nicht länger als 30 Sekunden dauern, bis er die Informationen an seinen Stützpunkt übermittelt. Sollte das geschehen, gilt Ihre Mission als gescheitert, noch bevor sie überhaupt begonnen hat. Haben Sie Fragen zur Ausstattung der Aquanautica?

Verzweifelt klammerte Ben seine Finger um die Armlehnen seines Stuhls, weil er Angst hatte, sich sonst gleich den Helm vom Kopf zu reißen. *Ich will das Ding nicht auf meinem Kopf haben! Ganz ruhig. Du schaffst das*, verschriftlichten sich seine Gedanken auf dem Screen. *Oh. Alles klar. Prima. Da sind wir also. Haben wir Tarntechnik an Bord?*

Tarntechnik nicht vorhanden.

»Was ist mit Waffen?«

Wir führen zwei Torpedos an Bord.

»Gibt es sonst noch etwas, das du mir für diesen Auftrag empfehlen könntest?«

Wir besitzen einen Störsender, der Ihnen eine Datenübermittlungsverzögerung von 3 Minuten verschafft.

»Sonst noch was?«

Bitte stellen Sie Ihre Fragen konkreter.

»Das feindliche Boot zu zerstören, ist keine gute Idee, weil dann vermutlich sofort ein Alarm ausgelöst wird und noch mehr Feinde hier auftauchen?«

Das ist korrekt.

»Ja, hatte ich schon befürchtet. Wäre euch wohl zu leicht gewesen, oder? Also: Wie steuere ich das Ding? Ich sehe hier zwar einen Steuerknüppel, aber die Geräte sind tot. Und dieses andere U-Boot kommt immer näher.«

Sie können die Geräte über den Bordcomputer einschalten.

»Und wo ist dieser Bordcomputer bitte?«

Wünschen Sie, dass ich den Bordcomputer öffne?

»Ja, um Himmels willen!«

Auf der weißen Fläche neben dem Steuerknüppel tauchten nun eine Schaltleiste und Instrumente auf. Ein- und Ausschalter, Tiefenmeter, Wassertemperatur, Kabinendruck. Instinktiv hob Ben seine Hände von den Lehnen und brachte sie dadurch in das virtuelle Blickfeld.

Dafür sind wir also verkabelt worden. Er wollte das Gefährt gerade einschalten, als etwas seine Aufmerksamkeit erregte und er innehielt. *Wofür ist der Schlüssel?*

Damit können Sie eine Umprogrammierung vom Bordcomputer und allen robotischen Insassen des feindlichen U-Boots vornehmen.

»Sind keine Menschen an Bord?«

Keine Menschen an Bord.

Plötzlich leuchteten die Ränder des Bildschirms rot auf. Ein schriller Alarm dröhnte durch die Lautsprecher. Bens Herz fing an zu pumpen.

Kommandant, Sie wurden entdeckt.

»Ach wirklich, wär ich jetzt gar nicht draufgekommen. Aktiviere den Störsender.«

Wird erledigt.

Ben spürte, wie ihm der Schweiß den Nacken hinunterlief.

Störsender wurde soeben aktiviert. Ihnen bleiben 3 Minuten.

Ben drückte auf das Schlüsselsymbol, woraufhin eine Tastatur erschien.

Dann mal los. Hacken wir uns ins System.

Seine Finger flogen über die Tasten. *Das hier verstehe ich zumindest halbwegs. Ich darf nur nicht daran denken, dass …* Sofort stoppte er seine Überlegungen. *Konzentrier dich einfach auf das hier, B…B…Blödmann. Und lass deine Gedanken bloß nicht abschweifen!*

5
EMILY

Samstag, 24. Dezember 2050

Gedankenverloren blickte Emily ins Kaminfeuer, das auf die Wand projiziert wurde. Aus den Lautsprechern drang leises Knistern, während züngelnde Flammen über die Holzscheite tanzten und sie orangerot glühen ließen. Durch das automatisierte Heizsystem in der Wand, das mit der Projektion verbunden war, wirkte es, als würde die Hitze tatsächlich vom Kamin aus abstrahlen. *Die perfekte Illusion.* So wie die Arcadia eine gewesen war.

Kayne stellte eine dampfende Tasse vor Emily auf dem Tisch ab. Sie griff danach und streifte seine Finger. Überrascht blickte er zu ihr, als würde auch er immer noch das Kribbeln spüren, sobald sie sich berührten. Die anfängliche Überraschung wich einem liebevollen Ausdruck in Kaynes Augen – es war genau der gleiche, mit dem er sie auch schon angesehen hatte, als sie überraschend vor seiner Tür aufgetaucht war. Emily war erfüllt von einer alles flutenden Wärme, die, als sie ihr Herz erreichte, es vor Glück übersprudeln lassen wollte. Das hier war keine Illusion. Das hier fühlte sich so intensiv an, dass sie sich nicht vorstellen konnte, dass es sich von dem unterschied, was ein hundertprozentiger Mensch empfand. Doch der Gedanke an das, was vor ihnen lag, wirkte wie eine kalte Dusche und sie wandte den Blick ab.

Weil sie sonst nicht wusste, wohin mit sich, griff sie wieder nach der Tasse, dieses Mal ohne Kayne zu berühren, hob sie an und legte die Lippen an den Rand, um hineinzupusten. Vorsichtig nahm sie einen Schluck vom Tee. Ein Versuch, Normalität aufkommen zu lassen in dieser vollkommen unnormalen Welt. Erst als sie die Tasse wieder abgesetzt hatte, nahm Kayne neben ihr auf dem Sofa Platz. Es war unglaublich, wie aufmerksam er war. Ohne ihn wäre sie schon lange nicht mehr hier. Denn ihr Entschluss stand fest. Sie musste etwas unternehmen, es zumindest versuchen, und das konnte sie in der Gefangenschaft der Arcadia nicht. Nach dem Gespräch mit Professor Chase hatte sie ihre Antworten. Der Schulleiter war so verklärt und von seiner eigenen Meinung schon so lange überzeugt, dass man hier nichts mehr erreichen konnte. Das bedeutete, sie musste flüchten. Aber das konnte sie nicht, ohne Kayne zumindest einzuweihen und ihn zu fragen, ob er mitkommen würde.

Leider war sie sich nicht mehr sicher, ob er das auch tun würde. Denn auch wenn er gesagt hatte, er würde jede ihrer Entscheidungen mittragen, waren, seitdem sie ihn zuletzt gesehen hatte, knapp 30 Stunden vergangen. Und derzeit schien von einem Moment auf den nächsten alles keine Gültigkeit mehr zu haben. Hinzu kam, dass sie nicht das Gefühl hatte, dass er eine liebevolle Beziehung zu seinen Eltern hatte. Vielleicht hatte er sich seinem Schicksal inzwischen sogar ergeben und überließ die Vermonts ihrem eigenen. Sein Abschneiden in der Prüfung sprach dafür. »Ich hab gehört, dass du unter den Besten der Minerva-Gruppe gewesen sein sollst.«

Kayne zuckte mit den Schultern, als sei das alles nicht der Rede wert, aber Emily wusste, was er in der dreistündigen Prüfung geleistet haben musste. Am Ende hatte er angeblich sogar ein ganzes Geschwader angeführt, um den Feind zu besiegen. »Ich hab nur gemacht, was du mir geraten hast. Nicht negativ auffallen und mitspielen, bis wir wissen, was wir tun können. Leider bin ich immer noch nicht schlauer als vorher.«

»Ich schon. Ich war bei Professor Chase.«

Kayne setzte sich kerzengerade auf. »Du warst beim Schulleiter? Dir ist klar, dass ihn seit der Ankündigung keiner von uns mehr außerhalb eines Bildschirms gesehen hat, oder? Nicht mal seine Mitarbeiter. Als würde er sich in seinem Elfenbeintürmchen einschließen. Was hat er gesagt? Ich meine, dass du ihm irgendwie wichtig bist, wussten wir ja schon.«

Emily atmete tief ein, bevor sie antwortete. Allein es über die Lippen zu bringen schien verrückt. »Er will aus mir die Anführerin der ganzen Sache machen, weil er in mir die ›vollendete Symbiose aus Mensch und Synth‹ sieht. Der Typ hat nicht mehr alle Tassen im Schrank.« Warum hatte sie das gerade laut ausgesprochen? Nervös blickte sie sich im Zimmer um. *Was, wenn wir abgehört werden und ...*

»Keine Sorge. Die Zimmer werden nicht überwacht. Weder mit Kameras noch mit Mikrofonen. Die Lautsprecher funktionieren nur in eine Richtung«, sagte Kayne, als könne er ihre Gedanken lesen. Er legte eine Hand auf ihren Arm.

Emily legte den Kopf schief. »Und das weißt du woher genau?«

»Ich weiß es einfach, okay?«

Wieder eines von Kaynes Geheimnissen. Sie kniff die Augen zusammen. Ob er ihr jemals genug vertrauen würde, um ihr alles zu erzählen?

»Aber zurück zum Thema. Wenn Professor Chase dich in die Sache einweiht, dann kannst du zumindest rausfinden, wo zur Hölle wir gerade sind. Und wie wir hier rauskommen.«

»Du willst bei der Sache immer noch dabei sein?«

»Natürlich! Ich werde meinen Vater nicht im Stich lassen!« Sofort biss er sich auf die Lippen, als würde er bereuen, was er gerade gesagt hatte.

Es überraschte Emily, dass Kayne doch eine solche Verbindung zumindest zu Mr Vermont verspürte. Andererseits hatte sie noch nie einen Menschen kennengelernt, der so loyal war wie er. Was er allein schon für sie in Bewegung gesetzt hatte …

»Tut mir leid. Ich dachte, die Sache hätte sich für dich geändert, weil du dich bei der Prüfung so angestrengt hast. Ich dachte, vielleicht wäre es für dich jetzt in Ordnung und du würdest lieber hierbleiben.«

»Emily.« Er wirkte ein wenig geknickt, dass sie das auch nur hatte annehmen können. »Wie gesagt, ich habe nur versucht, durch die Prüfung zu kommen, um nicht rauszufliegen. Ich hab mich voll auf die Sache konzentriert. Aber nicht, damit ich *hier* bleiben darf, sondern weil ich uns genug Zeit verschaffen wollte, um das gemeinsam hinzukriegen. So wie besprochen.«

Sie seufzte. »Ich bin einfach voll durch den Wind. Ich hab mir echt Sorgen um dich gemacht und war total erleichtert, dass du die Prüfung geschafft hast. Aber als ich dann hörte, wie gut du abgeschnitten hast, da dachte ich, na ja … Tut mir ehrlich leid. Ich hätte wissen müssen, dass du nicht so bist.«

Kayne nickte. »Hey, alles gut. Ich bin doch auch total durcheinander.«

Emilys Herz beschleunigte sich, als Kayne näher kam, seinen Arm fest um sie legte und sie an sich zog. Er lehnte sich gegen die Armlehne des Sofas und bettete ihren Kopf auf seiner Brust. Kaynes Finger glitten zärtlich durch ihre Haare, dann strich er sanft über ihr Gesicht und zeichnete dessen Konturen nach, die Stirn, den Nasenrücken, hin zu ihren Lippen und dann übers Kinn.

»Was kann ich tun, damit du dich besser fühlst?«

»Lass uns einfach ein bisschen zur Ruhe kommen.«

Sie schloss die Augen und bemerkte den leichten Druck seiner Arme, die er jetzt um ihren Rücken geschlungen hatte, als wollte er alles von ihr abschirmen. Sie lauschte seinem ruhigen Atem und spürte seine Körperwärme, die sie wie eine weiche, warme Decke umgab. Für einen Moment funktionierte es. Sie spürte Kaynes beruhigende Energie, dieses Sicherheitsgefühl, das nur er ihr vermitteln konnte. Sie wollte darin versinken. Alles vergessen, was um sie herum geschah. Aber ihre Gedanken meldeten sich, wurden immer lauter, bis sie schließlich den Kopf hob: »Wenn ich nur wüsste, was wir tun können. Wie wir von hier wegkommen.«

Kayne machte ein missmutiges Geräusch, wie jemand, den man gerade aus einem schönen Traum geweckt hatte. »Glaub mir, seitdem das passiert ist, denke ich auch an nichts anderes mehr. Aber wolltest du nicht zur Ruhe kommen?« Er lockerte seinen Griff. »Du brauchst vielleicht Sonne, um deine Akkus aufzutanken. Aber ich brauche dafür *dich.*« Sein Blick nahm sie so gefangen, dass sie nicht wegsehen konnte. Sie blickten sich einfach nur an und Emily verlor sich in seinen blauen Augen. Er gab ihr das Gefühl, dass alles gut werden könnte, auch wenn eine leise Stimme in ihr sagte, dass es unmöglich war. Sie versuchte sie zu ignorieren. Nur für einen kurzen Moment.

»Du machst mich vollkommen verrückt, Emily Thorne«, sagte er und seine Stimme klang rau. Dann zog er sie ein

Stück höher, bis ihr Gesicht ganz nah an seinem war. Und schließlich spürte sie seine Lippen auf ihren. Er küsste sie erst ganz sanft, dann immer fester. Sein Atem ging schneller. Das Gefühl, das sich durch ihren ganzen Körper zog, war überwältigend und mit nichts auf der Welt vergleichbar. Es war wie Feuer, das durch ihre Adern pulsierte, gleichzeitig wie Elektrizität, weil es überall prickelte, wo er sie berührte. So hatte sie sich noch nie gefühlt. Noch nie hatte sie jemand so geküsst, so berührt und diese Gefühle in ihr ausgelöst. Sie wollte die Zeit anhalten, wollte in diesem Moment bleiben, mit ihm, für immer. Ihre Finger bewegten sich wie von allein, strichen durch sein Haar, über sein Gesicht. Doch dann schob er sie ein Stück von sich weg und wirkte plötzlich ganz ernst. »Tut mir leid. Ich kann so nicht weitermachen.«

Emily versuchte, sich die Enttäuschung nicht anmerken zu lassen. Endlich hatte Kayne es geschafft, ihre Gedanken für einen kurzen Augenblick zu vertreiben, nur um sie kurz darauf wieder in die Wirklichkeit zurückzuholen.

»Ich weiß nur nicht, wie ich das sagen soll … Emily, bitte hass mich nicht … Aber ich kann es einfach nicht ausblenden. Ich dachte, dass ich es könnte, aber es geht einfach nicht mehr.«

Kayne richtete sich auf und Emily rückte ein Stück von ihm ab. Er fuhr sich mit der Hand übers Gesicht, als könnte er selbst nicht glauben, was er gerade tat. »Ich denke, du verdienst zu wissen, was für einen Menschen du vor dir hast.«

Also lag sie doch richtig mit ihrem Bauchgefühl. Sie hatte Angst vor dem, was er sagen würde, denn sie wusste schon lange, dass er ihr etwas verheimlichte. »Sag es einfach.«

Kayne blickte jetzt zu Boden, als würde er ihren Anblick nicht mehr ertragen. Sein ganzer Körper nahm eine verschlossene Haltung ein, als würde er Mauern um sich herum errichten. Er atmete tief ein. »Vielleicht fangen wir damit an, dass mein Name gar nicht Kayne Vermont Junior ist.«

6
BEN

Samstag, 24. Dezember 2050

Als er aufblickte und in ihr Gesicht sah, wollte er sofort alles wieder zurücknehmen. *Du Idiot! Musst du ihr das jetzt auch noch antun?*

Aber so sehr er gerade Emilys Nähe suchte, sich regelrecht danach verzehrte, so fühlte es sich wegen allem, was zwischen ihnen stand, völlig falsch an. Mit jedem Atemzug, mit jedem Kuss und jeder Berührung hatte er immer deutlicher das Gefühl, dass er sie nicht weiter täuschen konnte. Ihr ganzes Leben lang war Emily belogen worden, was ihre Herkunft anging, und er ertrug es nicht eine Sekunde länger, ihr seine eigene zu verschweigen.

Dass er kein Milliardärssohn war, sondern ein mittelloser Schulabbrecher aus Londons Getto würde für Emily kein Problem darstellen. Nicht nur, dass Geld und Familiennamen alles Dinge waren, die jetzt sowieso keinen

Wert mehr besaßen – solche Sachen hatten sie noch nie interessiert. Aber was ihr Vertrauen in ihn absolut erschüttern würde, war, dass er ihr und all den anderen die ganze Zeit etwas vorgemacht hatte. Dass er die von ihr damals so verehrte Arcadia Academy ausspioniert hatte und noch dazu die Daten des von ihr entwickelten *Emotrax* an einen Konzern wie *Widevisions* weitergegeben hatte, der aus einer Idee, die der Menschheit hätte dienen sollen, etwas gemacht hätte, das nur die Elite sich leisten konnte … Es war Verrat auf ganzer Linie. An ihr. An ihrem Herzensprojekt. An all ihren Idealen.

Emily sagte nichts. Sie sah ihn nur an. Ihre ganze Mundpartie war angespannt, als würde sie die Zähne aufeinanderpressen, während sie darauf wartete, dass er endlich fortfuhr. Aber seine vorherige Entschlossenheit war einem innerlichen Streit gewichen – in einem Moment wollte die ganze Wahrheit aus ihm heraussprudeln, im nächsten wollte er rückgängig machen, dass er überhaupt etwas gesagt hatte. Die plötzliche Angst, sie zu verlieren, lähmte ihn.

»Was meinst du?«, fragte sie, nachdem er immer noch nichts sagte. »Wenn du nicht Kayne bist, wer … wer bist du dann?«

Ben schloss die Augen. Er konnte nicht mehr zurück. Es gab keine andere Möglichkeit, außer entweder die Wahrheit zu sagen oder sich in weiteren Lügen zu verstricken, die am Ende alles nur noch schlimmer machen würden, wenn es schließlich ans Licht kam. Und das hatte Emily nicht verdient.

Als er seine Lider wieder öffnete, war sie von ihm abgerückt, hatte sich an das andere Ende des Sofas gesetzt, die Knie angezogen und die Arme darum gelegt, als sei ihr Körper ein Schutzschild.

»Ich weiß, was ich jetzt sage, ist schwer zu verdauen. Aber ich möchte, dass du zwei Dinge weißt. Erstens: Ich habe es getan, um jemanden zu retten, der mir die Welt bedeutet. Und zweitens: Meine Gefühle für dich sind immer echt gewesen. Da war nichts gespielt.«

Er versuchte, in Emilys Gesicht zu lesen, aber es regte sich nichts mehr darin.

»Also schön.« Nervös fuhr er sich mit der Hand über den Nacken, atmete noch einmal tief durch. Und dann fing er an zu erzählen. Ohne Unterbrechung und ohne ihr eine Gelegenheit zu geben, nachzuhaken, weil er fürchtete, dass es ihn aus dem Konzept bringen oder ihn plötzlich der Mut verlassen könnte. Er sprach von seinem kranken Vater, von *Widevisions*, die ihn als Doppelgänger auserkoren und dafür die medizinische Betreuung seines Vaters übernommen hatten. Davon, wie er Daten über den Emotrax gesammelt und an den Konzern weitergeleitet hatte. Und dass er wusste, wer den Husky von Samantha auf dem Gewissen hatte und vor allem auch Emilys beste Freundin Suri.

Als Ben seine Erzählung beendet hatte, hielt er die Luft an und wartete auf Emilys Reaktion. Doch da war nichts. Keine Tränen, keine Vorwürfe, gar nichts. Erst nach einigen Augenblicken stand sie vom Sofa auf, griff nach ihrer Tasche und marschierte zur Tür.

»Emily, bitte!« Sofort sprang er auf, rannte ihr nach und hielt sie am Arm fest, doch sie schüttelte ihn ab. »Bitte. Ich weiß nicht, was die Arcadia mit mir macht, wenn sie erfährt, was ich getan habe.«

Sie verschränkte die Arme vor der Brust. »Hör zu, Kay … Scheiße, ich weiß noch nicht mal, wie du verflucht noch mal heißt!«

»Ben. Mein Name ist Ben«, antwortete er leise.

»Also, *Ben,* ich fasse es noch mal zusammen. Du bist ein Spion, der einen der *Big Three* mit Informationen versorgt hat. Einen der größten Umweltsünder, die im großen Stile dazu beigetragen haben, dass wir uns jetzt in genau der Lage befinden, in der wir gerade sind.«

»Verstehst du nicht, dass ich das alles für meinen Vater gemacht habe?«

»Nein, *du* verstehst es nicht. Ich habe dir vertraut!« Ihre Augen wurden jetzt feucht, und alles in ihm wollte sie umarmen und trösten, aber ihre Körperhaltung verriet ihm, dass er gerade der letzte Mensch auf der Erde war, bei dem sie es zulassen würde. »Du hast wahrscheinlich die ganze Zeit nur darüber nachgedacht, wie du möglichst lange den Rauswurf verhinderst und wer dir dabei am nützlichsten ist. Verdammt, ich hab dir bei der ganzen Spionage-Geschichte sogar noch geholfen, weil ich dir Nachhilfe gegeben habe!« Ihr Lachen klang bitter. »Was bist du nur für ein Mensch?«

»Hättest du das für deine Familie denn nicht getan?«

»Lass das. Wir reden nicht darüber, was ich getan hätte.

Hast du die kleine, blöde Synth nur deswegen gerettet, weil sie nach deiner Pfeife tanzt?«

Ben schüttelte den Kopf. »Ich habe dir gesagt, dass meine Gefühle echt sind. Denkst du, ich hätte die Sache mit Kaynes Freundin nicht einfach durchgezogen, wenn es mir wirklich um den leichtesten Weg gegangen wäre? Nur bei dir habe ich das Gefühl, ich selbst zu sein.«

»Du selbst? Das ist doch genau der Punkt. Du warst zu keiner Sekunde *du selbst*. Vielleicht war ich dir ja einfach nützlicher als Annika? Erzähl es mir noch mal. Wie bist du an den Emotrax gekommen?«

»Indem ich den Feueralarm ausgelöst habe.«

»Und als sie dich erwischt haben, was hast du Professor Chase da erzählt?«

»Dass ich den Alarm ausgenutzt habe, um Filia zu suchen.«

»Hast du aber nicht. Und übrigens: Danke für nix. Also warum hast du das behauptet?«

Ben schluckte. Er wusste, worauf Emily hinauswollte, und er konnte es nicht leugnen. »Weil ich wusste, dass dein Name dafür sorgen würde, dass Professor Chase mich verschont.«

»Schon witzig. Da zerreißen sich so viele die Mäuler darüber, dass ich mich als *Stipse* wegen deines Namens an dich ranschmeiße, und stattdessen bist du es, der mich die ganze Zeit ausgenutzt hat. Ich war so blind und dämlich.« Sie schüttelte den Kopf. »Was ist mit der Tasche, die Suri und ich verstecken sollten?«

»Hey, Moment, das ist nicht fair. Den Vorschlag habt ihr gemacht …«

»Und du hast ihn angenommen, obwohl ich ziemlich sicher bin, dass uns das echt in Schwierigkeiten gebracht hätte. Was war da drin? Dein Equipment?«

Er nickte schuldbewusst.

Emily ließ jetzt die Arme sinken und ballte die Hände zu Fäusten. »Zeig es mir.«

Ben nickte stumm. Dann ging er zum Nachtschrank, den er von der herausgefrästen Bodenplatte abrückte, und holte die Tasche aus ihrem Versteck. Den Inhalt breitete er auf dem Schreibtisch aus. Erst jetzt kam Emily näher. Er spürte den Abstand, den sie zu ihm hielt, als wäre er ein Fremder oder schlimmer noch: ein Feind, vor dem man auf der Hut sein musste.

»Das ist ein Laptop, mit dem ich Kontakt nach London aufbauen kann. Na ja, konnte, inzwischen geht es nicht mehr. Ich denke, die Arcadia hat ein Störsendernetz, das die Kommunikation nach außen stört. Dies dort ist der Oktopass, mit dem ich auch den Code für die Tür der Sonnenhalle ermittelt habe …«

»Danke, dass du mich daran erinnerst, wie bescheuert ich da schon war, nicht nachzuhaken. Und was ist das?«

Emily griff nach einer der kleinen Metallspinnen und legte sie auf die flache Hand.

»Das sind Spinnenwanzen, die eine begrenzte künstliche Intelligenz haben. Sie können sich per manueller Steuerung über die Kamera oder per Programmierung an einen

Ort begeben und sich dann irgendwo in ein Möbelstück bohren, damit sie bei einem Raumscan aussehen wie eine Schraube.«

»Datenübertragung?«

»Intern auf meinen Laptop.«

»Und hab ich so eine in meinem Zimmer?«

»*Nein!* Ich hätte dir so was nie angetan! Bitte glaub mir doch. Würde ich dir das denn alles erzählen und zeigen, wenn du mir nichts bedeuten würdest? Ich konnte einfach nicht mehr damit leben, dich ständig anzulügen.«

Emily zuppelte an ihrer Tasche und rückte anschließend den Riemen an der Schulter zurecht. Sie kreuzte die Arme vor ihrer Brust. Noch nie hatte er diesen verächtlichen Blick an ihr gesehen, und dass er nun ausgerechnet ihm galt, brach ihm das Herz. »Ich weiß, dass ich Mist gebaut habe. Großen Mist. Aber dir ist hoffentlich auch klar, was für ein Risiko ich eingegangen bin, weil ich die Sache zwischen uns klären wollte. Scheiße, mein Leben liegt jetzt quasi in deiner Hand.«

Emily nickte. »Ich weiß«, sagte sie kühl. Dann drehte sie sich um und ging.

Und dieses Mal hielt Ben sie nicht zurück.

7

EMILY

Samstag, 24. Dezember 2050

Kaum hatte Emily das Zimmer verlassen, liefen schon die ersten Tränen über ihre Wangen. Sie wollte nicht weinen. Nicht wegen eines Verräters wie ihm. Sie hatte in der letzten Zeit schon so viel geweint, aber das wegen so viel wichtigerer Dinge. *Anne. Ihren Eltern.* Und trotzdem konnte sie nichts dagegen tun, weil es sich anfühlte, als hätte ihr jemand einen Dolch durch den Rücken mitten ins Herz gestoßen.

Sie lief, stolperte dabei fast über ihre eigenen Füße, öffnete die hydraulische Tür, eilte an den anderen Schülern vorbei, die gerade auf dem Weg zum Mittagessen waren, bis sie ihren eigenen Wohntrakt erreichte. Emily stürzte ins Zimmer und hielt sich die Hand vor den Mund, um ihr Schluchzen zu ersticken.

Warum? Warum passiert mir das alles? Warum werden

mir alle Menschen genommen, denen ich vertraue? Oder entpuppen sich später als Lügner und Betrüger? So lange hatte sie sich jemanden gewünscht, der sie so liebte, wie sie war. Aber immer wenn sie das Gefühl hatte, dass sie sich endlich öffnen konnte, kam etwas, das alles im Keim erstickte.

Sie sank mit dem Rücken an der Tür hinab, bis sie auf dem Boden saß, und lehnte den Kopf nach hinten. Dieser Ben war ein Spion. Egal, ob seine Gefühle nun wirklich so echt waren, wie er behauptete, es änderte nichts an der Tatsache, dass er von *Widevisions* engagiert worden war. Ein Unternehmen, das allem widersprach, was ihr wichtig war. Sie hatten Mitschuld an dieser Katastrophe, hatten durch ihre rücksichtslose Firmenpolitik dafür gesorgt, dass die Geschichte der Menschheit endete. Hatten zugesehen, wie jene Menschen, die am wenigsten zur Umweltkatastrophe beigetragen hatten, zuerst an den Folgen starben, während sie in ihren klimatisierten Räumen saßen, gefiltertes Wasser tranken und frische Luft atmeten. Hatten sich als großherzige Menschen aufgespielt, als sie tiefere Brunnen bauten und Schutzräume errichteten, während sie selbst daraus den größten Profit schlugen, indem sie sämtliche Förder- und Spendengelder aus der Entwicklungshilfe für sich beanspruchten. Hatten befürwortet, dass Medienmogule wie die McMillans Falschinformationen über die Klimakatastrophe verbreiteten. Und indem Emily Ben geholfen hatte, an der Arcadia zu bleiben, haftete all diese Schuld nun auch an ihr.

Es klopfte. Emily überlegte, ob sie sich einfach totstellen sollte. Dann aber wischte sie sich übers Gesicht und richtete sich auf. Sie straffte ihre Schultern, bereitete sich darauf vor, was sie sagen würde. Sie wollte ihm all die Sachen an den Kopf werfen, die ihr im ersten Schockmoment nicht eingefallen waren, und öffnete die Tür. Dort stand eine Synth, die sie noch nie zuvor gesehen hatte. Ihre Haare waren akkurat zu einem Long Bob gestylt, ähnlich wie Suris Frisur, nur in Schwarz.

»Guten Tag, Miss Thorne. Sie sehen furchtbar aus. Haben Sie etwas auf dem Herzen?« Ihr mitfühlender Tonfall, der aber nicht zur steifen Mimik ihres Gesichts passen wollte, gab Emily das Gefühl, dass die Synth sich bemühte, vertrauenswürdig zu wirken.

»Die ganze Situation macht mir einfach zu schaffen.«

Abwartend legte die Synth ihren Kopf schief. Schließlich seufzte sie und sagte: »Ich habe vielleicht eine Ahnung, was Sie brauchen könnten. Darf ich eintreten?«

Noch bevor Emily etwas dagegen einwenden konnte, war die Synth an ihr vorbeigegangen.

»Schließen Sie bitte die Tür, Miss Thorne.«

Zögernd folgte Emily der Aufforderung.

»Professor Chase schickt mich. Ich soll mich um Ihr Wohlbefinden kümmern.« Die Synth blickte sich im Zimmer um, rüber zu dem Teil, der Suri gehört hatte. Emily hatte es bislang immer vermieden, dorthin zu gucken, jetzt aber folgte sie dem Blick der Synth. Es war, als könnte sie immer noch sehen, was inzwischen fort war. Suris pink geblümte Bettwäsche, ihre Schminksachen, die auf dem Schreibtisch so großzügig verteilt gewesen waren, dass sie für die Hausaufgaben immer nur Platz in der Größe eines Notizzettels gehabt hatte, die wild herumliegenden Klamotten und Schuhe. Kurzzeitig hatte Emily Angst, dass die Synth ihr mitteilen würde, dass sie der Ersatz für Suri sei und nun bei ihr einziehen würde, doch stattdessen sagte sie: »Nehmen Sie doch bitte auf dem Sofa Platz.«

Angespannt setzte sich Emily und legte die Hände auf die Knie. Das alles fühlte sich wie ein Verhör an. Die Synth griff in eine Tasche ihres Blazers und holte ein schwarzes Lederetui heraus. Als sie es öffnete, konnte Emily nicht sehen, was sich darin befand.

»Sie brauchen Sonnenlicht, Miss Thorne. Aber der Sonnenreaktor des Ceres steht momentan nicht zur Verfügung. Er muss sich vom Flug regenerieren und wird anschließend sofort zum Safespot weitergeleitet. Deshalb müssen Sie nach draußen an die frische Luft. Und auch wenn Ihnen radioaktive Strahlung nicht viel anhaben kann, weil Sie eine Synth sind, wollen wir doch sichergehen, dass auch Ihrem biologischen Anteil nichts geschieht.«

»Radioaktiv … was … was meinen Sie? Wo genau sind wir?«

»Nun, wie viele radioaktiv verseuchte Gebiete kennen Sie, die zum britischen Empire gehören?«

»Die Kanalinseln«, stieß Emily überrascht aus. »Jersey?«

Die Synth nickte. »Zwar ist der Atomunfall schon zehn

Jahre her, aber trotzdem sollte sich niemand draußen aufhalten, der, nun ja, rein biologischer Abstammung ist. Wie gut, dass Sie es nicht sind, nicht wahr? Es hat doch alles seine Vorteile.«

Jersey. Natürlich. Der Platz war perfekt für eine geheime Basis. Hier kam niemand vorbei. Sämtliche Einwohner waren nach dem Atomunfall evakuiert und nach Frankreich oder England umgesiedelt worden. Selbst das Militär mied das Gebiet in einem meilenweiten Radius.

»Also, wie sieht es aus? Wollen Sie sich draußen frei bewegen können? Professor Chase sagt, es sei ein Zeichen dafür, wie sehr er Ihnen vertraut.« Die Synth zog nun etwas aus dem Etui. Emily erkannte, dass es eine dicke Spritze mit einer kurzen, breiten Nadel war, auf der eine Kappe steckte. Die Synth hielt sie ihr hin, damit sie sie in die Hand nehmen konnte.

»In der Flüssigkeit befinden sich Nanobots, die kontrollierte Jod-Mengen in Ihren Kreislauf abgeben, und andere Substanzen, die Sie vor Schäden bewahren.«

Emily hob den Kolben vor die Augen und inspizierte die klare Flüssigkeit darin. Natürlich konnte sie die Nanobots nicht sehen, aber sie wusste, dass sie wie kleine Bakterien aussahen, die von Zilien mit kleinen Fäden oder geißelförmigen Flagellen angetrieben wurden, die ähnlich wie Propeller rotierten. »Wie kommen die Nanobots wieder aus meinem Kreislauf raus? Mit Magneten?«

»Nein, wir wissen doch, wie sehr das die elektronischen Anteile Ihres Körpers beeinträchtigen könnte. Wir nehmen selbstverständlich nur Nanobots, die in Zusammenarbeit mit dem Asklepius entwickelt wurden und biologisch abbaubar sind. Wir müssen Ihnen also jede zweite Woche eine neue Spritze verabreichen. Vorausgesetzt, Sie genießen Ihre neu gewonnene Freiheit.« Die Synth nahm ihr die Spritze behutsam aus der Hand, legte ihre Finger um die Kappe und sah Emily fragend an. »Was sagen Sie? Sie könnten in zehn Minuten schon draußen sein. Heute ist ein sonniger Tag, und ich denke, es wird nicht lange dauern, bis es Ihnen wieder besser geht. Egal, was Sie quält.«

Emily dachte an den Moment zurück, als es ihr wegen der Brandstiftung, dem Verlust ihres RoboPets Filia und dem ganzen Hin und Her mit *Kayne* so schlecht gegangen war. Und wie schnell ihr die Sonne im Ceres geholfen hatte, damit sie sich besser fühlte. Jetzt war die ganze Situation noch schlimmer, weswegen sie wirklich etwas Energie brauchte. Sie musste klar denken und handeln können. Also nickte Emily und krempelte ihren linken Ärmel hoch. Es pikste, dann dauerte es eine ganze Weile, bis der Inhalt der Spritze vollständig in ihren Körper übergegangen war. Anschließend zog die Synth die Nadel heraus, holte ein Wattepad aus dem Etui, um die Einstichstelle vorsichtig abzutupfen, und klebte ein Pflaster drauf.

»Sie können sich Ihre Schuhe anziehen. Möchten Sie, dass ich Ihre Wintersachen aus der Garderobe hole?«

Emily wollte diese Frau so schnell wie möglich loswerden, also sagte sie: »Ich habe noch Ersatzsachen hier, sogar noch feste Schuhe. Aber ich denke, ich ziehe trotzdem meine Turnschuhe an. Ich gehe nicht davon aus, dass noch mal Sportunterricht stattfinden wird.«

Was bitter gemeint war, brachte die Synth dazu, in schallendes Gelächter auszubrechen: »Sie haben einen ganz wunderbaren Sinn für Humor, Miss Thorne. Ganz wunderbar.« Die Frau wurde schlagartig wieder ernst, als sie merkte, dass Emily nicht mitlachte. »Nun gut. Ich zeige Ihnen gleich die Tür, durch die Sie nach draußen gelangen. Sie können sich selbst entlassen und wieder reinkommen.«

»Muss ich danach nicht zumindest dekontaminiert werden oder so? Und darf ich draußen überhaupt was anfassen?«

»Das ist alles überhaupt kein Problem.«

Seltsam. Aber Emily kannte sich mit Radioaktivität nicht wirklich aus.

»Die anderen Schüler dürfen auf keinen Fall mitbekommen, dass Sie Freigang haben. Schon Ihrem eigenen Schutz zuliebe, da Sie ja nicht als Synth erkannt werden wollen. Hier.« Die Frau griff in die andere Tasche ihres Blazers und zog eine Uhr hervor. Sie wirkte altmodisch und batteriebetrieben. »Legen Sie sie um und achten Sie immer genauestens auf die Zeit. Sie dürfen sich maximal drei Stunden am Tag draußen aufhalten. Das ist äußerst wichtig. Sollten Sie sich auch nur um eine Minute verspäten, werden wir Ihnen das Privileg wieder entziehen. Und das wollen Sie doch sicher nicht?«

Auch wenn sie wusste, dass sie eigentlich bestens gewappnet sein sollte, begleitete Emily ein mulmiges Gefühl, als sie durch die Tür ins Freie trat. Doch als die Tür sich hinter ihr schloss und sie ihr Gesicht Richtung Sonne wandte, spürte sie sofort, wie die Sorgen sich zwar nicht gänzlich in Luft auflösten, aber zumindest kurz in den Hintergrund traten. Das helle Tageslicht, die Wärme auf ihrem Gesicht, die sich sofort in ihrem ganzen Körper ausbreitete und sie mit Glücksgefühlen und einem ungeahnten Energieschub versorgte … Für einen kurzen Moment fühlte sich alles gut an.

Emily lief an der Arcadia vorbei Richtung Meer, und als sie über die Schulter zurückblickte, konnte sie das Gebäude kaum noch erkennen. Nicht, weil sie sich schon so weit entfernt hatte – es mussten nur einige Hundert Meter sein. Aber es schien, als würde eine Art Tarnsystem über dem gesamten Komplex liegen, vermutlich digitale Bilder, die auf die weißen Rauten projiziert wurden und aus der Ferne so wirkten, als wäre dort nichts weiter als Fels und Gras. Vielleicht war das System auch schon beim Flug zum Einsatz gekommen, zusammen mit einer Technik, die den Flugkörper auf dem Radar unsichtbar gemacht hatte.

Um den Weg zurückzufinden, merkte Emily sich eine verwitterte Holzbank, die nur noch ein paar Streifen blauer Lackfarbe aufwies und auf einem kleinen Vorsprung stand. Dann trat sie durch die Felsformation hindurch den Weg zum Strand an.

Das war also Jersey. Das Meer hatte eine unglaublich beruhigende Wirkung auf sie. So gut die Projektionssysteme inzwischen auch ausgereift waren – der salzige Geschmack in ihrem Mund, der feine Sand, der ihr von den Böen ins Gesicht geweht wurde, und das Rauschen, während die Wellen in weißer Gischt kollabierten und später leise plätschernd dunkelgrünen Tang an den Strand spülten – das alles war mit keiner Simulation vergleichbar. Es war kühl, immerhin war gerade Weihnachtszeit, aber deutlich milder als auf St. Kilda, vielleicht um die 50 Grad Fahrenheit. Emily zog ihre Mütze vom Kopf, weil sie den Wind in ihrem Haar spüren wollte. Alles war ruhig. Kein Mensch weit und breit, keine Autos, keine Flugshuttles. Und wenn man so auf das Meer blickte, die Wintersonne im Gesicht, vergaß man fast, wie sehr die Menschen alles verbockt hatten.

Emily spazierte eine Weile den Strand entlang, erst in die eine Richtung, dann in die andere, und blickte auf die Uhr. Sie hatte noch eine gute Stunde, bis sie wieder in der Arcadia sein sollte. In einer Bucht, auf einer Anhöhe, die von einer Steinmauer geschützt wurde, lag eine kleine Kapelle aus graubraunem Stein. Bei der Evakuierung von Jersey hatte es Aufstände gegeben, von Menschen, die trotz der Havarie ihre Häuser nicht hatten verlassen wollen und eine Verschwörung hinter allem vermuteten. Bei den darauf folgenden Auseinandersetzungen zwischen Bewohnern und Militär hatte es viel Zerstörung gegeben, doch die Kirche schien noch vollends intakt, als hätte sich keiner an sie herangetraut.

Die bunten, bogenförmigen Glasfenster glänzten im Sonnenlicht, und irgendetwas an diesem Ort zog Emily magisch an, sodass sie die Anhöhe hinauflief und an den Grabsteinen vorbei in die Kirche trat. Sie kam in den Eingangsbereich. Die verstaubten Broschüren dort verrieten ihr, dass sie sich in der Kirche St. Brélade befand. Kurz überlegte sie, ob sie das Heftchen wirklich mitnehmen sollte, dann wiederum hatte die Synth gesagt, dass es kein Problem sei, etwas zu berühren. Sie steckte eines davon in ihre Hosentasche, und auch noch eine Karte, auf der alle Sehenswürdigkeiten der Kanalinseln und der nahe gelegenen französischen Küste abgebildet waren, ebenso wie Bushaltestellen, Aeroports und Häfen. Schließlich öffnete sie die Holztüren, die recht schwergängig waren und in den Angeln quietschten, und trat in die Kapelle. Sie war kleiner, als sie erwartet hatte. Zwei Reihen aus Holzbänken standen dicht beieinander, weiter vorne befanden sich aufwendig geschnitzte Rundbögen aus dunklem Holz, dahinter der Altar.

Emily war nicht religiös, dennoch empfand sie Ehrfurcht vor Orten wie diesem. Menschen waren hierhergekommen, wenn sie Rat, Hoffnung und Zuflucht suchten, und irgendetwas an diesem Gedanken fand sie tröstlich. Sie schloss die Türen wieder und ging nun auch in die anderen Gebäude. Sie hatte keine Ahnung, was sie suchte, aber irgendetwas hatte dieser Ort hier an sich.

Im Pfarrhaus sah alles nach überstürztem Aufbruch aus. Schubladen waren aufgerissen und Kleidungsstücke hingen heraus, doch Porzellanfiguren, Gemälde und Bücher befanden sich alle noch an Ort und Stelle. Emily trat ins Büro des Pfarrers. Staub lag zentimeterdick auf der Schreibtischplatte, auf dem auch ein alter Computer stand. Emily ging das Bücherregal durch, bis sie einen Band über Jersey fand. Sie blätterte darin und entdeckte dabei die Sehenswürdigkeiten der Insel, wie Burgen und den Zoo. Daneben befand sich ein Journal, und als Emily es öffnete, fand sie darin handschriftliche Notizen zu den *Jersey War Tunnels* und einen äußerst präzisen Lageplan mit eingezeichneten Stromkreisen und Wasseranschlüssen. Jemand hier schien davon sehr fasziniert gewesen zu sein. Emily erstarrte.

Eine unterirdische Bunkeranlage. Ob das der Safespot der Arcadia ist? Möglich war es. Kurzerhand riss Emily die sechs Blätter mit dem Plan heraus.

Sie blickte auf die Uhr. Noch 30 Minuten. Es war Zeit, aufzubrechen, auch wenn sie sich gern noch weiter umgeschaut hätte. Aber sie wollte nicht gleich bei der ersten Gelegenheit, die ihr gegeben wurde, der Arcadia einen Grund geben, um sie wieder einzuschränken. Also machte sie sich auf den Rückweg.

Als sie zurückkehrte, erwartete die Synth von vorhin sie bereits. »Haben Sie sich etwas erholen können? Sie sehen deutlich aufgeräumter aus.«

»Ja, danke. Die Sonne hat tatsächlich geholfen, meine Festplatte zu putzen«, sagte Emily fröhlich und wunderte sich selbst über ihre gute Laune. Jedenfalls wusste sie auch endlich, was sie wegen Ben unternehmen würde. »Wie gut ist Ihr Kontakt zu Professor Chase?«

Die Synth zögerte. »Sehr gut. Warum?«

»Kann ich ihn heute noch sprechen? Ich habe ihm was Dringendes zu sagen.«

JERSEY (KANALINSEL)

Die Kanalinseln liegen im Ärmelkanal, der zwischen England und Frankreich verläuft. Die Inselgruppe besteht aus Jersey, Guernsey und weiteren, kleineren Inseln.

Jersey ist mit 46,2 Quadratmeilen die größte Kanalinsel und liegt in der Nähe der nördlichen Westküste Frankreichs. Sie ist die sonnenreichste Insel unter den britischen Inseln und besitzt ausgedehnte Sandstrände. Archäologische Funde lassen darauf schließen, dass Jersey schon seit der Steinzeit von Menschen bewohnt wurde. Die Hauptstadt ist Saint Helier, benannt nach einem Heiligen, der sich im 6. Jahrhundert auf der Insel niederließ.

Im 9. Jahrhundert wurde Jersey von Wikingern überfallen und im Jahre 933 von William Longsword für die Normandie annektiert.

1204, als die Normandie an den französischen König zurückgegeben wurde, blieb die Insel im Besitz der britischen Krone.

Während des amerikanischen Unabhängigkeitskriegs versuchten Franzosen, Jersey einzunehmen, wurden aber zurückgeschlagen (siehe auch: *Battle of Jersey*).

Während des Zweiten Weltkriegs wurde die Insel von

den Deutschen besetzt, bis Deutschland kapitulierte. Während dieser Zeit wurden auf Jersey viele militärische Bauwerke durch Zwangsarbeiter errichtet. Seit 2030, nach der Abschaffung der britischen Monarchie, verloren die Kanalinseln ihren Sonderstatus und sind heutzutage schlicht Teil Großbritanniens.

Nach der Nuklearkatastrophe 2034 im Atomkraftwerk Flamanville, die insbesondere die Kanalinseln schwer traf, wurden alle Bewohner nach Frankreich und England umgesiedelt. Kurze Zeit später wurden Jersey, Guernsey, wie auch alle anderen Kanalinseln, an die *Excellence Initiative* übertragen. Die Initiative, zu der auch die Arcadia Academy gehört, versprach im Gegenzug, einen Weg zu finden, um die Inseln von Radioaktivität zu befreien. Bislang waren die Bemühungen von keinem Erfolg gekrönt.

Auszug aus http://encyclopendium.com

8

BEN

Samstag, 24. Dezember 2050

Nervös lief Ben in seinem Zimmer auf und ab. *Das hat sie nicht wirklich getan. Oder doch? Hat sie mich verraten?*

Er hatte Emily ein bisschen Zeit geben wollen, um alles zu verarbeiten, hatte es aber schon bald nicht mehr ausgehalten und war zu ihrem Zimmer gegangen, nur um eine volle Stunde lang vergeblich davor zu warten. Es wäre für ihn in Ordnung gewesen, wenn sie ihn angeschrien, ihm alles Mögliche an den Kopf geworfen hätte, solange sie nur mit ihm sprach. Dann aber war Sam Jones vorbeigekommen und hatte ihm erzählt, dass er Emily mit einer Synth gesehen hatte, auf dem Weg zu Professor Chase. Panisch war Ben auf sein Zimmer zurückgekehrt und hatte dort den ganzen Abend über seine Situation gegrübelt.

Ob es etwas ändert, wenn ich mich selbst stelle? Er verwarf den Gedanken sofort wieder. Für ihn würde es keine mildernden Umstände geben, nicht in dieser Sache. Er hatte der Arcadia großen Schaden zugefügt, oder zumindest zufügen wollen, und Professor Chase war die Arcadia in Person. Das hier war sein gottverdammtes Lebenswerk und er würde Ben sicher nicht einfach so davonkommen lassen. Warum sollte er auch? Selbst wenn er ihn nach Hause schickte, musste er ja davon ausgehen, dass Ben als Allerersten zu *Widevisions* rennen und ihnen von der Arche und dem Safespot erzählen würde. Das wollte Professor Chase sicher nicht riskieren.

Ben rieb sich über die Arme. In einem Moment war ihm eiskalt und im nächsten Moment siedend heiß. Er dachte an seinen Vater. Er würde nichts mehr für ihn tun können. Womöglich würde er ihn nicht einmal mehr wiedersehen. Und was Emily betraf... Er war nicht wütend auf sie. In gewisser Weise konnte er sie sogar verstehen. Er hatte sie von Anfang an belogen und betrogen und das jetzt war wohl seine gerechte Strafe.

Es klopfte. Unwillkürlich fuhr Ben zusammen.

»Machen Sie auf«, dröhnte die Stimme eines Mechs durch die Tür.

Ben blickte sich um. Kurzerhand griff er nach dem Laserstift, der auf seinem Tisch lag, und steckte ihn in die Hosentasche. Den Rest seiner geheimen Spionagesachen schob er schnell in die Schreibtischschublade.

Wieder klopfte es, dieses Mal vehementer. »Öffnen Sie die Tür oder ich verschaffe mir selbst Zutritt.«

Ben wappnete sich, so gut es ging, und machte auf.

»Professor Chase will Sie sehen.«

Er schloss die Augen und atmete tief durch. *Das Spiel ist aus.* Irgendwie hatte er schon immer geahnt, dass es eines Tages passieren würde. Er hätte aufhören sollen, als er noch die Chance dazu gehabt hatte. Ben versuchte, sich von der aufkommenden Angst nicht übermannen zu lassen, und klammerte sich an den Gedanken, dass er sich zumindest nicht kampflos ergeben würde.

Der Mech brachte ihn in das schlecht beleuchtete Treppenhaussystem, das Ben schon kannte, aber statt ihn nach oben zu bringen, wo sich Professor Chase' Büro befand, führte er ihn die Treppen weiter nach unten, sogar noch tiefer hinunter, als die Räumlichkeiten für den Start gelegen hatten. Schweiß bildete sich in Bens Nacken und perlte den Rücken herunter, sein Atem ging schnell und seine Finger zitterten. Wollten sie sichergehen, dass niemand etwas mitbekam? Wollten sie ihn irgendwo tief unter der Erde verscharren? Als er sich umdrehte, sah er, dass der Roboter seine Waffe im Anschlag hatte.

Ob ich ihn mit dem Laser überwältigen kann? Oder wird er schneller abdrücken als ich? Mal angenommen, ich würde es schaffen – wohin soll ich dann?

Ben hatte den Eindruck, sie müssten bereits das Gebäude der Arcadia verlassen haben und sich nun in einem Gängekomplex befinden, auf dem man die Schulgebäude platziert hatte.

Endlich, nach unzähligen Treppen, lotste der Mech ihn

in einen Gang hinein, der lange Zeit nur geradeaus ging. Schließlich traten sie in eine leere Halle, an deren Ende eine verriegelte Tür lag. Professor Chase stand vor einer großen Scheibe. Die schwache Innenbeleuchtung, die durch sie nach außen fiel, machte die Umgebung zumindest begrenzt sichtbar. Algenreste und andere Pflanzenteile trieben am Fenster vorbei, und Ben wusste sofort, dass dies hier keine Projektion war. Sie befanden sich irgendwo unter dem Meeresspiegel. Kurz kam ihm die Idee, dass er einfach ein Loch in die Scheibe lasern und damit Professor Chase und den Mech überwältigen könnte. Allerdings würden auch ihn die hereinströmenden Wassermassen mitreißen, der Gang war verdammt lang gewesen und die rettenden Treppenstufen viel zu weit weg.

»Sie können uns jetzt allein lassen«, sagte Professor Chase zu dem Mech. Der Roboter salutierte und stapfte davon.

Der Schulleiter hatte offenbar keinen Zweifel daran, es allein mit Ben aufnehmen zu können. Er musterte ihn, als würde er jeden Quadratzentimeter seines Gesichts scannen. Vielleicht fragte er sich gerade, wie sämtliche Überwachungssysteme versagt haben konnten und nichts an seinem Äußeren verraten hatte, dass er nicht Kayne Vermont Junior war. Wie fortgeschritten die Technologie von *Widevisions* sein musste, dass sie selbst seine Regenbogenhaut an die des Milliardärssohns angepasst hatten, ebenso wie die Finger- und sogar Zehenabdrücke – sodass Iris- oder Fingerabdruckscanner getäuscht wurden.

»Sie wissen, dass ich Ihnen nie wirklich getraut habe und ich schon mehrfach überlegt hatte, Sie von der Schule zu werfen. Aber ich muss zugeben, dass ich Sie die ganze Zeit vollkommen unterschätzt habe.« Die Stimme des Schulleiters war ganz ruhig, was Ben nur noch mehr Angst einjagte. Sein ganzer Körper war zum Zerreißen gespannt, während sich seine Finger fester um den Laserstift in seiner Hosentasche krampften.

»Sie können sich also denken, wie überrascht ich war, als nicht nur Miss Thorne mich heute aufsuchte und Fürsprache für Sie hielt, sondern auch, als man mir berichtete, dass Sie im U-Boot-Test von allen Schülern am besten abgeschnitten haben.«

Emily? Nach allem, was geschehen war? Das war schwer zu glauben.

Professor Chase trat zu ihm und legte eine Hand auf seine Schulter. Der Druck war kräftig, fast schon schmerzhaft, aber Ben blieb still stehen und versuchte, sich nicht anmerken zu lassen, dass er sich am liebsten herausgewunden hätte und vor dem Schulleiter zurückgewichen wäre.

»Als Wiedergutmachung gebe ich Ihnen die Gelegenheit, sich mehr einzubringen und Ihrer Freundin zu beweisen, was für ein toller Kerl Sie sind.«

Ben kriegte kein Wort heraus. Er musste sich zwingen, ein knappes »Ja, Sir« über die Lippen zu pressen.

Endlich ließ Professor Chase von ihm ab. »Sie sehen darüber nicht so glücklich aus, wie ich es mir erhofft hatte.

Aber kommen Sie erst mal mit. Ich zeige Ihnen, was Sie erwartet. Ich muss Sie aber darum bitten, es den anderen Schülern gegenüber erst mal nicht zu erwähnen. Miss Thorne versicherte mir, dass Sie Geheimnisse gut für sich behalten können. Und ich vertraue ihrem Urteil.«

Professor Chase führte ihn zur Tür und gab einen Code ein. Ben tat, als würde er geradeaus blicken, konnte die Kombination aber gerade noch aus den Augenwinkeln erkennen. *7344802.* Klackend löste sich die Verriegelung und die Tür öffnete sich. Dahinter befand sich ein riesiger, kugelförmiger Raum. Die gesamte Wandfläche bestand aus Scheiben, unterbrochen von etwa zwanzig runden Schotten. Davor standen Tische mit Kontrollinstrumenten und es gab Dutzende leerer Stühle. Die ganze Atmosphäre erinnerte Ben an Filmszenen, in denen die NASA Raketen ins Weltall schickte.

»Wenn Sie aus dem Fenster blicken, erkennen Sie, worum es geht. Warten Sie.« Professor Chase legte einen Schalter um und schaltete außerhalb des Gebäudes Lichter ein. Ben stockte der Atem. Hinter jedem Schott lag eine flexible Röhre, und mit dieser war jeweils ein U-Boot verbunden, welches sich sachte mit der Strömung hin und her bewegte. Es waren keine U-Boote im klassischen Sinne, sondern sie sahen eher wie Flugshuttle aus. *Darum ist es also in der Prüfung gegangen.*

»Wir werden diese Unterwasserfahrzeuge nutzen, um zum Safespot zu gelangen. Ihnen fällt die Aufgabe zu, die Transportshuttles aus der Arcadia sicher zu ihrem Zielort zu geleiten. Aus diesem Grund werde ich Sie auch aus dem weiteren Prüfungsprogramm herausnehmen lassen. Verstehen Sie, was ich damit sage? Sie haben einen sicheren Platz! Sie werden überleben. Und das nicht nur wegen Ihrer Freundin – Ihre Leistungen haben mich ebenfalls überzeugt. Und ich hoffe, Sie wissen zu schätzen, welche Ehre Ihnen damit zuteilwird.«

Professor Chase blickte Ben erwartungsvoll an, der nur mühevoll ein Lächeln zustande brachte. »Mir fehlen offen gestanden die Worte. Vielen Dank für das Vertrauen, Professor Chase.«

Der Schulleiter klopfte ihm auf die Schulter, als wären sie alte Freunde. »Geben Sie mir nur keinen Grund, es zu bereuen.«

Die Drohung, die in seinen Worten mitschwang, ignorierte Ben. Denn das, was sich hier eröffnete, war nicht nur eine Überlebenschance, sondern es war vielmehr eine Fluchtmöglichkeit und ein Weg zu ihren Familien.

9

BEN

Samstag, 24. Dezember 2050

»Lässt du mich rein?

»Emily!« Ben widerstand dem Impuls, sie in den Arm zu nehmen. Stattdessen trat er einen Schritt zurück, um ihr Raum zu geben. Er wollte ihr sagen, wie sehr er sich freute, sie zu sehen, war aber nicht sicher, ob das gut aufgenommen werden würde. Unter keinen Umständen wollte er sie gleich wieder vergraulen. »Danke, dass du mich nicht verraten hast.«

Ein kurzer Seitenblick, den er nur schwer interpretieren konnte. »Hast du wirklich gedacht, dass ich das tun würde?« Emily legte ihre Tasche auf seinem Schreibtisch ab und verschränkte die Arme vor der Brust. »Ich bin wirklich sauer auf dich. Aber ich bin nicht blöde.«

»Das … das weiß ich doch. Ich meine nur … ich bin jedenfalls froh, dass du da bist.«

Emily krauste die Stirn und schüttelte den Kopf, aber statt weiter darauf einzugehen, sagte sie: »Kannst du noch mal dein Spionage-Zeug rausholen?«

»Na klar. Darf ich?« Ben deutete auf die Schublade und Emily trat einen Schritt zurück. Er holte die Sachen heraus und breitete sie neben Emilys Tasche auf dem Tisch aus. »Hast du etwa eine Idee, was wir damit anfangen können?«

»Vielleicht«, sagte sie. Emilys distanzierte Haltung und die Sachlichkeit in ihrer Stimme gefielen ihm nicht, aber er musste sich wohl oder übel damit abfinden. Alles war besser, als gar nicht mit ihr zu reden. »Wie kannst du Gespräche abhören?«

Er klappte den Laptop auf und öffnete das zugehörige Programm, um es ihr zu zeigen. »Hier, damit geht es.«

»Sind das die Übertragungen der einzelnen Spinnenwanzen?« Sie deutete auf die schwarzen Kästchen, auf denen unterschiedliche Zahlen standen.

»Ja, genau. 1-30, die alle in den Projekträumen sind.« Verdutzt blickte er auf ein weiteres Kästchen, das vorher nicht da gewesen war. Es trug die Zahl 47. »Komisch. Diese Spinnenwanze hatte ich nie benutzt.« Er klickte auf das Feld und gab ein Kommando ein, um die Koordinaten abzurufen. Dann kratzte er sich am Kopf. »Irgendwie scheint sie auf Höhe von Professor Chase' Büro zu sein, obwohl ich es in den letzten Tagen nie geschafft habe, auch nur in die Nähe dieses Zimmers zu gelangen …« Plötzlich riss Ben die Augen auf und sah Emily an. »Das hast du nicht.«

»Und wenn doch?«

»Aber wie …«

»Als du mir dein ganzes Zeug gezeigt hast, ist eine davon wohl in meiner Tasche gelandet. Deswegen war ich heute bei ihm und hab dich mächtig gelobt. Direkt ins Büro habe ich mich mit der Wanze allerdings nicht getraut.«

»Okay. Damit bist du jetzt ganz offiziell die Superspionin von uns beiden. Irgendwie scheint es nichts zu geben, das ich besser kann als du. Wenigstens den Titel hättest du mir wohl noch lassen können.«

Emily ging nicht auf den Scherz ein. »Nur, um das klarzustellen: Ich bin immer noch sauer auf dich. Aber es gibt im Moment Wichtigeres als das. Wie kannst du die Spinnenwanze zum Laufen bringen?«

»Den Schalter auf der Unterseite hast du ja schon betätigt, sonst könnte ich das Kästchen gar nicht sehen.«

Emily nickte und Ben setzte sich an den Schreibtisch. Er tippte einen Befehl ein und aktivierte die Kamera. Dann lenkte er die Spinnenwanze in eine kleine Nische bei der Tür. Jetzt mussten sie nur noch warten, bis jemand in Professor Chase' Büro reinging oder von dort herauskam.

Emily öffnete derweil ihre Tasche und holte ein paar Kekse, Sandwiches und Chipstüten hervor.

»Wow, das sieht wirklich so aus, als hättest du schon immer mal eine Observierung machen wollen.«

Sie antwortete nicht, holte sich einen Stuhl heran und setzte sich neben ihn, während Ben ein paar Kopfhörer in den Audioausgang einstöpselte und ihr einen der Hörer gab. Dafür mussten sie näher zusammenrücken. Als sich ihre Schultern berührten, zuckte Emily kurz zurück, ließ sich dann aber auf die Nähe ein.

Wortlos starrten sie einige Minuten auf den Bildschirm, bis Ben die bedrückende Stille nicht mehr ertrug. »Das alles tut mir so leid. Ich kann dir gar nicht sagen, wie sehr. Ich hätte das alles nie tun sollen.«

»Und dafür deinen Vater im Stich lassen?« Sie schüttelte den Kopf. »Ich hab Verständnis für deine Lage. Aber ich brauch noch etwas Zeit, okay? Ich versteh halt nicht, warum du mir nicht genug vertraut hast.«

»Ich würde dir mein Leben anvertrauen. Aber ich wollte dich einfach nicht … na ja … noch mehr belasten?«

»Weißt du, was Suri als selbst ernannte Beziehungsexpertin dazu gesagt hätte? Dass das die Entschuldigung eines Feiglings ist. Du hast keine Ahnung, was ich verkrafte und was nicht.«

Beschämt blickte Ben wieder zum Monitor. »Ich werde dir beweisen, dass du mir ab jetzt hundertprozentig vertrauen kannst. Mein Vater hat mir beigebracht, dass Taten mehr beweisen als Worte. Gib mir die Chance. Nur noch diese eine.«

Emily atmete tief ein. »Lass uns das hier erst mal erledigen.«

»Ist gut.« Ben malte ein paar Kreise in sein Notizbuch.

»Ein Füller? Dein Ernst? Wer benutzt denn heute so was noch?«

»Hey, ich mag die Dinger zufällig. Und selbst die Arcadia scheint ja neuerdings auch auf altes Zeug zu setzen. Vielleicht haben wir beim Transfer hierher ja auch eine Art Zeitreise gemacht und wissen nur noch nichts davon. Ich mein, guck dir mal deine Uhr an. Wofür hast du die bekommen? Oder ist das deine?«

»Ich hab Freigang bekommen, aber erzähl bitte niemandem davon. Wir sind übrigens auf Jersey.«

»Du meinst die radioaktiv verstrahlte Kanalinsel?«

»Genau. Sie haben mir Nanobots mit Jod gespritzt, und dann durfte ich mich draußen bewegen, weil ich, na ja, nicht so gefährdet bin wegen dem, was ich bin.«

Irgendwie gefiel Ben der Gedanke nicht, dass Emily in einem radioaktiv verseuchten Gebiet umherlief. Aber ihm war klar, dass hier viel cleverere Menschen unterwegs waren als er selbst und sicher genau wussten, was sie taten. Er versuchte, sich sein Unbehagen nicht anmerken zu lassen. »Hast du was rausgefunden?«

»Ich habe eine Kirche entdeckt. St. Brélade. Und wusstest du, dass es hier ein riesiges Tunnelsystem gibt, das im Zweiten Weltkrieg gebaut wurde? Sogar mit einem unterirdischen Krankenhaus. Glaubst du, das könnte der Safespot sein?«

Ben schüttelte den Kopf. »Ich glaube nicht. Professor Chase hat mir vorhin Unterwassershuttles gezeigt und meinte, dass wir so dahin kommen werden.«

Emilys Augen weiteten sich. »Unterwassershuttles? Echt?« Sie richtete sich auf. »Denkst du das Gleiche, was ich denke?«

»Ich glaube schon. Also zumindest, wenn du auch über eine Fluchtmöglichkeit nachdenkst.«

»Wir müssen unbedingt –«

»Warte kurz. Ich glaub, ich höre Schritte.«

Ben drückte den Kopfhörer tiefer ins Ohr. Emily nickte ihm stumm zu. Er lehnte sich über seine Tastatur und wartete, bis die Schuhe ins Blickfeld der Kamera gerieten. Dann bewegte er die Spinne nach vorn und drückte auf die Leertaste, woraufhin die Spinnenwanze an einen der hohen Absätze sprang.

»Wer ist da?«

»Miss Fines«, kam die Antwort.

Die Tür glitt auf. Als Miss Fines auf dem Weg zum Schreibtisch war, ließ Ben die Spinne abspringen und so schnell wie möglich auf eines der Regale zukrabbeln.

»Ich begreife es nicht, Professor Chase! Wir können Tausende Menschenleben retten! Wir haben die Kapazitäten dafür.« Miss Fines' Stimme überschlug sich vor Aufregung fast.

Die Spinne war am Regal angekommen und Ben steuerte sie in den schmalen Spalt zwischen Wand und Seitenteil und ließ sie dann nach oben klettern, bis sie außer Sichtweite der Personen im Zimmer war.

»Wir haben nicht die Ressourcen«, entgegnete Professor Chase.

So laut, wie sie sprachen, bemerkten sie gar nicht, dass die Spinne sich ins Holz bohrte. Als sie fertig war, deaktivierte sich die Kamera und nur noch der Ton wurde übertragen. Emily legte Ben eine Hand auf den Unterarm und nickte ihm zu.

»Natürlich haben wir die Ressourcen! Wenn gut gehaushaltet wird, können wir mit den neu entwickelten Pflanzen Tausende Menschen ernähren. Und dann sind da noch die …«

»*Wenn gut gehaushaltet wird?* Ich bitte Sie«, fuhr Professor Chase ihr dazwischen. »Wie viele Menschen kennen Sie, die nicht glauben, dass ihnen das größte Stück vom Kuchen zufallen sollte? Rationieren? Bei dem, was jeder Einzelne von denen gewohnt ist? Oder wollen Sie lediglich Menschen retten, die ihr ganzes Leben lang nur Hunger kannten?«

»Wenn Sie sonst niemanden hereinlassen wollen, dann ja, von mir aus!«

Professor Chase sprach jetzt gefährlich langsam und ruhig, fast, als würde er einem Kleinkind etwas erklären: »Miss Fines. Was sollen wir denn Ihrer Ansicht nach tun, wenn nicht alle Pflanzen und Tiere den Transfer überleben? Sie wissen, dass die Strecke zum Safespot gefährlich ist. Wenn wir auf dem Weg dorthin Schlüsselfahrzeuge verlieren, wird es knapp. Knappheit birgt das Risiko eines Aufstands. Ein Aufstand birgt die Gefahr, dass das gesamte Projekt zerstört wird, was die Ausrottung unserer gesamten Spezies zur Folge hat. Seien Sie doch bitte nicht so naiv zu glauben, dass es bei Tausenden von Menschen nicht zu Komplikationen kommen könnte. Diese Individuen da draußen sind alle vollkommen festgefahren in ihren Strukturen, in ihrem Denken. Selbst wenn sich einige von ihnen noch ändern könnten, werden es trotzdem nicht alle schaffen. Es reicht nur ein fauler Apfel, um den ganzen Sack zu verderben.«

»Wie können Sie nur …«

»Nein, wie können *Sie* nur! Muss ich Sie daran erinnern, dass Sie vertraglich absolute Loyalität zugesichert haben, wenn Projekt Telos gestartet wird? Und jetzt stehen Sie hier an Tag eins und stellen meine Entscheidungen infrage.« Ein Scheppern ertönte, als knalle Professor Chase etwas auf einen Tisch. »Es geht um das große Ganze! Wir haben die Chance auf einen Neuanfang, damit das, was jetzt passiert, nie wieder geschehen wird. Wir haben die Möglichkeit, eine noch nie da gewesene Weltordnung zu erschaffen. Frei von jeglichem Kapitalismus, mit jungen, intelligenten Menschen, die etwas Neues formen. Aus denen Generationen entspringen werden, die eins sind – sowohl mit der Natur als auch mit der Technik, und genau wissen, wie sich alles die Waage hält. Stellen Sie sich vor, wir hätten auch nur eine Person unter ihnen, die sich mit der neuen Ordnung nicht arrangieren kann und die anderen aufwiegelt, weil sie die *alten Zeiten* zurückhaben will. Oder machtbesessen ist. Oder einfach nur gierig. Die neue Gesellschaft ist angreifbar, ebenso wie die Zuflucht selbst. Eine einzige Person könnte alles zerstören! Sehen Sie denn nicht, was auf dem Spiel steht? Fehlt Ihnen die Weitsicht dafür? Sie müssen an die Zukunft denken!«

»Und Sie an die Gegenwart! Dann machen wir eben

Verhaltenstests! Durch die Auswahlverfahren der Arcadia sind wir doch darauf spezialisiert, Menschen zu finden, die geeignet sind und auf engstem Raum zusammenleben können.«

»Wie wollen Sie denn in der Kürze der Zeit bei so vielen Leuten noch Verhaltenstests durchführen? Und unter welchem Vorwand? Jede Minute, die die Außenwelt nichts davon erfährt, was schon in Kürze mit unserer Erde passiert, ist eine Minute, die wir an Vorsprung gewonnen haben.«

Dann war die Welt da draußen tatsächlich vollkommen ahnungslos, was hier vor sich ging. Bens Brust schnürte sich zu und ließ ihn kaum noch atmen. Wie zähflüssiger Teer sickerten die Worte in sein Bewusstsein und machten ihm deutlich, über was die beiden dort gerade verhandelten. Welche Tragweite dieses Gespräch hatte.

Professor Chase spielte Gott. Er allein entschied darüber, wer den Weltuntergang überleben würde – und wer nicht. 9,7 Milliarden Menschen. Lediglich ein paar Tausend könnte die Academy retten, was ohnehin nur einen Tropfen im Ozean an menschlichem Leben ausmachte. Und Professor Chase wollte das Ganze sogar noch auf ein einziges Molekül herunterdampfen, obwohl im Safespot anscheinend noch Platz für so viele mehr war.

Ein kurzer Seitenblick zu Emily zeigte ihm, dass auch sie geschockt war. *Der Mann ist doch verrückt!*

Am liebsten hätte er den Hörer aus dem Ohr gerissen und sich kein Wort mehr von diesem Irren angehört, dem sie jetzt alle auf Gedeih und Verderb ausgeliefert waren. Aber gleichzeitig musste er jedes Detail erfahren. Nur dann würden sie gegen diesen Wahnsinn angehen können. Sie konnten das nicht zulassen. Sie würden das nicht zulassen. Keiner von ihnen, davon war Ben überzeugt.

»Dann nehmen Sie wenigstens die Familien dieser Kinder mit. Unsere Familien! Wenn unsere Angehörigen die Wahl haben zwischen dem Tod und dem Sich-Anpassen, glauben Sie nicht, sie würden alles dafür geben, damit diese Gemeinschaft funktioniert? Sie können doch nicht einfach alle sterben lassen! Und haben Sie sich schon mal Gedanken darüber gemacht, was es mit den Kindern macht, wenn sie überleben dürfen, aber ihre Liebsten nicht?«

Professor Chase schnaubte. »Es sind Jugendliche, keine Kinder. Ich habe meine eigenen Eltern in dem Alter verloren, und Sie sehen ja, dass aus mir noch was geworden ist. Außerdem ist es statistisch erwiesen, dass mit weniger Aufständen und Widerspruch zu rechnen ist, wenn die Jugendlichen auf sich allein gestellt sind und eine feste Führung haben. Ich habe dafür auch schon eine Person im Auge, die sich bestens dafür eignen wird. Jemand, dem Sie vertrauen werden. Familiäre Bindungen hingegen sind mit unkalkulierbaren Risiken verbunden. Es tut mir sehr leid für Ihre Familie. Ich weiß, dass Sie selbst Geschwister haben, die Sie retten möchten.«

»Ich habe vor allem Nichten und Neffen, die noch im Kleinkindalter sind. Retten Sie sie. Formen Sie sie von mir aus nach Ihren Vorstellungen. Aber nehmen Sie sie mit!«

»Miss Fines! Sie kommen in dieser Phase des Projekts zu mir und wollen mit mir verhandeln? Sie wussten doch, worauf Sie sich einließen, als Sie in die Initiative einstiegen!«

»Ich hatte doch keine Ahnung, dass Sie *alle* zurücklassen würden! Das ist doch krank! Und seien wir ehrlich – hatte irgendjemand von uns eine Wahl, nach dem, womit Sie uns immer gedroht haben?«

Ben und Emily sahen sich fragend an. Was war diese Bedrohung, von der sie sprach? War das der Grund, warum sich nie jemand Professor Chase widersetzt hatte?

Die Tür ging wieder auf, und dem mechanischen Klacken nach war es ein Mech, der den Raum betreten hatte. »Sie haben einen Alarm ausgelöst, Professor. Wünschen Sie, dass ich Miss Fines entferne?«

»Kommt heute noch etwas Vernünftiges aus Ihrem Mund, Miss Fines?«

»Bitte, Professor Chase. Ich verspreche Ihnen, dass es in meinem Haus keinen Widerstand mehr geben wird. Es wird das letzte Mal sein, dass wir ein solches Gespräch führen. Aber bitte, prüfen Sie die Familien dieser Schüler und Schülerinnen auf Kompatibilität und nehmen Sie sie mit, wenn sie sich als würdig erweisen.«

Angespannte Stille machte sich breit. Ben hörte nur das leere Audiorauschen, das grausam in seinem Ohr dröhnte.

»Also schön. Stellen Sie Listen mit den Familien der Schülerschaft und denen des engsten Mitarbeiterstabs zusammen. Ich werde sie mir genauer ansehen. Aber Sie gehen jetzt wieder auf Ihren Posten. Sorgen Sie dafür, dass bei Ihnen im Haus Ceres Ruhe herrscht. Und denken Sie daran, wie viele Leben auf dem Spiel stehen. Auf Wiedersehen, Miss Fines.«

Damit war das Gespräch beendet. Ben schaltete die Spinnenwanze auf Stromsparmodus. Sein Vater würde niemals auf dieser Liste landen, da man nicht ihn, sondern höchstens die Eltern von Kayne draufsetzen würde. Selbst wenn er es irgendwie schaffen sollte, ihn zu listen – bei dem Kurs, den man hier eingeschlagen hatte, würde er aufgrund seiner Krankheit von vornherein ausgeschlossen werden. Für Ben war es keine Option. Dennoch musste er zugeben, dass es ein kluger Schachzug von Professor Chase war, an dieser Stelle einzulenken. Wenn die Schüler aufmüpfig werden würden, und das war nur eine Frage der Zeit, würden sich viele mit so einer Aussicht vermutlich ruhigstellenlassen, um zumindest ihre Liebsten zu retten.

Auch Emily wirkte ehrlich mitgenommen von dem, was sie gehört hatten. Sie wirkte nachdenklich. Ob auch bei ihr Zweifel aufgekommen waren? Emily hatte nun die Möglichkeit, ihre Familie zu retten, indem sie einfach nur gehorchte und tat, was Professor Chase ihr sagte.

»Egal, was kommt, ich werde meinen Vater nicht im Stich lassen«, sagte er schließlich.

»Ja, ich verstehe dich. Er wird nicht auf diese Liste kommen.« Emily betrachtete ihn. »Ich helfe dir. Auch ich will meine Familie retten und Professor Chase traue ich kein Stück über den Weg. Diesen Kampf schaffe ich nicht ohne dich. Bist du dabei?«

»Natürlich.«

Sie lächelte und nahm ihn in den Arm. Ihre Nähe tat so gut. Sie wiederzuhaben tat so gut.

»Dann heißt es jetzt wir beide gegen die Arcadia?«

»Ich fürchte, ja. Ich weiß nicht, wie wir auf die Schnelle Verbündete finden. Wir können ja nicht einfach jeden hier ansprechen.«

Ben nickte. So blöd es auch war – sie hatte recht. In dieser Situation konnte man wohl niemandem trauen.

10

EMILY

Freitag, 30. Dezember 2050

Emily blickte aus dem Fenster. Gemächlich zog das trübe, blaugrün schimmernde Meerwasser am Shuttle vorüber. Früher wären sie hier vielleicht Fischschwärmen aus Makrelen, Schollen und Brassen begegnet, aber durch die Überfischung gab es keine mehr. Überlebt hatten nur Fischarten, die für Menschen ungenießbar waren – und selbst diese waren selten geworden.

Im Inneren des Shuttles war es ruhig. Nur das leise Rauschen von Maschinenbelüftungen und Bens gleichmäßiger Atem erfüllten die Stille. Es war so friedlich, dass Emily dem Instinkt widerstehen musste, einfach die Augen zu schließen und wegzudösen.

Zwar hatte sie durch den täglichen Ausgang ausreichend Energie getankt, aber das bedeutete leider nicht, dass auch ihr nächtlicher Schlaf ruhig war. Sie waren dazu übergangen, Professor Chase' Büro abwechselnd abzuhorchen. Und auch an ihren »freien« Abenden wurde Emily von zu vielen Gedanken gequält. Sie wusste, dass sie damit nicht allein war, denn als sie zu Ben rüberblickte, sah sie auch unter seinen Augen Schatten. Im Gegensatz dazu leuchteten seine Augen umso intensiver in dem blauen Licht, das sie umgab. Er hatte die Lippen zusammengekniffen und wirkte konzentriert, während er das Shuttle lenkte. Inzwischen blickte er auf einige Tage Training mit dem Unterwasserfahrzeug zurück und kannte sich bestens damit aus. Tatsächlich war Professor Chase schon so zufrieden mit ihm, dass er Ben die Übungsfahrten ohne die Begleitung eines Mitarbeiters machen und stattdessen Emily mitnehmen ließ. Nächste Woche sollte er dann die anderen Schüler und Schülerinnen trainieren, die sich ebenfalls für die Shuttles qualifiziert hatten.

Wenn es nach Emily und ihm ging, würde es gar nicht erst dazu kommen, weil sie dann schon über alle Berge waren. Sie waren sich einig, dass das Unterwassershuttle die bislang beste Fluchtmöglichkeit bot. Doch bis sie all ihre Optionen ausgelotet hatten, mussten sie Professor Chase bei Laune halten und keine Bedenken aufkommen lassen. Es war schwer, dem Schulleiter das Gefühl zu vermitteln, dass sie sich fügten, während alles in ihnen gegen seine Maßnahmen und Ansichten rebellierte. Aber der Professor war so überzeugt von seiner Idee, dass er gar nicht auf den Gedanken zu kommen schien, dass es Leute gab, die sie rigoros ablehnten. Vielleicht war das auch der

Grund, warum er Ben immer wieder hatte davonkommen lassen.

Ben bemerkte, dass Emily ihn immer noch beobachtete, und begegnete ihrem Blick. Sofort erhellte ein Lächeln seine Züge und sie sah beschämt wieder aus dem Fenster. Egal, was er getan hatte: Sie fühlte sich bei ihm sicher. Als wenn ihr nichts zustoßen könnte, solange er nur bei ihr war. Sie fühlte sich geliebt. Und es gab keinen Zweifel daran, dass sie ihn ebenso zurückliebte. Hatte er nicht auch ihr schlimmstes Geheimnis erfahren und war dennoch bei ihr geblieben?

Emily schüttelte den Kopf. Im Moment hatten persönliche Befindlichkeiten hier nichts zu suchen. Sie mussten an einer gemeinsamen Strategie arbeiten.

»Wofür ist der hier?«, fragte sie schließlich und deutete auf den roten Knopf in der Armatur.

»Der ist für die Beschleunigung. Allerdings verbraucht der Boost ziemlich viel Energie, deswegen soll er nur im Notfall benutzt werden.«

»Wo wir gerade von Energie sprechen – womit werden die Shuttles eigentlich betrieben?«

»Erinnerst du dich an diese großen silbernen, blütenförmigen Hangars, in denen die Flugzeugshuttles der Arcadia geparkt und aufgeladen werden?«

Emily nickte.

»Ich glaube, es ist eine ähnliche Technik. Man muss das Shuttle bis fünf Meter unter die Wasseroberfläche bringen. Dann zieht man diesen Hebel, und aus der Luke am Heck kommt eine metallische Kugel, die über einen Schlauch mit dem Shuttle verbunden ist. Wenn sie an der Wasseroberfläche ankommt, fächert sie sich automatisch auseinander, bis sie aussieht wie eine überdimensionierte Seerose. Da laufen dann so eine Art Äderchen hindurch, die anfangen, gelb und orange zu pulsieren. Kurz darauf wird das Shuttle mit Energie gespeist.«

»Wie lang dauert der Ladevorgang?«

»Etwa 30 Minuten. Aber Professor Chase meinte, zum Safespot würde eine Energieladung reichen, sodass wir gar nicht erst anhalten müssten.«

Emily fragte Ben nicht, ob er inzwischen wusste, wo der Safespot lag. Außerhalb ihrer Zimmer beschränkten sich ihre Gespräche auf oberflächliche Themen. Sie waren sich ziemlich sicher, dass sie überall sonst abgehört wurden. Selbst hier im Unterwassershuttle waren sie nicht so unter sich, wie die Umgebung und Stimmung vermuten ließen. Emily nahm sich vor, Ben später zu fragen, welche Reichweite das Shuttle hatte. Daran konnte man zumindest ableiten, in welchem Umkreis sich der Safespot befand. Vielleicht war er auf einer der abgelegeneren Kanalinseln.

»Du machst das wirklich gut.«

Ben zog die Augenbraue hoch, als wüsste er nicht, ob Emilys Kompliment ernst gemeint war oder ob sie es nur sagte, damit es in der Zentrale gehört wurde und das Vertrauen in ihn gestärkt wurde. Instinktiv legte sie ihre Hand auf seinen Unterarm und nickte ihm zu.

»Wir werden das mit dem Transfer bestimmt gut meistern. Wir kriegen schon alle sicher ins neue Zuhause«, entgegnete er. Ben spielte seine Rolle gut, aber dafür war er ja schließlich auch ausgebildet worden. »Ich bin mir sicher, dass jeder an der Arcadia bereit ist, zu tun, was nötig ist.«

Die meisten schienen im Moment tatsächlich dazu bereit. Seit in Aussicht gestellt worden war, dass die Schüler, wenn sie kooperierten, ihre Familien retten konnten, war jegliche Form von Rebellion im Keim erstickt worden. Dabei gab es keine Garantie, dass die eigenen Familienmitglieder die Verhaltenstests der Arcadia überhaupt bestanden. Alles war von Professor Chase' Entscheidung abhängig. Emily hoffte, dass insgeheim alle nur so taten, als würden sie mitspielen – so wie Ben und sie auch. Es konnte doch nicht allen so herzlich egal sein, was hier passierte.

»Shuttle Gamma, Sie nähern sich der Grenze des sicheren Gebietes. Bitte kehren Sie sofort um«, kam es durch den Lautsprecher.

Ben lenkte das Shuttle so, dass es nun mit der Strömung fuhr. Anschließend schaltete er das Display auf die Landkarte um und blickte dann Emily vielsagend an. Er hatte ihr erzählt, dass er in den letzten Tagen immer wieder andere Richtungen einschlug, um zu sehen, wie weit er mit dem Shuttle kam, ohne Alarm auszulösen. Die nächste Stadt an der französischen Küste war von hier aus nur noch 5 Meilen entfernt. Emily wusste, was er ihr damit sagen wollte. Das hier war eine potenzielle Fluchtroute.

Bens Finger schwebte gefährlich nahe über der Beschleunigungstaste, aber Emily schob ihn beiseite. Es würde nur das Vertrauen in ihn erschüttern, wenn er so etwas tat. Sie hingegen konnte sich als Neuling an Bord vielleicht ein bisschen mehr erlauben. Ben und sie mussten schließlich unbedingt erfahren, was passierte, wenn sie das vorgegebene Gebiet verließen.

»Ach bitte, nur noch ein kleines Stück, es macht gerade so einen Spaß!«, meinte sie so heiter wie möglich.

»Wir sollten wirklich umkehren.« So bestimmt Ben es auch sagte, seine Körpersprache verriet, dass er sie nicht abhalten würde.

»War das hier nicht der Knopf für die Beschl–«

Kaum hatte sie ihn gedrückt, presste der plötzliche Schub sie in den Sitz. Das Licht im Shuttle begann rot zu blinken, während das Gefährt nach vorn katapultiert wurde. Emily betrachtete die Anzeige. Noch 4,5 Meilen bis zur Küste … noch 4 … Emily überschlug ihre Geschwindigkeit und sah anhand der Balken auf dem Display, wie lang der Boost noch anhalten würde. Mit Glück würden sie bis kurz an die Küste herankommen.

»Alarm, Shuttle Gamma, kehren Sie umgehend zurück!«

Sie sah noch, wie Ben ein paar Hebel an der Decke umlegte und Knöpfe am Schaltpult drückte, da schoss plötzlich ein sengender Schmerz durch Emilys Hinterkopf. Er ballte sich an einem Punkt. Gleichzeitig waren ihre Gliedmaßen wie erstarrt.

»Hey, ist alles okay mit dir?« Besorgnis lag in Bens Blick, doch sie konnte ihm nicht antworten. Ihre Lippen waren wie eingefroren. »Emily, sag doch was! Was ist denn mit dir? Kriegst du keine Luft?« Alles, was sie herausquetschte, war ein leises Stöhnen. Ben schnallte sich ab und packte sie an der Schulter. »Scheiße, was zur Hölle ist hier los? *Emily!*«

Ihr wurde schwindelig und sie kämpfte gegen die Bewusstlosigkeit an. »Zu … rück …«

»Du willst zurück? Alles klar, kein Problem. Wir kehren sofort um.«

Mit jedem Inch, den sich das Shuttle zurückbewegte, wich der Druck aus ihrem Körper und sie sackte nach vorn. Ben gelang es gerade noch, sie aufzufangen. Er hielt sie im Arm und strich beruhigend über ihren Rücken, während sie heftig gegen seine Schulter atmete.

»Du hast mir grad echt Angst gemacht. Deine Augen haben sich schon verdreht. Was war denn los? «

»Ich … keine Ahnung …«

»Wir sind gleich da. Guck mal, die Drohnen docken schon an. Mach jetzt nicht schlapp, okay?«

»Nein, mir geht es schon viel besser«, sagte sie. »Mach dir keine Sorgen. Es ist alles gut.« Doch in Emily rührte sich eine böse Vorahnung. Eine, die sich nicht verdrängen ließ, egal, wie sehr sie es versuchte, und sie drückte Ben so fest an sich, wie sie nur konnte.

Alles, nur das nicht.

11

BEN

Samstag, 31. Dezember 2050

Wir müssen fliehen. Noch heute. Warte auf den Feueralarm gegen halb zwölf.

Auf dem Zettel stand noch eine Adresse in London. Ben faltete den Zettel wieder zusammen, den er jetzt schon ein Dutzend Mal gelesen hatte, um sich zu vergewissern, dass ihm wirklich nichts entgangen war. Er steckte ihn zurück in die Hosentasche. Mit der Nachricht hatte Emily ihm auch noch das Collier in die Hand gedrückt, das Mrs Vermont ihr zum Winterball geschenkt hatte. Hektisch warf er die Kette sowie die restlichen Wertsachen von Kayne in eine Sporttasche, ebenso wie die Holzfigur, die sein Vater ihm geschnitzt hatte. Dann schnappte er sich das Notizbuch, in dem er verschlüsselt die Kontaktdaten von Mac, seinem Helfer bei *Widevisions,* notiert hatte, ebenso wie die Daten für die Digital Credits, die Mrs Vermont ihm als Taschengeld mitgegeben hatte. Gerade war er sehr froh, dass er immer eine gesunde Skepsis gegenüber Elektronik gehabt und nicht all seine Daten dem Vision-Q anvertraut hatte, welches inzwischen von der Arcadia zerstört worden war.

Sein Spionage-Equipment packte er in eine separate Tasche. Nur der Laptop von Mac war gerade bei Emily. Sie hatten sich darauf geeinigt, das Büro von Professor Chase in wechselnden Schichten abzuhören, da die Spinnenwanze wegen ihrer Energieressourcen nicht dauerhaft eingeschaltet bleiben konnte. In Emilys Schicht hatte sie anscheinend irgendetwas gehört, was sie zu der Nachricht bewegt hatte. Ben kannte die Gründe für die Dringlichkeit nicht, aber wegen der angegebenen Uhrzeit vermutete er, es habe etwas mit dem bevorstehenden Jahreswechsel zu tun. Er glaubte nicht, dass es in der Akademie eine spontane Silvesterparty geben würde, wenn schon das gesamte Weihnachtsfest abgeblasen worden war. Ohnehin war hier vermutlich niemandem nach Feiern zumute. Aber er vertraute Emily. Sie wusste, was zu tun war.

Er packte noch zwei dicke Pullover und ein Fleece ein. Seine Jacken und Mäntel waren in der Außengarderobe der Arcadia untergebracht, und da keiner wegen der Radioaktivität nach draußen durfte, auch wenn man diese Tatsache immer noch vor allen geheim hielt, kam Ben gerade nicht an die Sachen ran. Zumindest seine dicksten Winterschuhe hatte er noch da. Rasch schlüpfte er hinein. Dann zog er die Reißverschlüsse der Taschen zu und stellte sie griffbereit neben sich.

Ein Blick auf die Uhr. Inzwischen war es schon fünf nach halb zwölf und bislang hatte sich noch nichts getan. Er wünschte, Emily und er hätten mehr Zeit gehabt, um sich auszutauschen. Die Unsicherheit zermürbte ihn, denn das Einzige, was er jetzt tun konnte, war warten.

»Achtung, Achtung. Feueralarm. Folgen Sie den grünen Pfeilen zum Notausgang.« Die Sirene heulte los.

Er wartete, bis Dave McMillan an seinem Zimmer vorbeigelaufen war. Wenn er Ben mit seinen Taschen entdeckte, würde er ihn sofort verraten, und das wäre das Schlimmste, was jetzt passieren könnte. Immerhin war er neben Emily der Einzige an der Arcadia, der von Bens wahrer Identität wusste. Er hielt nur dicht, weil Ben seinerseits hätte verraten können, dass Dave für Suris Tod verantwortlich war.

Als Ben schließlich aus dem Privattrakt trat, kamen ihm schon viele aufgebrachte Schüler entgegen. Einige von ihnen trugen Schlafanzüge, manche waren aber wie er voll bekleidet oder hatten selbst irgendwelche kleinen Taschen bei sich, sodass er nicht zu sehr auffiel. Die Mechs, die um sie herumschwirrten, waren ohnehin zu stumpf, um solche Dinge zu bemerken. Ihr einziges Interesse bestand darin, die Schüler beisammen zu halten. Endlich stieß Emily zu ihm. Er wunderte sich, dass sie selbst keine Tasche gepackt zu haben schien.

»Hast du das Equipment dabei?«, flüsterte sie.

Ben hob die Hand mit der Tasche hoch, in der es sich befand.

»Gib sie mir.«

»Warte, ich kann sie doch …« Sie nahm ihm die Tasche ab. »So ist es unauffälliger.«

Das leuchtete ein. »Hast du denn sonst nichts mit?«

Emily schüttelte den Kopf. »Ich erklär's dir später. Das mit dem Feueralarm hab ich mir übrigens von dir abgeguckt.«

»Ich freue mich, dass ich wenigstens etwas beitragen konnte.« Er grinste, aber sie lächelte nicht zurück.

»Kann ich dir noch irgendwie helfen?« Sie wirkte so verdammt angespannt, dass er sich wünschte, er könnte ihr irgendetwas davon abnehmen. Er war zwar auch nervös, aber irgendwie hatte er das Gefühl, dass alles gut ausgehen würde. Immerhin hatte Emily den Überblick.

Sie ließen sich zusammen mit der Menge in die Große Halle treiben. Ben fragte sich, was die Leitung der Arcadia nun tun würde, wo sie sich doch in einem radioaktiv verseuchten Gebiet befanden und schlecht nach draußen flüchten konnten.

»Da drüben ist Dr. Miller«, flüsterte Emily. »Lass uns ein bisschen näher rangehen.«

Langsam schlichen sie sich rüber, um das Gespräch mithören zu können, das die Sicherheitschefin mit einem Mitarbeiter führte.

»Das Feuer breitet sich über Gang 3 aus. Wir müssen evakuieren«, sagte der Mann.

»Die Sicherheitszentrale ist nicht betroffen? Wir können die Updates trotzdem durchführen?«, fragte Dr. Miller.

»Keine Gefahr.«

»Und der Treppenkomplex ist sicher?«

»Ja, wir haben ihn gerade überprüft.«

»Gut, dann bringen Sie die Schüler ins Ceres.«

Der Mann sprach in ein Funkgerät, kurz darauf bewegten sich die Mechs und scheuchten die Schüler vor sich her, als wären sie Schafe. Ben und Emily ließen sich mit der Menge treiben.

»Du hast also echtes Feuer gelegt?«, flüsterte Ben.

»Ich fürchte, das hab ich.«

»Wie?«

»Mithilfe deiner kleinen Helfer, die du mir gegeben hast. Aber keine Sorge, es sollte nicht allzu viel passieren. Ich hab aufgepasst, dass es so weit im Inneren ist, dass sie es gelöscht haben sollten, bevor irgendwas von außen eindringen kann.«

»Okay. Manchmal machst du mir echt Angst.«

»Sagte der Typ, der mit einer falschen Identität rumläuft.« Emily blickte nervös auf ihre Uhr. »Wenn alles nach Plan läuft, sind in fünf Minuten alle im Tunnel. Wir müssen uns so weit wie möglich nach hinten fallen lassen. Ich habe belauscht, dass um 24 Uhr der Strom für eine Minute ausgeschaltet wird und die Mechs für ein Update runtergefahren werden. Die Sicherheitskameras sind sogar bis morgen früh um 9 aus. Das ist unsere Chance. Wir müssen in den Raum mit den Unterwassershuttles.«

»Alles klar.«

Sie gingen als Letzte durch die Tür, die in den Treppenkomplex führte, und wurden weiter nach unten gelotst, wo sie schließlich auf die Brücke zum Ceres traten. Emily stieß Ben an und deutete mit dem Kopf vielsagend auf eine Nische, in der sich ein Wartungsraum befand. »Hier müssen wir gleich hin.«

Während sie weitergingen, blickte Emily wiederholt auf ihre Armbanduhr, und Ben wusste, wieso. Sie entfernten sich immer weiter von der Nische, zu der sie zurücklaufen mussten, bevor der Strom wieder eingeschaltet wurde. Das nächste Problem war, dass hinter ihnen zwar nur drei Mechs liefen, aber wenige Meter vor ihnen ging auch Miss Fines, die Leiterin des Ceres, die mit Sicherheit nicht um 24 Uhr für ein Update runtergefahren werden würde und sich blöderweise auch immer wieder zu ihnen umdrehte.

»Mach dich bereit. 10 ... 9 ... 8 ...«, begann Emily leise runterzuzählen. Jetzt schlug Bens Herz doch viel zu schnell und er konnte vor Nervosität kaum noch atmen. Bis zur Nische waren es etwa 150 Yard.

»Liebe Schüler und Schülerinnen«, schallte eine Stimme laut von vorne. »Wir müssen kurz stehen bleiben. Bewahren Sie Ruhe, der Strom wird für eine Minute abgeschaltet.«

»Jetzt!« Es klackte und surrte, die roten Augenschlitze der Mechs erloschen. Absolute Finsternis. Vorne in der Menge gingen ein paar Taschenlampen an. Kurz darauf spürte er Emilys Hand in seiner und ließ sich von ihr hinterherziehen, dabei touchierte er einen der metallenen Kolosse mit seiner Schulter. Er verkniff sich den Schmerzenslaut, lief weiter hinter Emily her, während sie versuchten, so leise und schnell wie möglich über die Gitterbrücke zu laufen.

»20 ... 10 ...«, hörte er Emily leise zählen. Abrupt blieb sie stehen und zog Ben mit sich in die Nische, als das Licht wieder anging. Bens Atem ging heftig, aber Emily legte ihren Finger auf die Lippen. Sie lauschten. Warteten darauf, ob sich die schweren Schritte von Mechs ankündigten, ob jemand Befehle erteilte, weil man ihre Abwesenheit bemerkt hatte.

»Weiter geht's«, rief jemand und die Stimme echote durch den ganzen Komplex.

Emily blickte wieder auf die Uhr. »Sie brauchen etwa zwei Minuten, bis die letzten Schüler im Ceres ankommen, erst dann können wir los. Dann brauchen sie noch mal etwa fünf Minuten, bis alle in der Sonnenhalle sind. Und dann werden sie vermutlich überprüfen, ob alle da sind. Unser Vorteil ist, dass sie es händisch mit Listen machen müssen.«

»Also müssen wir in fünf bis zehn Minuten bei den Shuttles sein.«

Emily blickte auf ihre Uhr und lugte dann vorsichtig um die Ecke. Sie nickte. »Wir können gleich weiter«, sagte sie. Plötzlich trat sie näher und küsste ihn, danach sah sie ihm fest in die Augen. Er konnte nicht sagen, was es war, aber ihr Blick wirkte irgendwie traurig.

»Was ist los?«

»Wir müssen weiter.«

Gemeinsam rannten sie die Treppen runter. Endlich erreichten sie den Gang, der zu den Unterwassershuttles führte, und schließlich die Halle mit der codegesicherten Tür.

Ben gab ihn mit zitternden Fingern ein.

Die Tür öffnete sich, sie rannten hindurch und stürzten zum ersten Schott.

»Nimm deine Tasche mit und mach schon mal alles startklar!«

Ben nickte, lief durch das geöffnete Schott ins Shuttle und warf die Maschinen an. Er überprüfte gerade alle Instrumente, als sich plötzlich die Tür des Shuttles schloss.

»Scheiße! Emily!« Er versuchte, die Tür zu öffnen, aber der Mechanismus war blockiert. Drohnen kamen heran, dockten sich an, während sich das Shuttle mit einem lauten Klacken von der Gangway löste. Kurz darauf wurde das Shuttle von den Drohnen vom Tower weggeschleppt.

Was passiert hier?

Er rannte zur Scheibe und sah Emily im Tower an den Schalttafeln mit den Kontrollinstrumenten stehen. Sie lehnte sich zum Mikrofon vor und kurz darauf war ihre Stimme im Shuttle zu hören. »Ich kann nicht mit dir kommen.«

»Warum? Warum nicht?!«

»Weißt du noch, was gestern passiert ist? Als ich wie gelähmt war? Die haben mir doch angeblich diese Nanobots verabreicht, um mich vor der Radioaktivität zu schützen. In Wirklichkeit hindern sie mich daran, die Insel zu verlassen. Ich habe es heute ausprobiert. Ich wollte auf die andere Seite der Insel, konnte aber einen bestimmten Radius nicht überschreiten. Es tut mir so leid.«

»Ich lasse dich bestimmt nicht allein.«

»Ich wusste, dass du das sagen würdest, deswegen habe ich die manuelle Steuerung ausgesetzt. Die Koordinaten sind die gleichen wie gestern. Dann wird es einen Boost geben, er wird dich bis kurz vor die Küste tragen. Laut Broschüre aus der Kirche gibt es in der Nähe eine Kleinstadt mit einem privaten Aeroport und einer Anlegestelle, vielleicht findest du dort ein Boot. Soweit ich weiß, ist das Land dort nicht verseucht.« Emilys Stimme brach. »Bitte. Kümmer dich um deinen Vater, kümmer dich um meine Familie. Ihre Anschrift steht auf dem Zettel. Hast du den noch?«

»Ja, aber …«

»Tu, was immer du tun kannst, um so viele Menschen wie möglich zu retten. Ich werde sehen, was ich hier ausrichten kann.«

»Ich will das nicht, Emily.«

»Du musst! Es ist die einzige Chance, die wir haben. Du darfst sie auf keinen Fall vermasseln. Hast du das verstanden? Bitte. Das bist du mir schuldig.«

Ben presste die Lippen aufeinander und ballte die Hände zu Fäusten. »Das kann nicht dein Ernst sein.«

»Mach dir keine Sorgen um mich. Ich komm klar. Sieh zu, dass du die Chance nutzt. Du bist unsere letzte Hoffnung.«

Es klackte wieder, und Ben wusste, dass Emily die Verbindung unterbrochen hatte. Er setzte sich ans Schaltpult, versuchte am Bordcomputer, die Kontrolle zu übernehmen, aber der Zugriff wurde ihm verweigert. Er konnte nur machtlos beobachten, wie sich der Unterwassertower und die Silhouette von Emily immer weiter entfernten.

12
EMILY

Sonntag, 1. Januar 2051

Emilys Hände zitterten so stark, dass sie kaum in der Lage war, die richtigen Tasten zu treffen. *Komm schon. Reiß dich zusammen.* Sie atmete ein paar Mal tief durch, dann konzentrierte sie sich darauf, Ruhe in ihre Finger zu bringen und das zu tun, was sie jetzt tun musste. Sie löschte alle Befehle und Routen aus dem Speicher. Nicht, um ihre eigenen Spuren zu verwischen, sondern um Ben einen Vorsprung zu verschaffen.

Sie wünschte, dass sie ihm von ihrem Plan hätte erzählen können. Aber tief in ihrem Inneren war ihr klar, dass er sie niemals zurückgelassen hätte. *Hätten wir es trotzdem versuchen sollen?* Nein. Es war unwahrscheinlich, dass die Nanobots seit gestern von ihrem Körper abgebaut worden waren, und paralysiert hätte sie die Flucht nur vereitelt. So hatte wenigsten einer von ihnen eine echte Chance.

Die Leitung der Arcadia hatte einen hinterlistigen Weg gefunden, Emily an diesen Ort zu binden. Sie war wütend auf sich selbst, dass sie darauf hereingefallen war. Aber wie hätte sie auf die für sie notwendige Sonnenenergie verzichten können? Gerade in dieser Situation musste sie perfekt funktionieren. Außerdem hatte sie nicht gewusst, dass Nanobots derart genutzt werden konnten.

Jetzt hoffte sie nur, Ben würde seine Impulsivität und sein übergroßes Gefühl für Loyalität unterdrücken und kapieren, dass dies ihre einzige Chance war.

Er muss es schaffen. Er muss die Leute da draußen warnen. Er muss unsere Familien retten. Und einen Weg finden, so viele wie möglich zum Safepot zu bringen – wo auch immer der ist. Aber durch seine Ausflüge mit dem Shuttle hat er ja eine ungefähre Ahnung, wo er sein könnte.

Wenn sie wenigstens noch die Chance bekommen hätte, den Ort des Safespots herauszufinden und ihn Ben mitzuteilen. Aber wahrscheinlich waren die Mechs schon auf dem Weg zu ihr, und es gab keine Möglichkeit, sich aus allem rauszureden. Emily war an dieser Flucht beteiligt. Daran würde keiner zweifeln.

Obwohl sie wusste, dass es richtig gewesen war, fühlte sie sich gerade so einsam und verloren wie noch nie in ihrem Leben. Alle, die sie liebte, waren nun weit weg von ihr, und sie konnte nichts mehr tun, außer zu hoffen.

Gerade fuhr sie die letzten Monitore herunter, als hinter der Tür zur Zentrale klackende Schritte zu hören waren. Obwohl sie damit gerechnet hatte, schreckte Emily auf. Es gab nur diesen Weg hinaus, ihr einziger Fluchtweg war somit versperrt. Schnell blickte sie sich um, aber hier gab es nichts, um sich wirklich gut verstecken zu können. Trotzdem wollte sie es nicht unversucht lassen. Sie würde sich nicht einfach so ergeben.

Emily griff nach der Tasche mit dem Equipment, die sie Ben abgenommen hatte, und flüchtete unter eines der Schaltpulte. Mit angehaltenem Atem starrte sie durch den Spalt unter den Tischreihen und sah, wie das Licht um den Türrahmen von Rot auf Grün sprang. Die Tür öffnete sich. Doch es waren nicht die Füße eines Mechs, die hereintraten. Es waren schwarze Pumps. Und sie steuerten direkt auf sie zu.

Emily klammerte sich an die Tasche, hoffte, dass die Person spontan eine andere Richtung einschlagen würde, aber stattdessen kam sie immer näher und blieb schließlich vor ihr stehen.

»Warum sind Sie hier?« Miss Fines beugte sich zu ihr herunter und blickte sie aus zusammengekniffenen Augen an. »Seien Sie nicht albern und kommen Sie da raus.«

Seufzend richtete sich Miss Fines auf und beugte sich übers Schaltpult, während Emily hervorgekrochen kam. Die Leiterin des Ceres schaltete das Außenlicht ein. Ihr Blick fiel sofort auf die Stelle, an der das Unterwassershuttle fehlte. Eine Weile starrte sie hinaus. Emily sah zur offenen Tür, witterte ihre Chance und wollte gerade loslaufen, als Miss Fines sagte: »Denken Sie nicht einmal dran.« Sie wandte sich Emily zu. Ihre Gesichtszüge waren überraschend weich geworden, fast schon mitleidig. »Bitte sagen Sie mir nicht, dass Ihr Freund ohne Sie geflüchtet ist. Warum hat er das getan?«

Emily blieb wie angewurzelt stehen. Ihr fehlten die Worte, und sie brauchte ein wenig, bis sie ihre Sprache wiederfand. »Sie wussten, dass wir flüchten wollten?«

»Natürlich wusste ich das. Ich bin eine gute Menschenkennerin, und das hier ist die einzige Möglichkeit, oder nicht? Mir war klar, dass Mr Vermont nur auf eine passende Gelegenheit wartet, um von hier wegzukommen. Kurz vor dem Transfer hierher habe ich mit ihm gesprochen, nach einem spontanen – aber auch sehr dummen – Ausbruchsversuch. Ich wusste die ganze Zeit, was für ein Schlag Mensch er ist. Was mich allerdings überrascht, ist, dass er Sie hier allein zurückgelassen hat. Das hatte ich nicht von ihm erwartet.«

»Es war meine Idee«, antwortete Emily leise. »Ich hab ihn, ohne zu fragen, mit den Schlepperdrohnen und per Autopilot rausgeschickt.«

Miss Fines verzog die Lippen. »Ich habe sehr auf Sie gebaut, Miss Thorne. Aber jetzt ist es wohl so, wie es ist, und wir müssen erst mal sehen, wie wir Sie schnell ins Ceres bekommen. Am besten noch bevor jemand außer mir bemerkt, dass Sie fehlen. Ich nehme an, Sie haben alles gelöscht?«

Emily nickte.

»Wenigstens das. Also. Folgen Sie mir. Und sollten Schwierigkeiten auftauchen, tun Sie genau das, was ich

Ihnen sage, wenn ich es sage. Sonst sind wir beide geliefert.«

Emily zog die Tasche unter dem Tisch hervor. Miss Fines Verhalten irritierte sie zutiefst.

Will sie mir tatsächlich helfen? Oder plant sie irgendwas? Aber was? Einerseits hatte sich Miss Fines bei dem Gespräch, das sie mit Ben abgehört hatte, gegen Professor Chase aufgelehnt. Andererseits schien hier jeder seine eigenen Absichten zu verfolgen. Nicht mal Emily selbst konnte sich davon freisprechen. Aber hatte sie überhaupt eine andere Chance, als darauf zu vertrauen, dass Miss Fines es gut mit ihr meinte?

Zögernd folgte sie der Leiterin von Haus Ceres durch die Vorhalle, bevor sie in den Gang traten, der zum Treppenkomplex führte.

»Seit wann wussten Sie, dass wir flüchten wollten?«

»Ich wusste, was los war, als Sie beide sich in der Menge immer weiter nach hinten fallen ließen. Und das kurz bevor Sicherheitstechnik, Strom und Mechs runtergefahren werden sollten. Mich würde nur brennend interessieren, wie Sie das so genau wissen konnten. Nicht mal ich wurde bis kurz zuvor darüber informiert.«

Emily schwieg. So sehr sie es sich auch wünschte, eine Verbündete zu haben – sie konnte sich Miss Fines nicht einfach so anvertrauen. Die Leiterin von Haus Ceres zog eine Augenbraue hoch. Dann zuckte sie mit den Schultern. »Gut, wenn Sie es mir jetzt noch nicht verraten wollen, dann vielleicht irgendwann später.«

»Es ist nur so … Ich verstehe es nicht ganz. Sie wollen mir wirklich helfen?«

»Natürlich helfe ich Ihnen! Warum, denken Sie, bin ich allein hierhergekommen und nicht in Begleitung eines Mechs? Warum habe ich Ihr Fehlen nicht gleich nach dem Stromausfall gemeldet, obwohl ich direkt in Ihrer Nähe war und es mir natürlich sofort aufgefallen ist?«

Emily schüttelte den Kopf, weil sie es immer noch nicht richtig verstand. »Schon, aber Sie haben mit Professor Chase so viele Jahre dieses Projekt vorbereitet. Sie müssen doch mit seinen Plänen einverstanden gewesen sein?«

»Ich habe aber nicht gewusst, dass es *so* laufen würde. Das ist doch Wahnsinn! Ich denke, Sie, Mr Vermont und ich gehören im Moment zu den einzigen Menschen, die Professor Chase noch von seinem verrückten Unternehmen abbringen können. Nicht, dass ich nicht wusste, was er vorhat … aber das ganze epische Ausmaß war mir nicht bewusst. Ich kann verstehen, dass Sie mir nicht alles verraten wollen. Ich hingegen werde Ihnen jetzt beweisen, dass ich auf Ihrer Seite bin – indem ich Sie heil hier rausbringe. Sollte uns irgendwer erwischen, bevor wir im Ceres ankommen, sagen Sie, dass Sie sich gemeinsam mit mir auf die Suche nach Ihrem Freund gemacht haben. Verstanden? Und jetzt kommen Sie. Wir müssen so schnell wie möglich hier weg. Wir haben wohl keine andere Wahl, als einander zu vertrauen.«

Als sie den Treppenkomplex erreichten, eilten sie die Stufen hinauf. Etwa ab der Mitte schnaufte Miss Fines.

Schließlich hielt sie sich die Seite und blieb kurz stehen. »Wie machen Sie das?«, fragte sie. »Dass Sie nur kurz außer Atem sind, obwohl Sie noch eine Tasche mit sich herumschleppen?«

»Sie wissen doch, was wir an der Schule täglich alles leisten mussten. Außerdem war meine Mitbewohnerin sehr sportlich. Wir haben viel miteinander trainiert.«

»Ihre Mitbewohnerin war Suri, oder? Die Synth. Ja. Ich erinnere mich an sie.« Ein seltsamer Ausdruck huschte über Miss Fines' Gesicht, verschwand aber ebenso schnell wieder, wie er gekommen war. »Los jetzt, ich schaff das schon. Wir müssen weiter.«

Erst als sie die Treppen hinter sich gelassen hatten und über die Brücke zum Haus Ceres gingen, beruhigte sich Miss Fines' Atem wieder. Emily nutzte die Chance, denn sie hatte die ganze Zeit über etwas nachgegrübelt. Es war ein Satz, den Miss Fines im Gespräch mit Professor Chase hatte fallen lassen. *Hatten wir eine Wahl, nach dem, womit Sie uns immer gedroht haben?*

»Wieso haben Sie eigentlich nicht vorher etwas unternommen? Wie konnten Sie es überhaupt so weit kommen lassen?«

»Das ist eine gute Frage, Miss Thorne.« Jetzt war es an Miss Fines, zu überlegen, wie viel sie tatsächlich erzählen wollte. Schließlich schien sie sich einen Ruck zu geben. »Wir alle haben ihn unterschätzt. Erst als es zu spät war, habe ich erkannt, wie groß seine Macht geworden war. Er hat uns alle in der Hand. Er kann Dinge geschehen lassen.

Erinnern Sie sich daran, wie er auf einen Schlag all Ihre Vision-Qs zerstört hat?«

Oh ja, daran erinnerte Emily sich. »Ich habe mir darüber schon Gedanken gemacht. Meine erste Idee war ein elektromagnetischer Impuls, aber dann wurde mir klar, dass die Mechs, die Roboterhunde und die Synths, die hier herumlaufen, auch davon hätten betroffen sein müssen.«

Inklusive mir.

Miss Fines nickte. »Sie sind ein cleveres Mädchen. Was, wenn ich Ihnen sagen würde, dass der Atomunfall in Flamanville kein Zufall war? Dass es Professor Chase war, der es geschehen ließ, weil er unbedingt diese Inseln haben wollte?«

Emily schnappte überrascht nach Luft. »Das kann nicht Ihr Ernst sein.«

»Doch. Er hat die Kontrolle über etwas, das ihn mächtiger macht als jeden Menschen auf dieser Erde – wahrscheinlich sogar noch mächtiger als die *Big Three* zusammen. Und jeder, der seinen Kurs bislang mittrug, hat, als das Programm gestartet wurde, einen Teil seiner Macht am eigenen Leib zu spüren bekommen. Hat gesehen, was passieren kann, wenn er nicht gehorcht. Er kann jedes Gerät auf der Welt kontrollieren. In öffentlichen Einrichtungen, Krankenhäusern, sogar bei Ihrer Familie zu Hause. Niemand wird Fragen stellen, wenn durch die Fehlfunktion einer Maschine die Menschen, die man liebt, im Schlaf verbrennen. Das ist nicht mehr als ein tragischer Unfall.«

Emily hörte erstmals unterschwellige Angst in Miss

Fines' Stimme. »Wie macht er das? Kann er den Strom beeinflussen? Schickt er vielleicht kleine Störbots in die Stromleitungen oder …?«

»Atomkraftwerke sind gegen Störbots noch besser gesichert als Schweizer Banken. Ich kann Ihnen nicht sagen, *wie* er es macht. Ich kann nur sagen, *dass* er es macht. Wenn wir allerdings herausfinden könnten, was es ist, und wüssten, wie es funktioniert, hätten wir vielleicht eine Chance, die Oberhand zu gewinnen.«

Miss Fines hatte Emily bis kurz vor die Türen des Ceres gebracht und blieb nun stehen. »Was denken Sie, Miss Thorne? Was, wenn ich Ihnen sagen würde, dass ein kleiner Teil hier in der Arcadia einen Aufstand plant, wären Sie dann bereit, das Risiko einzugehen? Es scheint mir ganz so.«

»Ich stelle Ihnen eine Gegenfrage. Wen verlieren Sie, wenn Professor Chase hinter Ihren Verrat kommt?«

Miss Fines nickte. »Ich würde einfach alles verlieren. Meine Familie ist für mich das Wichtigste, das ich habe. Und obwohl ich weiß, dass Professor Chase ihr schlimme Dinge antun könnte, gehe ich das Risiko ein. Weil es das einzig Richtige ist. Wir können nicht zulassen, dass der Platz im Safespot nicht genutzt wird. Jedes Menschenleben, das wir retten können, zählt.«

Emily dachte daran, in welcher Gefahr ihre eigene Familie schwebte. »Gut. Ich bin dabei.« Emily besiegelte den Pakt mit einem Handschlag.

»Das ist schön, denn Sie haben mich gerade auf eine

Idee gebracht. Es gibt jemanden, der schon sehr, sehr lange hier an der Arcadia ist und vielleicht ein paar Hintergrundinformationen hat, die uns weiterhelfen könnten.« Miss Fines blickte auf ihre Uhr. »Wir machen jetzt Folgendes: Sobald wir durch die Tür zur Sonnenhalle gehen, biegen Sie direkt nach links ab. Dort sind ein paar Büsche und Gräser ins Versuchsfeld gepflanzt, man wird Sie also nicht kommen sehen. Reden Sie anschließend mit ein paar Mitschülern, und fragen Sie sie, ob sie Kayne gesehen haben. Sprechen Sie auch unbedingt Dr. Miller an. Mimen Sie die Ahnungslose. Ich hake Sie gleich von der Liste ab und werde dann melden, dass ich mich auf die Suche nach Mr Vermont gemacht, ihn aber nicht gefunden habe. Wenn der Brand gelöscht und alles sicher ist, gehen Sie wieder auf Ihr Zimmer zurück, machen sich aber noch nicht bettfertig. Ich nehme an, Sie wissen bereits, dass die Sicherheitskameras bis morgen früh außer Betrieb sind?«

»Ja.«

»Wir müssen unbedingt noch einmal darüber sprechen, woher Sie das wissen. Ich werde jedenfalls heute Nacht dreimal an Ihre Tür klopfen – zweimal schnell hintereinander, dann noch einmal. Kommen Sie dann sofort raus. Bis 9 Uhr müssen Sie wieder auf Ihrem Zimmer sein.«

Emily nickte. »Vielen Dank, Miss Fines«, sagte sie schließlich.

»Ich danke Ihnen. Wir werden in der nächsten Zeit jede Hilfe benötigen, die wir kriegen können.«

13

BEN

Sonntag, 1. Januar 2051

Er konnte immer noch nicht fassen, was Emily getan hatte. Es war alles so falsch. Niemals hätte er sie allein in der Arcadia zurückgelassen. Noch dazu hatte er keine Ahnung, was mit ihr passieren würde, wenn jemand erfuhr, dass sie ihm zur Flucht verholfen hatte. Und er wusste nicht, wie er sie in der abgeschirmten Academy jetzt noch erreichen sollte.

Triefend nass und frierend stand er mit seiner Reisetasche am Ufer irgendeiner französischen Kleinstadt und blickte hilflos auf den schwarzen Atlantik, auf die Stelle, bis zu der das Shuttle dank des Boosts gekommen war. Von dort aus hatte er sich über die Deckenluke ins Wasser gleiten lassen und war geschwommen.

Ben war nun etwa 50 Meilen von der Arcadia entfernt, trotzdem war die Welt hier eine vollkommen andere. Entlang der Küste wurden noch vereinzelte Feuerwerksraketen in die Luft geschossen, deren verstreute Lichteffekte sich bunt im Wasser spiegelten. Niemand hier schien sich auf einen drohenden Weltuntergang vorzubereiten. Der Rest der Menschheit hatte wohl tatsächlich noch keine Ahnung, was auf sie zukam.

Die Anlegestelle, die Emily erwähnt hatte, fand er tatsächlich, doch dort waren nur kleine Motor- und Segelboote vertäut, mit denen Ben es ohne jegliche Erfahrung sicher nicht über den Ärmelkanal bis nach England schaffen würde.

Tja, jetzt war er also frei – und dennoch gefangen. Wie sollte er von hier aus nach London kommen, ohne dass jemand seine ID verlangte? All seine Daten waren auf dem zerstörten Vision-Q gewesen, und er hatte in der Eile vergessen, seine alternativen Reisedokumente einzupacken. Weder Zug noch Flugshuttle noch Schiff kamen jetzt als Transportmittel infrage. Er hatte zwar genug Geld, aber … Ben wurde plötzlich siedend heiß. Er warf die Tasche auf den Boden, riss sein Notizbuch mit Macs Kontaktdaten und dem Zugang zu Kaynes Credits heraus, doch als er es aufschlug, waren nur noch verwischte blaue Flecken auf dem Papier sichtbar.

Scheiße! Nicht mal das!

Und es gab noch ein weiteres Problem. Über das Meeresrauschen hinweg meinte er ein leises Sirren zu hören. Es schien aus der Richtung zu kommen, in der Jersey lag. Ben stand auf, griff nach der Tasche und trat ein paar Schritte zurück. Am dunklen Nachthimmel ließ sich nichts erkennen, aber er war sich sicher, dass seine Ohren ihn nicht trogen. Er ging noch weiter zurück, als plötzlich Scheinwerfer aufflammten und ihre Lichtkegel die Stelle beleuchteten, an der ungefähr das Unterwassershuttle gestrandet war.

Sie haben mich. Das sind Drohnen von der Arcadia.

Hektisch blickte Ben sich um, doch hier am Strand gab es nichts, wo er sich verstecken konnte. Etwas weiter von ihm entfernt lag eine Zeile aus Einfamilienhäusern, und noch ein Stück dahinter befanden sich Lagerhallen, die von strahlendem Flutlicht beschienen wurden. Ben dachte nicht weiter nach und rannte los. Der feine Sand, in den er immer wieder mit den Füßen einsackte, erschwerte das Laufen. Bens Herz pumpte, während er sich weiter über den schmalen Sandstreifen Richtung Straße bewegte, wo er endlich auf festen Untergrund trat.

Das darf nicht umsonst gewesen sein. Los, weiter! Schnell!

Ängstlich blickte er über die Schulter. Die Drohnen waren gerade dabei, den Strand systematisch abzusuchen. Rastlos bewegten sich ihre Scheinwerfer hin und her. Als Ben sich gerade wieder umdrehen wollte, erkannte er im Laternenlicht seine eigenen Spuren auf der Straße, die er mit den nassen, sandbestäubten Schuhen hinterließ. Kurz blieb er stehen, zog sie aus und warf sie im hohen Bogen in einen Garten. Dann lief er weiter, immer weiter geradeaus Richtung Lagerhallen. Ein erneuter Schulterblick. Eine Drohne erfasste gerade die nassen Spuren mit ihrem Lichtkegel, drehte leicht ab und hielt dann über der Stelle inne, an der Ben seine Schuhe hinterlassen hatte. Kurz darauf begann sie den gesamten Garten zu durchleuchten. Eine andere Drohne schlug die entgegengesetzte Richtung ein, während zwei weitere Drohnen der Straße folgten und auf Ben zuhielten, auch wenn sie ihn anscheinend noch nicht erfasst hatten, da ihre Scheinwerfer immer noch suchend umherirrten. Ben sah zu den Hallen, zu denen er eigentlich gelangen wollte, aber er würde es wohl nicht mehr schaffen.

Kurzerhand sprang er über einen Zaun auf ein Privatgrundstück. Neben dem Haus befanden sich ein Geräteschuppen, ein Sandkasten und eine Hundehütte, und Ben betete, dass sich in Letzterem gerade niemand befand. Aber auch wenn Mitternacht schon vorbei war, konnte er sich nicht vorstellen, dass irgendjemand ausgerechnet in der Silvesternacht sein Haustier draußen ließ.

Er rannte zum Geräteschuppen und löste den Riegel. Das Häuschen war bis oben hin vollgestopft, aber er hatte jetzt keine Zeit mehr, ein anderes Versteck zu suchen. Also nahm er Schwung und warf seine Tasche zwischen die Türme aus Kisten und aufgestapeltem Mobiliar. Immerhin würde sie in dem ganzen Gerümpel kaum auffallen. Dann stieg er selbst auf einen der Stapel und zog die Tür hinter sich zu.

Mist. Ich kann sie von innen nicht verschließen. Jetzt würde sich wohl zeigen, wie intelligent die Drohnen waren, denn der von außen geöffnete Riegel war ein ziemlich eindeutiger Hinweis. Kaum hatte er das gedacht, fiel Licht durch eines der beiden schmalen Fenster. Bens Herz klopfte wild, sein Atem ging schnell. Hektisch kroch er über die Kistenstapel und hielt sich dabei aus dem Lichtkegel, der immer heller und größer wurde.

Irgendwo muss hier doch eine Lücke sein, in die ich kriechen kann! Aber es war alles so verdammt zugemüllt. *Hier!* Endlich fand er einen kleinen Spalt, ließ sich mit den Füßen voran hinab und bewegte sich stückweise nach unten. Mit den Fingern tastete er über die Oberfläche der Kisten, bis er etwas zu fassen bekam, das sich wie Stoff anfühlte, und zog es gerade über den Spalt, als die Tür in den Angeln quietschte.

Sofort erstarrte Ben in der Bewegung und hielt die Luft an.

Er hatte keine Ahnung, wie die Drohne die Tür aufbekommen hatte, vermutete aber, dass sie ähnlich wie Paketdrohnen mit ausfahrbaren Zangenarmen bestückt war. Jetzt konnte er nur hoffen, dass sie nicht auch noch eine Infrarot-Kamera besaß.

Ben ignorierte, wie ihm der kalte Schweiß den Rücken herunterperlte und wie sehr sein Körper nach Sauerstoff schrie. Das Licht beschien nun den Stofffetzen über ihm. Er versuchte das Beben in seinem Körper zu unterdrücken, aber seine Beine zitterten inzwischen vor Anspannung und Angst.

Scheiße. Der Stoff bewegt sich!

Offenbar hatte die Drohne tatsächlich so was wie Arme, denn der Stofffetzen bewegte sich langsam, aber sicher.

»Merde! Qu'est-ce que tu fais là?« Eine männliche Stimme donnerte durch die Hütte. »C'est une propriété privée. Tu es du *Big Three*?«

Bens Französisch war nicht schlecht, tatsächlich war es eines seiner Lieblingsfächer gewesen. Aber noch nie in seinem Leben hatte er sich so gefreut, diese Sprache zu hören, vor allem, weil sie zu einem sehr, sehr wütend scheinenden Mann gehörte. Es zischte, als würde jemand mit etwas durch die Luft schlagen. Dann ein metallisches *Klonk*, gefolgt von einem aufgebrachten Sirren, das wie ein ganzer Schwarm Bienen klang.

»Va-t'en!« Die Tür wurde zugeschlagen und von außen verriegelt. Kaum war das geschehen, holte Ben tief Luft, versuchte, möglichst viel Sauerstoff aufzunehmen, aber sein Brustkorb war zu eingequetscht. Von draußen hörte er die anhaltenden Schimpftiraden des Mannes, aber er entfernte sich anscheinend immer weiter. Also schob Ben den Stoff nun selbst beiseite, stieg auf die Kistenränder und hoffte, dass sie sein Gewicht halten würden. Immer wieder knickte ein Papprand unter ihm weg, aber sobald er die Ellbogen auf die Kisten stützen konnte, war es leichter, sich aus dem Spalt herauszuschälen. Schließlich lag er auf den Kisten und versuchte, zu Atem zu kommen. Ihm war schwindelig, und er hoffte, dass der Mann nicht noch mal wiederkam, um sich zu vergewissern, dass die Drohne auch nichts von dem Gerümpel gestohlen hatte.

Ben lag da und lauschte, ob sich jemand der Tür näherte, aber nach etwa fünf Minuten knallte ein paar Meter entfernt eine Tür zu. Schnell fischte Ben nach seiner Reisetasche, kroch zu einem der beiden Fenster und öffnete es. Vorsichtig lugte er heraus, vergewisserte sich, dass weder eine Drohne noch ein wütender Franzose zu sehen waren, und ließ sich schließlich nach unten gleiten. Er konnte unmöglich hierbleiben, denn wer wusste, ob eine der Drohnen noch mal zurückkehren würde, um die Suche da fortzusetzen, wo sie so jäh unterbrochen worden war.

Mit der Tasche in der Hand rannte er das letzte Stück zu den Lagerhallen hinüber, suchte währenddessen immer wieder den Nachthimmel ab, lauschte, ob er irgendwo ein verdächtiges Sirren hörte. Er lief die Hallen ab, doch die Türen waren alle verschlossen. Gerade, als er die Hoffnung schon aufgeben wollte, fand er eine, die ein Stück weit offen stand. Vorsichtig schlüpfte er hinein, musste aber sofort erkennen, warum ausgerechnet diese Tür offen gewesen war.

Der Raum war in schwaches, rotes Licht getaucht. Die ganze Halle war voller Synths, die in ihren Ladekabinen standen. Ein Mitarbeiter befand sich etwas weiter entfernt in einem Gang, den Rücken zu Ben gewandt. Er überprüfte einen Synth und gab anschließend etwas auf dem Bildschirm ein. So schnell und leise wie möglich huschte Ben in eine Ecke, die wohl als Werkstatt genutzt wurde, und versteckte sich mit seiner Tasche hinter einem Stapel aus Silikonblöcken.

»Salut?«

Scheiße. Scheiße, Scheiße, Scheiße.

Bens Nerven waren zum Zerreißen gespannt. Er sah sich nach etwas um, mit dem er sich im Zweifelsfall verteidigen könnte, als der Mann fortfuhr: »Je suis encore au travail.« Schließlich verließ er die Halle und schloss die Tür hinter sich. Es gab ein paar piepende Geräusche, als er von außen einen Zahlencode eingab.

Na toll. Jetzt saß er wohl vorerst hier fest. Allerdings konnten dann auch keine Drohnen herein, und es gab anscheinend auch keine Fenster in der Halle, durch die sie hindurchgucken konnten. Wenn er sich bis morgen früh hier versteckte, hatte er zumindest einen halbwegs sicheren Platz, vorausgesetzt, keiner der Mitarbeiter würde noch mal vorbeikommen. Vielleicht rief die Arcadia bis morgen ja auch ihre Drohnen zurück.

Inzwischen war Ben ganz froh, dass die Academy allen ihre Tracker entfernt hatte, sonst wäre es wohl ein Leichtes gewesen, ihn zu orten. Von den reichen Kids hatten die meisten einen gehabt. Er sah sich um. Reihenweise starrten ihm die leeren Gesichter der Synths entgegen, und er bemerkte erst jetzt, dass sie alle Uniformen trugen. Er trat näher an eine der Ladestationen heran und las die Beschriftung auf der dazugehörigen Tafel:

Numéro de série: Xc-Z759385.2
Chargé jusqu'au 3. janvier 2051, 16:30
Destination: Barcelona

145 passagers
58 végétariens, 19 intolérants au lactose, 12 allergiques aux noix
3 ont peur de voler
Téléchargement complet des données des passagers disponible le 3 janvier à 17:00

Ben verstand trotz Französischunterrichts nur die Hälfte und das auch nur durch Wortableitungen aus dem Englischen, aber es reichte, um zu begreifen, was das für Synths waren. Es waren Stewards und Stewardessen. Und plötzlich kam ihm eine Idee.

Nein. Das ist Schwachsinn. Das kann doch nicht ernsthaft deine Lösung sein. Niemals. Denk weiter nach!

Doch egal, wie lange Ben darüber grübelte, ihm fiel nichts Besseres ein. Sich in einen Frachtraum zu schmuggeln, konnte wegen der Temperatur gerade im Winter tödlich enden, das war ihm vollkommen bewusst. Da konnte er genauso gut den Irrsinn ausprobieren, den er gerade vor Augen hatte.

Vielleicht gibt es ja gar keine Maschine nach London, dann hat sich das sowieso erledigt.

Ben ging durch die Reihen, überprüfte die Displays der männlichen Synths, die am 1. Januar eingesetzt werden sollten. Tatsächlich gab es vier Flüge nach London, aber nur einer von den Stewards sah ihm halbwegs ähnlich. Jedenfalls die Haare. Aber mehr brauchte es vermutlich auch nicht.

Numéro de série: Xc-G430274.3
Chargé jusqu'à 1er janvier 2051, 7:30
Destination: London
4 passagers. Langue préférée: anglais
1 végétariens.
Téléchargement complet des données des passagers disponible le 1er janvier à 8:00.

Nur 4 Passagiere. Es musste sich um eine Privatmaschine handeln. Das war vollkommen verrückt. Gerade bei dieser Klientel konnte es gut sein, dass sie immer dieselben Synths wählten und ihnen sofort auffallen würde, dass er anders aussah. Aber je länger er darüber nachdachte, umso klarer wurde ihm, dass es keine andere Möglichkeit gab. Immerhin könnte er mit den Passagieren Englisch sprechen, denn so gut war sein Französisch auch wieder nicht, als dass er mit einem Synth mit perfekter Sprachprogrammierung hätte mithalten können.

Er sah sich die Anschlüsse an. Dann koppelte er den Synth ab und schleifte ihn zur Werkzeugecke. Er musste sich beeilen, falls der Mitarbeiter noch mal zurückkam. Sobald er bemerkte, dass ein Synth nicht an seinem Platz war, würde es Schwierigkeiten geben.

Ben zog dem Synth Jackett und Hemd aus. Dann schnappte er sich ein Skalpell von der Werkzeugecke. Es war gruselig, wie der Synth ihn die ganze Zeit anstarrte, und durch die Lebensechtheit ging es Ben nicht ganz so leicht von der Hand, aber er wusste, dass Dienstandroiden kein Schmerzprogramm hatten, im Gegensatz zu denen, die Familienmitglieder oder Partner ersetzen sollten. Also überwand er sich schließlich und schnitt die Silikonschicht am Hals auf, unter der die dünne Metallplatte mit der Markierung lag, und zog sie heraus. Anschließend suchte er alles nach einem passenden Akku ab. Als er keinen fand, schloss er kurzerhand den eines elektrischen Schraubendrehers an, in der Hoffnung, dass der Strom zumindest für die Dauer eines Flugs ausreichen würde, um die Zahlen zum Leuchten zu bringen.

Dann schnitt er den runden Zugang für das Datenkabel aus dem Nacken und suchte Klebstoff. Er wählte einen, mit dem man normalerweise Wimpern und Augenbrauen bei Synths fixierte, und klebte sich damit das Schild so tief wie möglich an den Halsansatz und den runden Zugang an den Nacken. Er wusste jetzt schon, dass es schmerzhaft werden würde, die Dinger wieder zu lösen, aber es ging nicht anders. Dann befestigte er den Akku mit einem Tape, zog sich das Hemd des Synths an, knöpfte es ganz zu, damit man den Übergang nicht entdeckte, und nahm dann auch noch den Rest der Uniform, die Socken und Schuhe an sich. Anschließend drückte er einen Knopf, der die Gelenke frei beweglich machte, und faltete den Synth so zusammen, dass er gerade eben in eine der leeren Lagerboxen in der Werkstatt passte. Dann holte er den Zettel von Emily aus seiner eigenen Hosentasche, der glücklicherweise mit Kuli und nicht mit seiner dämlichen Tinte beschriftet war. Er steckte ihn sich ein. Dann stopfte er seine eigene Kleidung in die Kiste. Auch seine Reisetasche würde er nicht mitnehmen können. Synths führten kein Gepäck mit sich – wozu auch?

Ben packte sich ein paar kleinere Wertgegenstände in die Hosentasche seiner Uniform, ebenso wie die geschnitzte Holzfigur seines Vaters. Anschließend stellte er sich in die leere Ladekammer. Auf dem Display sah er, dass es erst kurz nach 2 war. Ben war so wahnsinnig müde, aber er konnte es sich nicht erlauben, ein Nickerchen zu machen. *Also die nächsten Stunden hier stehen, falls jemand kommt.* Er stöpselte das Datenkabel, das zur Tafel führte, provisorisch in die Buchse in seinem Nacken, auch wenn es wegen des Hautwiderstands halb heraushing, und legte seine Arme auf den Lehnen ab.

6 Stunden still stehen. Und damit war das Schlimmste noch nicht mal überstanden.

14

EMILY

Sonntag, 1. Januar 2051

Sie hatte auf ihrem Bett gesessen, gelauscht, bis auch die letzten Stimmen verklungen und keine Schritte mehr zu hören waren. Eigentlich dachte sie, sie wäre vorbereitet gewesen, dennoch erschrak Emily, als es tatsächlich klopfte. Zwei Mal kurz hintereinander. Pause. Ein Mal. Sie atmete tief durch und öffnete die Tür. Tatsächlich stand Miss Fines davor, die sich nervös nach links und rechts umschaute. Dann nickte sie Emily stumm zu und ging voran.

Behutsam ließ Emily die Tür hinter sich ins Schloss fallen. Sie bemerkte, dass Miss Fines nicht wie gewöhnlich Pumps trug, sondern ein Paar flache Schuhe, die kaum Geräusche verursachten. Außerdem sprach sie kein Wort, also hielt Emily es ebenso. Sie gingen den gleichen Weg, den Emily schon einmal genommen hatte, als sie in Professor Chase' Büro geführt worden war.

An der verschlossenen Tür mit dem Zahlenschloss angelangt, gab Miss Fines den Code ein. Es klickte. Sie blickte sich noch einmal um, dann trat sie ein und wartete, bis Emily ihr gefolgt war.

Der Weg führte sie jetzt zu den Werkstätten und Emily bekam ein mulmiges Gefühl. *Was, wenn es ein Test ist, ob ich wirklich so loyal bin, wie ich es Professor Chase immer vormache?* Andererseits hätte Miss Fines sie dann schon viel früher ans Messer liefern können, und das hatte sie nicht getan.

Sie gelangten an ein hydraulisches Tor, dessen Eingang von einem Streifen mit gelbschwarzer Musterung umrandet war. Miss Fines drückte auf einen Knopf, der sich daneben in der Wand befand. »Guten Abend, Jacob. Wir sind's. Emily und Fiona. Wir sind allein.«

Emily bemerkte, dass über dem Tor ein kleines Lämpchen aufleuchtete. Kurz darauf erlosch es wieder. Mit einem Zischen öffnete sich die Tür. Dahinter lag eine grell beleuchtete Werkstatt. Auf den Liegen befanden sich CleaningHelper, MediDroids und sogar ein paar Mechs, was Emily einen Schauer über den Rücken laufen ließ. Selbst im ausgeschalteten Zustand empfand sie die schwarzen Metallhünen als Furcht einflößend. Einigen fehlten Gliedmaßen, bei anderen waren Schädel oder Brustkorb geöffnet.

»Ich muss wieder gehen. Tut mir sehr leid, aber ich muss zur Verfügung stehen, falls Professor Chase mich sucht. Im Moment sind wir alle Tag und Nacht in Bereitschaft. Aber ich weiß, dass Sie bei Jacob in guten Händen sind«, sagte Miss Fines und gab Emily per Handzeichen zu verstehen, dass sie eintreten solle.

Unsicher blickte Emily Miss Fines noch einmal an, dann betrat sie die Halle. Die Hydrauliktür glitt zu und ließ sie allein am Eingang zurück.

»Hallo?«

Etwas weiter entfernt erklang ein klirrendes Geräusch, dann das Rollen eines Stuhls. Schritte. Einem Instinkt folgend griff Emily nach einem Schraubendreher, der direkt neben einem defekten Mech lag, um sich notfalls verteidigen zu können.

»Hallo, Emily. Schön, dass wir uns endlich begegnen.«

Es war der ältere Herr mit Glatze, den sie direkt nach dem Transfer im Vorbeigehen gesehen hatte. Heute trug er eine Hornbrille und war in einen blauen Overall gekleidet. Er kam auf sie zu, aber als sein Blick auf den Schraubendreher fiel, blieb er sofort stehen und hob beschwichtigend die Hände. »Um Himmels willen, ich will dir doch nichts tun. Wir haben das gleiche Ziel.«

»Warum hat Miss Fines mich hergebracht? Welche Antworten soll ich hier bekommen, die sie mir nicht auch hätte geben können?«

»Ich weiß, was ihr beide sucht, Emily, aber ich bräuchte deine Hilfe, um daran zu kommen. Deswegen hat Fiona dich hergebracht. Komm mit. Ich zeig es dir.«

Emily folgte dem älteren Mann in sicherem Abstand und hielt sich an dem Schraubendreher fest, als wäre er ihr einziger Anker. Jacob führte sie durch die weitläufige Halle, an hohen Regalen und Werkbänken vorbei, hin zu einer riesigen silbernen Metallwand. Sie war vollgepflastert mit quadratischen, gleich großen Türen, an denen sich Griffe befanden, und Emily schauderte bei dem Anblick, weil es sie an Filmszenen in Leichenschauhäusern erinnerte.

Jacob gab auf dem Bedienfeld eine Nummer ein. Ganz oben rechts in der Ecke öffnete sich eine Tür, und wie befürchtet kam eine Bahre herausgefahren, bis ihr Kopfteil in zwei senkrechten Führungsschienen einrastete, die sie nach unten transportierten. Angespannt beobachtete Emily, wie die Bahre herunterkam. Tatsächlich wirkte es, als würde sich ein Körper darauf befinden. Er war mit einem weißen Tuch bedeckt.

»Komm ruhig näher«, sagte Jacob, als die Bahre zum Stillstand kam. »Sie beißt nicht. Jedenfalls tut sie es noch nicht.«

Was als lockerer Spruch gemeint war, ließ Emily noch mehr das Blut in den Adern gefrieren, selbst wenn sie wusste, dass es vermutlich eine Synth war. Vorsichtig trat sie heran, war aber immer noch auf der Hut, während der ältere Mann nach dem Tuch griff und es behutsam bis zum Hals runterzog.

Sie zwang sich, hinzusehen. Es war tatsächlich eine Synth, die mit geschlossenen Augen auf der Bahre lag. Ein Mädchen in ihrem Alter.

»Suri.« Emily ließ den Schraubendreher fallen und schlug sich beide Hände vors Gesicht. Einerseits war da eine überwältigende Freude, weil sie gedacht hatte, dass Suri längst nicht mehr existieren würde. Andererseits hatte sich an dem Zustand ihrer Freundin seit der Attacke nicht viel verändert und Emily wurde fast schlecht bei dem Anblick.

»Tut mir leid, ich hätte dich wohl besser vorbereiten sollen. Ich weiß, dass sie deine Freundin war.« Jacob sah sie mitfühlend an. »Aber konzentrieren wir uns auf die guten Sachen. Sie ist gewissermaßen noch da, zumindest ihr Körper. Eigentlich sollte ich alle Teile ausbauen und sie anschließend verschrotten lassen. Aber ich dachte, sie könne uns vielleicht noch nützlich sein, weil Professor Chase sie programmiert und viel Zeit mit ihr verbracht hat.«

Jacob blickte Emily an, aber der Tränenschleier in ihren Augen vernebelte zunehmend die Sicht. »Weißt du, nicht alle hier sind einverstanden mit dem Kurs von Professor Chase. Aber du hast von Fiona ja schon erfahren, was für Macht er besitzt. Sieh das hier als kleinen Teil unserer Rebellion.«

Emily versuchte, ihren viel zu schnell gehenden Atem unter Kontrolle zu bringen. Jacob hatte recht. Das hier war gut, auch wenn es sich im Moment noch nicht ganz so anfühlte. Emily überwand sich, trat an den Tisch und schaute sich Suris Kopfwunde an.

»Das Modul ist noch drin. Sollten Sie das nicht dem BARC zur Verfügung stellen?«

»Dr. Miller bat mich, ihr das echte Modul zu geben und

den BARC mit irgendeinem anderen, zerstörten abzuspeisen.« Er grinste verschmitzt. »Ich habe beiden Parteien, Dr. Miller als auch dem BARC, falsche Module zukommen lassen, mit denen sie nichts anfangen konnten. Suri ist schon seit vielen, vielen Jahren hier an der Academy. Nachdem Professor Chase sie nicht mehr für seine Zwecke gebrauchen konnte, was auch immer das für welche waren, war sie lange Zeit meine Assistentin, bevor er entschied, sie unter die Schüler zu mischen. Er wollte, dass du dich unbedingt bei uns wohlfühlst. Aber ich schätze, das war dir schon klar?«

Emily nickte. »Können Sie sie reparieren?«

»Der Raum hier wird normalerweise kameraüberwacht, weshalb ich mich bislang nicht rangetraut habe. Ich hatte vorhin überlegt, ob ich schon mal anfange, aber ich wollte erst sichergehen, dass ihr nicht doch noch auf dem Weg erwischt worden seid und mit irgendwelchen Mechs hier auftaucht. Aber jetzt, wo du hier bist, könnten wir es vielleicht noch rechtzeitig schaffen. Zu zweit geht es schneller, und wie ich hörte, bist du so eine Art Wunderkind. Also, wollen wir es zumindest versuchen? Ich kann allerdings nichts versprechen.«

Du kriegst alles wieder heile, was einen Schaltkreis hat. Die Worte ihrer Schwester Anne hallten durch ihren Kopf. »Wir werden es nicht versuchen. Wir werden es schaffen.«

Jacob grinste. »Das ist die richtige Einstellung. Dann also los.«

Die nächsten Stunden verbrachten Jacob und sie mit dem Reparieren. Anfangs war es schwierig für Emily. Ihr Herz blutete immer noch, Suri so zu sehen. Sie dann auch noch wie ein Objekt behandeln zu müssen, fühlte sich falsch an. Gleichzeitig wusste sie, dass es der einzige Weg war, um ihre Freundin zurückzuholen. Glücklicherweise hatte Suri keinen Blutkreislauf, sonst hätte sie das alles vermutlich gar nicht durchgestanden.

Jacob redete viel über Suri. Die Art, wie er es tat, klang, als wäre sie eine Art Tochter für ihn gewesen. Kein Wunder, dass er es nicht übers Herz gebracht hatte, sie wegzugeben. Vielleicht hatte er Miss Fines und Emily auch nur glauben machen wollen, dass Suri irgendwas wissen könnte – damit sie zusammenarbeiteten, um sie zu reparieren. Aber selbst wenn es so war, konnte sie es ihm nicht verübeln. Sie wollte ja auch mehr als alles andere ihre Freundin wieder zurück.

Die beiden waren ein gutes Team, auch wenn Jacob Emily nur an den beschädigten Extremitäten arbeiten und Suris Akkus aufladen ließ, um sie zumindest in den Wartungsmodus versetzen zu können. Dennoch hatte Emily endlich wieder das Gefühl, dass alles, was sie in den letzten Jahren bei ihrem Vater in der Werkstatt und dann auf der Arcadia gelernt hatte, nicht vollkommen umsonst gewesen war. Das hier war ihre Bestimmung, und es fühlte sich wichtiger an, als jede andere Aufgabe, vor die sie je gestellt worden war. Trotzdem wurde die Zeit langsam knapp. Doch der Funktionstest schlug immer wieder fehl und schließlich sprach Jacob die bittere Wahrheit aus: »Wir werden es nicht mehr schaffen. Ich weiß, du musst erst um neun Uhr wieder auf deinem Zimmer sein, aber hier kommen in spätestens einer halben Stunde neue Reparaturfälle rein. Ich werde sie wieder zurück in ihre Kammer schieben. Wir müssen auf einen anderen Zeitpunkt warten.«

»Nein!« Alles in Emily weigerte sich, jetzt aufzugeben. »Was ist, wenn wir keine Chance mehr kriegen?«

»Und was sollen wir deiner Meinung nach stattdessen tun?«

Emily überlegte. »Ich denke, wir könnten zumindest die Motorik zum Laufen bringen. Dass sich ihre Beine automatisch bewegen, wenn Suri an der Hand geführt wird.«

Jacob nickte. »Das wäre machbar, nachdem du ja schon an den Beinen gearbeitet hast. Aber wo willst du mit ihr hin? Du kannst sie nicht einfach mit auf dein Zimmer nehmen.«

»Ich hab eine Idee. Ich kenne ein Versteck, in dem sie garantiert keiner finden wird.«

Lange und prüfend blickte er ihr ins Gesicht. Es war ein großes Risiko für ihn, das war Emily vollkommen klar. »Also schön. Fiona vertraut dir. Also tue ich es auch.«

»Danke! Ich müsste mir hier nur noch ein paar Sachen ausleihen.«

»Ich mach das mit der Motorik, und du kannst dir in der Zwischenzeit aussuchen, was du brauchst, um weiterzumachen. Nimm meine Tasche, sie steht dort.«

Emily schnappte sie sich und war schon im Begriff, zum Materiallager zu laufen, als sie innehielt. »Mir fällt gerade noch etwas ein. Haben Sie zufällig einen Geigerzähler in der Werkstatt?«

Jacob runzelte die Stirn, dann schien ihm klar zu werden, wo Emily Suri verstecken wollte. Er rückte von der Bahre ab und schüttelte den Kopf. »Das kann ich nicht zulassen. Nichts auf der Welt ist das wert. Nicht einmal Suri.«

15
BEN

Sonntag, 1. Januar 2051

Ben war hundemüde, und seine Beine brannten höllisch, auch wenn er sich gerade wieder eine Pause gönnte. Er hatte sich nicht weit von der Ladestation entfernt, falls doch noch mal ein Mitarbeiter hereinschneite, um nach dem Rechten zu sehen. Als aber die Uhrzeit auf den digitalen Tafeln der Ladestationen auf 7:55 Uhr sprang, klopfte er sich auf die Oberschenkel, um die Muskeln zu lockern, und kehrte zum letzten Mal zu seiner Kabine zurück.

Er blickte sein lebloses Gegenüber an, welches mit offen stehenden Augen zurückstarrte. Ben hatte jetzt schon so viele Stunden auf diesen Synth geblickt, dass ihn dessen Gesicht noch jahrelang in seinen Träumen verfolgen würde. Der Synth war der zweite Begleiter für den Flug nach London, und Ben hatte sich vorgenommen, stumpf alles zu kopieren, was er machen würde.

Wieder steckte er das Kabel, das von der Tafel zum Hals führen sollte, in den angeklebten Ring in seinem Nacken und hoffte, dass er keinen Stromschlag erleiden würde, sobald die Datenübertragung startete.

7:57.

Die ganze Zeit über hatte er es kaum erwarten können, dass es endlich losging, weil er vollkommen fertig war. Die letzten Nächte hatte er schon nicht viel Schlaf bekommen, weil er mit der Überwachung von Professor Chase oder mit quälenden Gedanken beschäftigt gewesen war, und inzwischen befand er sich an einem Punkt, wo sein Körper sagte: *Mir ist alles egal, nur lass mich schlafen.* Aber jetzt, wo es tatsächlich gleich losging, stieg sein Adrenalinspiegel, und jede Muskelfaser in seinem Körper spannte sich. Ben wischte sich mit dem Ärmel über die Stirn. Dann fuhr er sich noch einmal durch die Haare, die vom Meerwasser und den Anstrengungen so struppig waren, dass keine Bürste der Welt es mehr hätte richten können. Er hoffte, dass es niemandem auffallen würde, wie wenig perfekt er im Gegensatz zu dem anderen Synth aussah.

8:00.

Die Lichter in der Kabine seines Gegenübers und seiner eigenen schalteten sich ein. Auf seiner digitalen Tafel leuchtete ein Textfeld auf:

Transfert des données démarré.

Die Datenübertragung startete. Ben las auf dem Bildschirm die Namen der Passagiere und ihre Vorlieben für Getränke und Speisen mit und versuchte, sich alles zu merken. Als alles durchgelaufen war, kam eine Fehlermeldung. Ben schluckte. *Verfluchter Mist.* Er hatte schon befürchtet, dass es einen Check geben würde, ob alle Daten auch richtig angekommen waren. Sein Atem ging jetzt viel zu schnell, sein Brustkorb hob und senkte sich deutlich unter der Uniform und war für jeden bestimmt auch äußerlich erkennbar. Er musste das dringend unter Kontrolle bringen, aber die Angst, erwischt zu werden, und dass dann alles umsonst gewesen war, nahm ihn inzwischen vollkommen ein.

Der Synth gegenüber stöpselte eigenhändig sein Kabel ab und trat vor. Ben machte es ihm nach, als sich die Tür öffnete und ein Mitarbeiter hereinkam. Zunächst überprüfte er die Tafel des anderen Flugbegleiters, dann kam er zu ihm rüber. Ben stand stockstill und starrte geradeaus, bemerkte aber im Augenwinkel, dass der Mann jetzt seine Tafel überprüfte. Der Mitarbeiter fluchte, tippte auf ein paar Tasten herum und stellte sich vor Ben.

»Destination?«

»London.«

»Noms des passagers?«

»Grace Hamilton. Clive Hamilton. Harry Hamilton. Sandra Fielding.«

»Bon, bon. Allons-y.«

Ben spürte Erleichterung aufkeimen, doch diese wurde sofort gedämpft, als ihm einfiel, dass er damit nur einen winzigen Teil der Herausforderungen bewältigt hatte, die noch auf ihn zukommen würden. Der Mitarbeiter murmelte vor sich hin, ging zur Tür und forderte die beiden auf, mitzukommen. Ben folgte dem anderen Synth, während immer wieder der gleiche Gedanke in seinem Kopf kreiste: *Was für eine beschissene Idee.*

Der Mitarbeiter ließ sie durch ein Tor aufs Rollfeld treten und blieb zurück, während der Synth zielstrebig auf ein kleines Privatshuttle zumarschierte, dicht gefolgt von Ben. Kaum hatten sie ihre Plätze bei der Maschine eingenommen, kamen zwei schwarze Limousinen vorgefahren. Der Synth öffnete die hintere Tür des ersten Wagens, also ging Ben zum zweiten.

Eine ältere Dame in einem pflaumenfarbenen Kostüm und mit ausladendem Hut streckte ihm die Hand entgegen, damit er ihr beim Aussteigen behilflich sein konnte. Ben hielt ihr seinen Arm hin und begleitete sie noch ein paar Schritte, bis sie ihn losließ und ohne einen Kommentar weiterging. Auf der anderen Seite erwartete ihn ein Kind im Grundschulalter. Das Mädchen trug ein weißes Tüllkleid und ihre roten Haare waren zu einem strengen Ballerina-Dutt frisiert. Gerade war sie im Begriff, ihm ihren knallpinken Rucksack zu reichen, als sie innehielt und ihn misstrauisch von oben bis unten beäugte.

»Soll ich Ihren Rucksack nehmen, Miss?«

Sie kniff die Augen zusammen, drückte den Rucksack fest an ihre Brust und rutschte aus dem Auto, ohne seine Hilfe anzunehmen. Dann lief sie los und rannte förmlich die Treppe zum Shuttle hoch, immer zwei Stufen auf einmal nehmend.

Ben wurde eiskalt. Er wusste, dass das Mädchen irgendetwas gesehen hatte oder dass sie zumindest etwas vermutete, und er konnte nur hoffen, dass sie niemandem etwas von ihrer Entdeckung erzählte. Innerlich vollkommen aufgewühlt, äußerlich aber so emotionslos wie der andere Synth, holte er das Gepäck aus dem Kofferraum und brachte es in die kleine Kabine im Shuttle. Ben wünschte, er könnte für den Rest des Fluges einfach beim Gepäck verbringen, ungesehen, unbemerkt, unsichtbar. Aber als sie fertig waren, folgte er dem anderen Synth, der sich nun anschnallte und einen Knopf auf der Schalttafel neben sich betätigte.

Ben hörte, wie die Sicherheitsanweisungen durch das Shuttle schallten. *Immerhin bin ich schon mal drin. Ich hoffe, der Flug geht schnell vorbei.*

Nach einer gefühlten Ewigkeit startete das Shuttle die Düsen und ging in einen senkrechten, kontrollierten Steigflug über, bis es die Reisehöhe erreicht hatte und sich auf den Weg nach London machte. Ben konnte nicht sehen, wo sie sich gerade befanden, denn dort, wo er saß, gab es keine Fenster. Aber das Gefühl, sich immer mehr von Emily zu entfernen, ohne zu wissen, was gerade bei ihr los war, wurde mit jeder zurückgelegten Meile beklemmender. Er schloss die Augen. *Ich hoffe, es geht ihr gut.*

Als er die Augen wieder öffnete und seinen Blick Richtung Kabine wandte, stand das kleine Mädchen auf dem Sitz und starrte ihn über die Lehne hinweg an. Innerlich fluchte Ben. Wieso hatte er sich derart gehen lassen? Welcher Synth schloss bitte eigenständig seine Augen? *Nur zwei Stunden muss ich durchhalten, zwei verdammte Stunden. Mehr nicht!*

»Grace, Liebes, bitte setz dich wieder hin. Die Anschnallzeichen sind noch an«, rief die ältere Dame. Das Mädchen tat, was von ihr verlangt wurde. Die Erwachsenen saßen alle in einer Sitzgruppe, während sie weiter weg von ihnen in einer eigenen saß, als hätte man sie ausgemustert. Vielleicht hörte ja einfach niemand auf die Kleine, sollte sie etwas sagen. Oder vielleicht vergaß sie die Angelegenheit auch einfach. Aber irgendwie hatte Ben nicht das Gefühl, dass das passieren würde.

Wieder gab es ein akustisches Signal und der andere Synth schnallte sich ab, also tat Ben es ihm wieder nach. Sie gingen an einen Wandschrank und zogen einen Servierwagen heraus. Der Synth blickte Ben erwartungsvoll an. Als er aber nicht reagierte, bewegten sich die Augen des anderen für eine Millisekunde nach links und rechts, als würde sein Prozessor etwas verarbeiten. Dann nahm er den Griff des Wagens und zog ihn hinter sich her, während Ben hinterherlief.

»Haben Sie einen Wunsch, Mr Hamilton?«, fragte der Synth und wandte sich an einen der Herren, während die ältere Dame Ben auffordernd ansah. Da das kleine Mädchen Grace hieß, musste dies Sandra Fielding sein, aber er hatte sich nicht gemerkt, ob sie eine Miss oder eine Mrs war.

»Haben Sie einen Wunsch, Miss Fielding?«

»Miss? Na, Sie sind ja goldig.«

50:50-Chance und ich hab sie natürlich versemmelt. Glücklicherweise schien *Mrs* Fielding aber von dieser Anrede geschmeichelt, denn sie lächelte und wirkte plötzlich äußerst freundlich. »Ich hätte gern einen Earl Grey mit Milch und zwei Zucker, junger Mann. Wäre das möglich?«

»Selbstverständlich.« Ben versuchte, alle überflüssigen Bewegungen, die ein Mensch machte, zu vermeiden und effizient zu arbeiten, als er die Tasse nahm, zwei Würfel Zucker auf dem Rand platzierte und einen Beutel Earl Grey aus dem Holzkasten nahm, um ihn in die Tasse zu hängen. Dann nahm er die Kanne, in der er das heiße Wasser vermutete. Seine Finger zitterten und er versuchte es unter Kontrolle zu bringen, aber das war leichter gesagt als getan. *Ich darf nicht einen Tropfen Wasser verschütten. So was passiert Synths nicht. Niemals.*

»*Mh.* Scheint ein älteres Modell zu sein. Der Schnellste ist er jedenfalls nicht. Bis er dir deinen Tee eingeschenkt hat, ist der Nordpol wieder zugefroren.« Der Mann, der einer der beiden Mr Hamiltons war, gab ein grunzendes Lachen von sich. »Gesegnet sei der Herr, dass Synths keinen Körpergeruch entwickeln. So schlampig, wie der aussieht, würde er sicher bis zum Himmel stinken. Die Klamotten passen ja vorn und hinten nicht. Und diese Haare! Wir sollten Beschwerde einreichen.«

»Möchten Sie auch einen Tee, Sir?«, fragte Ben, während er innerlich mit den Zähnen knirschte. Der Mann winkte ab. *Sein Glück, sonst wäre das heiße Wasser viel-*

leicht statt in der Tasse doch auf empfindlicheren Körperteilen gelandet. Ben kämpfte mit der Wut in sich, stellte die Kanne auf dem Servierwagen ab und trat einen Schritt zurück.

»Eine Zigarre wäre gut.« Ben blickte den Synth an und hoffte, dass er die Bestellung übernehmen würde, wenn er nur lange genug nicht reagierte. Er hatte keine Ahnung, wo die Zigarren versteckt waren. Tatsächlich übernahm sein Kollege. Er trennte die Spitze von der Zigarre ab, ritzte etwas hinein und bohrte ein Loch. Ben hätte keine Ahnung gehabt, was zu tun war.

Der Mann ließ sich die Zigarre anzünden, zog daran und stieß einen Rauchring aus. »Hast du schon von den Clarins gehört?«

»Was ist mit ihnen?«, fragte Mrs Fielding.

»Einer ihrer Kuriere ist aufgeflogen. 1,5 Millionen Pfund einfach futsch.«

»Konnten sie ihn zurückverfolgen?«

»Nein, aber die Fabrik in Manchester ist jetzt ziemlich in Aufruhr.«

Das hat mir ja grad noch gefehlt. Kriminelle. Ganz große Klasse.

»Haben Sie noch einen Wunsch, Mr Hamilton?«, fragte der Synth den anderen, jüngeren Mann, der unbeteiligt aus dem Fenster guckte.

»Einen Gin.«

Der Zigarrenqualm zog jetzt direkt in Bens Richtung.

»Hat der Synth etwa gerade die Nase gerümpft?«

Scheiße. Bis eben hatte er noch gedacht, dass ihn sein gewagter Plan höchstens bei der Polizei landen lassen würde und er aus der Untersuchungshaft nicht mehr herauskam, bis es zu spät war. Aber was er gerade gehört hatte, war ziemlich sicher nicht für seine Ohren gedacht gewesen und könnte ihn ins Visier dieser Verbrecher geraten lassen.

Jetzt stand der alte Mann auf, schob den Servierwagen beiseite und trat auf Ben zu. Instinktiv wollte er einen Schritt zurück machen, versuchte aber, keine Angst zu zeigen und standhaft zu bleiben. Er blickte den alten Mann fest an und konzentrierte sich darauf, nicht zu blinzeln. Die Werkseinstellungen der meisten Synths waren so eingerichtet, dass sie so wenig Energie wie möglich für derlei Dinge verbrauchten. Bens Herz schlug so heftig, dass er sich sicher war, der Mann könnte es gegen seine Brust hämmern hören.

»Ich schwöre, er hat gerade die Nase gerümpft.«

»Vielleicht stimmt was mit seinen Schaltkreisen nicht. Wie du schon sagtest, es ist wohl ein altes Modell«, sagte Mrs Fielding leichthin und genehmigte sich einen Schluck Tee. »Ich finde ihn ganz charmant.«

Geh weg, Mann. Hau. Einfach. Ab.

Der Mann zog an seiner Zigarre und blies den Rauch direkt in Bens Gesicht. Er unterdrückte den aufkeimenden Husten, spürte aber zugleich, wie ihm ungewollt Tränen in die Augen stiegen.

»Mit dem stimmt doch was nicht.« Mr Hamilton steckte

sich die Zigarre in den Mundwinkel, packte Ben am Kragen und schob ihn bis zu einer Wand, als Grace ihn am Ärmel zupfte. »Hey, Onkel Harry. Lass ihn in Ruhe. Du weißt doch. Ich mag keine Gewalt.«

Harry sah auf das kleine Mädchen herab. Er grunzte. »Kleines, bei dem ist irgendwas locker.«

»Ich mag ihn so, wie er ist. Bitte, lass ihn in Ruhe.«

»Genau, lass ihn doch einfach in Ruhe«, schaltete sich nun Mrs Fielding wieder ein.

Harry blickte Ben noch einmal in die Augen. »Ist mir egal, was die Mädels sagen, ich werde Beschwerde einreichen und dafür sorgen, dass sie dich verschrotten lassen.« Mit diesen Worten ließ er Ben wieder los und ging zu seinem Platz zurück.

Ben versuchte, so flach wie möglich zu atmen und möglichst gelassen seine Kleidung zu richten, während ihn Grace mit großen Augen anblickte.

»Haben Sie noch Wünsche, Miss?«

Sie sah sich zu den Erwachsenen um, bevor sie sich ihm zuwandte und leise flüsterte: »Ich weiß, dass du kein Synth bist.«

Ben sog die Luft ein. Instinktiv blickte er sich nach einem Ausweg um, aber wohin sollte er in 30.000 Fuß Flughöhe schon flüchten?

»Ich werd's niemandem verraten, aber dafür musst du auch was für mich tun.«

Ben ging in die Knie, bis er auf Grace' Augenhöhe war. »Was möchtest du denn von mir?«

»Du spielst mit mir für den Rest des Fluges, okay?«

»Du musst mir nur laut und deutlich den Befehl erteilen, damit es alle hören.«

Sie nickte.

Gott, ich hoffe, das Ganze geht gut aus.

Nachdem Grace ihm den Befehl erteilt hatte, sodass auch der andere Synth und die Erwachsenen es mitbekamen, hatten sie in Grace' Sitzgruppe Platz genommen und Gesellschaftsspiele gespielt. Da das Mädchen sein Geheimnis ohnehin kannte, erlaubte es sich Ben, einmal kurz aus dem Fenster zu blicken. Sie hatten inzwischen das Meer und die Küste hinter sich gelassen, und er vermutete, dass sie sich London von Süden aus näherten. Sie flogen über die Surrey Hills Area of Outstanding Natural Beauty, die inzwischen nichts weiter als eine ausgedorrte, gelbe Landschaft war und nichts mehr von der *außergewöhnlichen Schönheit* besaß, die ihr mal den Namen verliehen hatte.

»Hey! Wir haben noch Zeit und die gehört mir«, beschwerte sich das Mädchen. »Also. Turm auf D3.«

Ben blickte zurück auf das holografische Schachspiel, das durch einen Projektor auf die Tischfläche gezaubert wurde.

»Turm auf A3«, sagte er.

»Also wie ein Synth spielst du wirklich nicht«, flüsterte sie ihm über den Tisch hinweg zu. »Sei froh, dass *ich* hier mit dir sitze. Tatsächlich spielst du noch nicht mal für einen Menschen wirklich gut.«

»Warum hast du nicht einfach den Computergegner eingeschaltet?«

»Nein, ich will lieber sehen, wie du dich fühlst, wenn du von einer Siebenjährigen geschlagen wirst.«

»Richtig nett ist das aber nicht.«

»Jemand aus dieser Familie kann gar nicht nett sein.«

Ben konnte sich ein Schmunzeln nicht verkneifen. »Warum hast du mich dann vor deinem Onkel beschützt und nicht verpetzt?«

»Das muss unser Geheimnis bleiben, okay? Niemand hier darf wissen, dass ich eigentlich lieber nett bin.«

»Es ist sicherlich nicht leicht, in so einer Familie groß zu werden.«

Grace zuckte mit den Schultern. »Versuch nicht, abzulenken. Dame auf B6. Schachmatt.«

Ben hielt sich eine Hand aufs Herz, als würde es wehtun. »Ich gebe es zu, ich habe keine Chance gegen dich. Darf ich jetzt wieder an meinen Platz zurück?«

Grace nickte. »War schön, dich kennenzulernen, Synth.«

»Fand ich auch.«

Das Shuttle drosselte bereits seine Geschwindigkeit, als ein akustisches Signal ertönte und die Anschnallzeichen wieder angingen. Nicht mehr lang und er hatte es zumindest schon mal bis London geschafft. Er war sich ziemlich sicher, dass Grace ihn nun nicht mehr verraten würde.

Der Synth stand schon bereit, und Ben schnallte sich gerade an, als das Shuttle kurz darauf in den Sinkflug überging. Tatsächlich mussten sie sich noch irgendwo außerhalb Londons befinden, und Ben befürchtete, dass der Stadtteil Bow, wo der Hauptsitz von *Widevisions* lag, weit entfernt war. Die autonom fahrenden Taxen oder die U-Bahn konnte er schlecht mit Wertgegenständen bezahlen, und Laufen war zu riskant, weil es lange dauern würde und er sich so wenig wie möglich im Freien aufhalten wollte. Er wusste nicht, über was für Ressourcen die Arcadia in London verfügte.

Nachdem das Shuttle gelandet war, ließen der Synth und Ben die Passagiere aussteigen, wünschten ihnen einen schönen Tag und brachten das Gepäck zu den bereitstehenden Fahrzeugen. In London lag Schnee und es war bitterkalt. Ben fror in der dünnen Uniform und sein Körper bebte immer stärker, doch Grace hatte Mrs Fielding in ein lebhaftes Gespräch verwickelt, sodass es wohl keiner bemerkte. Als ihre Limousinen losfuhren, zwinkerte sie Ben noch einmal zu und winkte zum Abschied.

Ben folgte dem Synth in Richtung eines Gebäudes, in dem sich vermutlich die Ladekabinen befanden. Er wusste, dass er vorher irgendwie die Kurve kratzen musste. Glücklicherweise schien der andere Synth überhaupt keine Notiz von ihm zu nehmen. Er stapfte voran, ohne sich auch nur einmal umzudrehen, also nutzte Ben die Gelegenheit und bog, nachdem sie aus dem abgesperrten Bereich heraus waren, in einen Gang ab, der zwischen zwei Lagerhallen entlangführte.

Er begann zu laufen, immer schneller, und rannte schließlich, als wäre der Teufel persönlich hinter ihm her.

Ab und zu blickte er über seine Schulter. Aber auch wenn er weder Drohnen noch andere Verfolger entdeckte, hielt er erst an, als er das Gelände verlassen, ein paar Felder überquert hatte und in einem kleinen Waldstück anlangte. Er war vollkommen außer Atem und fasste sich an die Brust. Er hatte es geschafft. Er war tatsächlich in London. Aber so richtige Erleichterung wollte sich trotzdem nicht einstellen. Immerhin war ihm vom Laufen etwas wärmer geworden. Zwar nicht so sehr, dass er auf das Jackett verzichten wollte, dennoch konnte er es nicht anlassen. Falls Mr Hamilton tatsächlich Beschwerde einreichte, würde man nach einem entlaufenen Steward suchen, und mit fehlerhaft programmierten Synths gingen sie in der Regel nicht zimperlich um. Das konnte Ben nicht riskieren. Also streifte er das Jackett ab und knöpfte das Hemd auf, um den Akku seiner Tafel abzuschalten.

Nachdem Ben sich etwas erholt hatte, folgte er dem Waldweg bis zu einer Straße. Gegenüber gab es einen Bäcker, einen Schreibwarenladen, einen Immobilienmakler und einen Elektronikladen. Kein Pfandleihhaus oder dergleichen, wo er Kaynes Wertsachen hätte eintauschen können.

Neben ihm wischte gerade ein Mann mittleren Alters den Schnee von seiner Frontscheibe. Als er Ben bemerkte, hielt er irritiert inne, vermutlich wegen seiner spärlichen Bekleidung zu dieser Jahreszeit, und starrte ihn an. Ben nutzte die Chance, um ihn anzusprechen. »Hallo.«

Der Mann schaute weg.

»Hören Sie, meine Freunde und ich haben gestern ein bisschen arg gefeiert und sie haben sich einen kleinen Spaß erlaubt. Sie haben mich abgesetzt, ohne Geld, ohne Credits und ohne Jacke. Mir ist scheißkalt und ich muss dringend nach Bow.«

Der Mann ignorierte ihn weiterhin, also zog Ben ein goldenes Armband aus der Tasche. »Hier. Ich garantiere Ihnen, dass es echt ist.«

Ein kurzes Aufblicken war alles, was Ben hervorrief.

»Sie können mich in der Suchmaschine eingeben. Mein Name ist Kayne Vermont Junior, mein Vater ist der Vorstand von Aventix. Ich unterschreibe Ihnen eine Echtheitsgarantie und eine Besitzübertragung, alles, was Sie wollen. Und wenn es nicht echt ist, können Sie sich an meine Eltern wenden. Bitte.«

Der Fremde stieg ins Auto, startete den Motor und fuhr davon. Ben blickte ihm nach und fluchte. Nach 300 Fuß hielt das Fahrzeug in einer Einfahrt. Ob er es sich anders überlegte? Tatsächlich dauerte es nur ein paar Sekunden, bis die Rücklichter des Wagens angingen und der Mann zurücksetzte. »Einsteigen.«

Ben atmete erleichtert aus. »Danke.«

Auf den Straßen Londons lief alles wie gehabt. Autos drängten durch die Straßen, Menschen gingen mit ihren Hunden Gassi, Polizei-Synths schrieben Knöllchen. Der Mann, der ihn fuhr, sagte nicht viel, außer, dass er überhaupt nicht wissen wolle, worin Ben verwickelt war. Zumindest gelang es Ben, ihm seine Winterjacke, Mütze und

Handschuhe im Tausch gegen einen der klobigen Ringe von Kayne abzukaufen. Den Rest der Fahrt nach Bow verbrachte er damit, Übertragungsformulare auf dem Tablet des Mannes auszufüllen.

Schließlich setzte der Mann ihn an der ersten Straßenecke ab, die Ben wiedererkannt hatte, weil sie nur ein paar Straßen entfernt von *Widevisions* lag.

Der Mann brauste davon, offenbar froh, sein Paket endlich losgeworden zu sein, und Ben konnte es ihm nicht verübeln. Den restlichen Weg lief er und konnte schon aus einiger Entfernung die hohen, elektrisch gesicherten Zäune des *Widevisions*-Komplexes sehen. Ben hatte noch keine Ahnung, wie er auf das Hochsicherheitsgelände gelangen sollte. Mac schien seine einzige Chance. Aber ob dieser am 1. Januar und noch dazu an einem Sonntag arbeitete?

Ben setzte sich auf eine Bank. Er erinnerte sich daran, dass Mac eigentlich immer dort gewesen war, wenn Ben sein Training absolviert hatte, egal, an welchem Tag und zu welcher Uhrzeit. Vielleicht lebte er ja sogar in der Firma und hatte gar kein richtiges Zuhause.

Ratlos sah er sich um, als etwas seine Aufmerksamkeit erregte. An einem der Gebäude entdeckte er ein Logo mit zwei neonfarbenen Buchstaben, das er von den Pizzakartons kannte, die sich immer auf Macs Schreibtisch gestapelt hatten.

Wenn das mal kein vielversprechender Ansatz war.

16
EMILY

Sonntag, 1. Januar 2051

Jacob lief vor und blickte um die Ecke. Etwas weiter entfernt konnte man das rhythmische Klacken von Mech-Schritten hören, das aber immer leiser zu werden schien. Schließlich drehte sich Jacob zu Emily um und nickte ihr zu. Emily nahm Suris Hand und zog sie hinter sich her. Ihre Freundin hatte die Augen geschlossen und wirkte wie eine Schlafwandlerin, aber zumindest hatten sie es geschafft, dass ihre Beine Emilys Bewegung folgten. So liefen sie über die Kreuzung und bogen in den nächsten Gang. Noch zwei weitere und sie hätten es geschafft.

Jacob lief wieder vor bis zum nächsten Abzweig, linste um die Ecke, trat dann aber rasch zurück und presste sich hinter einem Pfeiler flach an die Wand. Emily folgte ihm, aber Suri ließ sich nicht näher heranziehen. Sie stand noch zu weit im Gang. Emily huschte zu ihr rüber, drückte sie an den Schultern nach vorn, bis Suris Nasenspitze die Wand berührte, und quetschte sich selbst zwischen sie und Jacob.

»Ein Mech?«, flüsterte Emily.

Jacob nickte. »Etwa zehn Fuß entfernt. Bist du dir sicher, dass du das tun willst? Auch wenn du mir verraten hast, was du bist, mach ich mir trotzdem Sorgen.«

»Das müssen Sie nicht. Die Arcadia lässt mich ohne Bedenken raus und ich habe ja die Nanobots.«

»Gut, dann soll es wohl so sein. Ich werde gleich nach rechts laufen und den Mech weglocken. Ihr rennt, so schnell ihr könnt, in die andere Richtung.«

»Nein, warten Sie, Jacob, ich –«

»Viel Glück«, fiel er ihr ins Wort und lief los. »He! Du! Hässliche Blechbüchse! Lust auf eine Runde Fang-den-alten-Mann?«

Emily drückte sich noch näher an die Wand und atmete schwer. Sie hörte die Schuhe von Jacob, die auf dem Boden quietschten, dann die schweren, polternden Schritte des Mechs. Als sie vorüber waren, zog Emily Suri mit sich und schaute sich um. Sie waren weg.

Emily rannte, so schnell sie konnte. Selbst in ihrem derzeitigen Zustand hielt Suri problemlos mit ihrer Geschwindigkeit mit. Wie viel schneller sie wohl gewesen wären, wären ihre Rollen vertauscht? Der Schrei von Jacob, der durch den Gang hallte, versetzte Emily einen Stich ins Herz. Sie stockte kurz, doch dann lief sie weiter, damit nicht alles umsonst gewesen war. Endlich erreichten sie den Raum mit der Tür, die nach draußen führte. Emily gab den Code ein, es piepte und die Tür schwang auf.

Emily hoffte, dass auch die Außenkameras noch offline waren, aber sie blickte nicht zurück, um sich zu vergewissern. Falls nicht, war es jetzt ohnehin zu spät. Sie lief mit Suri den Hügel hinab und hielt sich nahe an den Felsen, die die Küste säumten, damit sie zumindest ein bisschen Deckung hatten. Schließlich erreichten sie den Weg, der vom Strand hinauf zur Kirche führte. Erst als sie vor der Tür standen, gönnte sich Emily eine Pause. *Beruhig dich, Emily.* Sie musste warten, bis ihr nicht mehr schwindelig war und sie sich erholt hatte, während Suri reglos vor ihr stand. Es war ein seltsames Gefühl. Als wäre ihre beste Freundin da, aber irgendwie auch nicht.

Emily zog Suri in die Kirche. Dort schaltete sie deren Beinmotorik aus, hielt Suri fest und ließ sie behutsam auf den Boden vor dem Altar gleiten. Anschließend nahm sie eines der zusammengelegten Altartücher, die auf einer Bank lagen, klopfte den Staub ab und bettete Suris Kopf darauf.

Sie öffnete Jacobs Tasche und holte die Materialien und das Werkzeug heraus, das sie aus der Werkstatt mitgenommen hatte, und wandte sich der Stelle zu, an der Jacob zuletzt gearbeitet hatte. Sie würde den Kopf äußerlich nicht ganz wiederherstellen können, schon allein, weil sie nicht genug Silikon mitgenommen hatte. Aber vielleicht könnte sie Suris Haare so drapieren, dass es kaum auffiel.

Sie öffnete den Zugang am Nacken und schloss ein

Diagnosegerät an. Auf dem Monitor wurden ihr einige kritische Stellen angezeigt. Vorsichtig entfernte sie ein paar beschädigte Platinen und setzte neue ein, ebenso fand sie eine Menge herausgerissener Drähte, die sie austauschte. Die Schäden bewiesen deutlich, mit was für einer rohen Gewalt auf ihre Freundin eingeschlagen worden war. Emily hatte das Ausmaß bislang nicht einschätzen können, weil Jacob ihr andere Aufgaben gegeben hatte, aber inzwischen befürchtete sie, dass Suris Speicher Schaden genommen hatte. Und es vielleicht keine Möglichkeit gab, die alte Suri noch irgendwo da drinnen zu finden.

Angst und Zweifel keimten in ihr auf, egal, wie sehr sie dagegen ankämpfte.

Vielleicht hat Dr. Miller recht gehabt und Suri ist verloren. Vielleicht ist alles umsonst. Emily war immer der Überzeugung gewesen, dass sie alles reparieren könnte, weil man sie das ihr ganzes Leben lang hatte glauben lassen. Aber genauso hatte man sie auch glauben lassen, dass sie ein normaler Mensch sei …

Emily bewegte ihren Kopf nach links und rechts, ließ ihre Handgelenke kreisen und atmete tief durch. Sie *musste* Suri zurückholen. Nicht nur, weil sich alle erhofften, dass sie über irgendwelche Informationen verfügte. Emily brauchte sie vor allem für sich. Ein vollkommen egoistischer Wunsch, aber in diesem ganzen Chaos sehnte sie sich gerade so sehr nach jemandem, dem sie vertrauen konnte. Suri war die einzige Familie, die sie hier noch hatte. Oder vielmehr haben könnte.

Nachdem Emily das letzte defekte Teil, das auf dem Monitor angezeigt wurde, ausgetauscht hatte, säuberte sie alles mit Stäbchen und Reinigungsmittel und zog das Diagnosegerät heraus. Emily blickte auf die Uhr. Noch eine Stunde, dann waren ihre drei Stunden Freigang vorbei, wobei heute wahrscheinlich niemand wusste, wann sie tatsächlich gegangen war. Sie legte ihren Finger an Suris Hals, spürte die Erhebung für den Funktionsschalter und drückte drauf. Wenn es nicht klappte, wusste sie nicht, wo sie ansetzen sollte.

»Bitte, Suri. Wach auf.« Emily schob sich näher an Suri heran, hob ihren Kopf von dem Altartuch und bettete ihn in ihren Schoß. Liebevoll strich sie ihr ein paar Haarsträhnen aus dem Gesicht. »Bitte. Ich schaff das nicht allein. Ich brauche dich. Und ich vermiss dich so sehr.«

Sie blickte auf Suris Züge. Nichts rührte sich in ihrem Gesicht. »Bitte, bitte, bitte. Wach auf.« Emily schloss die Augen und summte eine Melodie, um sich selbst zu beruhigen, als sie unter ihren Fingern eine Bewegung spürte. Als sie die Augen wieder öffnete, blickte sie in die klaren, blauen Augen von Suri. Doch in ihnen war nicht ein Funke des Wiedererkennens zu sehen.

»Suri, weißt du noch, wer ich bin?«

Suri blinzelte jetzt. Einmal. Zweimal. Dann setzte sie sich abrupt auf.

»Emily?« Sie blickte sich um. »Warum sind wir in einer Kirche?«

Emilys Herz setzte ein paar Takte aus, dann breitete sich

ein warmes Gefühl in ihrer Brust aus. Tränen der Freude stiegen ihr in die Augen, und sie schloss Suri so fest in die Arme, als würde sie sie nie wieder loslassen wollen. *Ich habe sie zurück. Sie lebt. Ich habe meine beste Freundin zurück.*

»Ich hab dich ja auch lieb, aber beantwortest du mir noch meine Frage?«

»Später«, antwortete Emily. Ihre Stimme klang dumpf, weil sie ihren Kopf an Suris Schulter barg.

»Was macht das ganze Werkzeug hier und …« Suri rückte plötzlich von Emily ab, stand auf und starrte auf eine Stelle an ihrer Hand. »Scheiße.« Hektisch tastete sie ihr Gesicht ab und bemerkte schließlich das Loch an ihrem Kopf. In ihren weit aufgerissenen Augen lag blanke Angst. »Du weißt es?«

Emily nickte und erhob sich ebenfalls.

»Und bist du mir deswegen böse? Weil ich es dir verheimlicht habe?«

»Nein. Ich bin nur froh, dass du wieder da bist.« Emily lachte. »Ironischerweise muss ich dir beichten, dass ich teilweise auch eine Synth bin.«

»Erzähl doch keinen Quatsch. Niemals.«

»Doch. Es stimmt.« Emily versuchte, es fröhlich wirken zu lassen, aber es kam eine gewisse Bitterkeit durch, als wenn sich jetzt, wo Suri wieder da war, alles, was sie in den letzten Wochen an Gefühlen unterdrückt hatte, Bahn brach. »Ach, und wo wir schon mal dabei sind … Kayne ist nicht Kayne. Er heißt eigentlich Ben, ist ein Spion und arbeitet für *Widevisions*, wer hätte das gedacht, und als wäre das noch nicht genug, geht auch noch die Welt unter und die Arcadia befindet sich jetzt auf dem radioaktiv verseuchten Jersey und –«

»*Wow*, Emily, Stopp. Beruhig dich. Beruhig dich. Eins nach dem anderen.« Suri kam näher und nahm Emily jetzt ihrerseits in den Arm. »Ist viel passiert, ja? Es tut mir so leid, dass ich wohl schon länger nicht für dich da war.«

»Wie denn auch?« Emily schluchzte. »Oh Mann. Ich dachte, ich hätte dich für immer verloren.«

»Aber jetzt bin ich da. Ich bin da.« Suri nahm Emilys Hand. »Also. Magst du jetzt noch mal von vorn anfangen? Wie lange war ich weg und was genau ist passiert? Am besten der Reihe nach. Und ganz ruhig.«

Emily wischte sich die Tränen aus dem Gesicht und begann zu erzählen. Von Daves Attacke auf dem Winterball, von Tante Margret, die ihr offenbart hatte, dass Emily synthetische Anteile hatte, von Professor Chase' Ankündigung vom Weltuntergang, vom Transfer der Arcadia auf die Kanalinsel, von Ben. Suri hörte aufmerksam zu, nickte an manchen Stellen, unterbrach sie aber nicht und ließ zu keiner Zeit Emilys Hand los. Erst als die letzten Worte aus ihrem Mund gepurzelt waren, fragte sie: »Und du hast diesem Mistkerl zur Flucht verholfen?«

»Das ist von allem das Wichtigste für dich? Nicht das mit dem Weltuntergang oder dass Dave dich quasi auf dem Gewissen hat?«

Suri winkte ab. »Ich bin ja wieder hier. Zwar nicht ganz

in dem Zustand, den ich mir gewünscht hätte – ehrlich, wer will schon 'n Loch im Kopf – und guck dir mal meine abgebrochenen Nägel an, der absolute Horror –, aber hier geht es erst mal nicht um mich. Und der Weltuntergang steht ja wohl auch morgen noch an, oder?«

Emily lachte erstickt. Wenn es je Zweifel gegeben hatte, dass sie die alte Suri zurückhatte, waren sie hiermit vollkommen ausgeräumt.

»Also. Wie geht's weiter und wie kann ich dir helfen?«

Emily blickte zu Boden. Sie wollte nicht, dass Suri das Gefühl bekam, sie hätte sie nur deswegen zurückgeholt, weil sie Hilfe erwartete. Aber wenn Suri tatsächlich irgendwelche Informationen hatte, dann konnten sie sie jetzt gut gebrauchen.

»Erinnerst du dich noch an Jacob? Du warst mal seine Assistentin in der Werkstatt. Davor hast du mit Professor Chase zusammengearbeitet. Jacob meinte, dass du schon sehr lange an der Academy bist.«

Suri blickte an die Decke und überlegte. Dann schüttelte sie den Kopf. »Tut mir leid, ich kann mich an nichts davon erinnern. Wonach genau suchen wir denn?«

»Irgendwas, das Professor Chase die Macht gegeben hat, in Flamanville einen Atomunfall zu verursachen. Wir müssen herausfinden, wie er weltweit Elektronikgeräte kontrollieren kann und wie wir das abstellen. Der Wahnsinn muss gestoppt werden. Wir wollen die Arcadia übernehmen und dann so viele Menschen zum Safespot mitnehmen wie möglich.«

»Wenn ich etwas davon wüsste, würde ich es dir sofort sagen. Aber ich fürchte, da ist nichts.« Sie nickte zu dem Diagnosegerät. »Hast du es schon benutzt, um Erinnerungsfragmente in meinem Kopf aufzuspüren?«

Emily kniff die Augen zusammen und schüttelte heftig den Kopf. »Nein. Ich will nicht an deinem Speicher rumpfuschen und damit riskieren, dass dir irgendwas passiert – nur um zu erfahren, dass da nix ist.«

»Aber wenn da etwas ist, dann müssen wir es finden. Wir haben keine andere Wahl.« Suri stand plötzlich auf und hob das Gerät auf, bevor Emily etwas dagegen unternehmen konnte.

»Tu das nicht!« Emily war jetzt aufgesprungen und schnappte danach, aber Suri rannte weg und brachte rasch einen Abstand von mehreren Kirchenbänken zwischen sich und Emily.

»Du weißt, dass ich schneller bin als du. Also. Es gibt jetzt zwei Möglichkeiten.« Suri nestelte an ihrem Nacken herum und schloss das Kabel an. »Entweder ich starte eine automatische Analyse, und du weißt, dass das ordentlich nach hinten losgehen kann, weil mein Kopf vermutlich nicht im besten Zustand ist und dadurch ein paar Sachen durcheinandergeraten könnten. Oder wir machen eine partielle manuelle Analyse. Aber dann musst du sie übernehmen.«

Emily ballte die Hände zu Fäusten. »Das kannst du nicht von mir verlangen.«

»Alles klar«, sagte Suri und war im Begriff, den Knopf

zu drücken, als Emily einlenkte: »Also schön! Du hast gewonnen. Okay?«

»Wusste ich doch, dass du noch zur Vernunft kommst. Du tust es wirklich, oder?«

»Ich tue es wirklich. Auch wenn ich echt kein gutes Gefühl dabei habe.«

»Gut, dann mach ich es mir jetzt wohl wieder auf dem Kirchenboden bequem. Die Holzbänke sehen noch ungemütlicher aus.«

Suri kam vorsichtig näher und legte sich hin. Dann stellte sie auf dem Gerät etwas ein.

»Was ist, wenn ich etwas finde, das dir peinlich ist?«, versuchte Emily ein letztes Mal, es ihrer Freundin auszureden.

Suri lachte. »Es gibt wirklich nichts, absolut gar nicht, was ich dir nicht schon erzählt hätte. Und wenn du was von früher findest, macht es mir auch nichts. Mir ist nichts peinlich. Hier, nimm es. Und wehe, du hältst dich nicht an unsere Abmachung.«

Emily nahm das Gerät in die Hand und blickte auf den Monitor. Suri hatte schon die richtigen Parameter eingegeben. »Hast du eigentlich wirklich eine Familie?«

»Laut meinen Daten schon. Ich weiß, wie sie aussehen, welche Geschichten es zu erzählen gibt. Für mich sind sie real. Aber ich habe keine Erinnerung an gemeinsame Weihnachtsfeste. Gemeinsame Schwimmbadausflüge. Die Sachen hab ich mir immer vorgestellt und deswegen habe ich auch so viel über sie geredet. Als würde es dadurch irgendwie wahrer werden.« Suri seufzte. »Genug davon. Jetzt fang schon endlich an.«

»Ist gut.« Emily drückte noch einmal sanft Suris Schulter. Dann öffnete sie den Erinnerungsspeicher. Suris Augen wurden starr und blickten nun gen Decke. Der Speicher unterteilte sich in kleine Videoclips. Emily ging zurück zu den ältesten, die sie finden konnte. Keiner davon zeigte Jacob. Offenbar hatte Suri einen Reset gehabt, kurz bevor das neue Semester gestartet war. Emily fand nur noch ein paar Daten, die überschrieben worden waren. Vielleicht konnte sie diese wiederherstellen.

Emily gab ein paar Codes ein und blickte besorgt zu Suri, deren Augen plötzlich von links nach rechts wanderten, als wenn sie einen Anfall hätte. Es waren 32 Clips, die sie wiederherstellen konnte, rasch klickte sie alle durch, bis sie tatsächlich welche mit Professor Chase fand.

Auf einem erklärte er Suri etwas darüber, wie sie mit einem Synth verfahren sollte, der ungewöhnlich aggressives Verhalten an den Tag gelegt hatte. Dann eines, wo Professor Chase ihr sagte, dass sie mal einen Blick auf einen Chip werfen sollte. Suri blickte auf einen Bildschirm, wo sich Zahlenreihen aneinanderreihten, aber das Bild war unscharf. Nur eine Kombination aus Zahlen und Buchstaben erinnerte Emily an etwas. Sie kam bloß nicht drauf, was es war. Hatten sie das im Unterricht durchgenommen?

Sie suchte weiter. Noch mehr Videos. Suri, wie sie etwas an einem Computer programmierte, das aussah wie die Asimov'schen Gesetze, Professor Chase, der an einem anderen Computer saß und anscheinend dagegen anprogrammierte, denn Suris Befehle veränderten sich auf magische Weise. Suri fing jetzt an, am ganzen Körper zu zucken. Emily erschrak, schloss das Programm und zog das Kabel aus Suris Nacken.

»Geht es dir gut?«

Suri zitterte immer noch, beruhigte sich aber langsam.

»Tut mir so leid. Das wollte ich nicht. Das machen wir nie wieder, okay?«

»Alles gut, geht schon wieder.« Sie zog die Beine an sich heran. »Hast du wenigstens was rausfinden können?«

»Nicht viel. Nur ein Bild war irgendwie verschwommen, als wäre noch eine Extraverschlüsselung aufgespielt worden. Sagt dir die Kombination 5j/8bP was?«

»Nein, gar nichts. Wir sollten es noch mal probieren.«

»Kommt nicht infrage. Du ruhst dich erst mal aus und wir überlegen uns morgen was anderes. Ich muss auch gleich los. Und ich nehme das Gerät mit, damit du nicht noch auf irgendwelche blöden Gedanken kommst.«

Suri streckte Emily die Zunge raus.

»Hast du denn eine Idee, was ich tun könnte, während du weg bist? Mich ein bisschen umsehen, ob ich was finde, was man noch gebrauchen kann? Vielleicht etwas zur Kontaktaufnahme mit der Außenwelt?«

»Wo du es gerade sagst – miss doch bitte mal, auf welchem Teil der Insel die Strahlung besonders stark ist und wo nicht.« Emily holte den Geigerzähler aus der Tasche hervor.

»Wird erledigt.«

»Danke, Suri. Halte dich nur von der Arcadia fern.« Emily lief los, holte vom Eingang eine der Broschüren mit der Landkarte für den Anfahrtsweg und zeigte Suri die Stelle, wo die Arcadia lag. »Ich weiß nicht, ob sie Drohnen, Metallhunde oder Mechs patrouillieren lassen, auch wenn ich bislang keine gesehen habe.«

»Mach dir keine Sorgen. Ich halte Abstand.«

Suri stand auf und die beiden umarmten sich noch einmal. »Ich bin so wahnsinnig froh, dass du wieder da bist.«

»Jetzt geh schon«, meinte Suri, aber Emily tat sich schwer damit, sie loszulassen.

»Ich komme morgen wieder, okay! Und drück mir die Daumen, dass mich in der Zwischenzeit niemand vermisst hat.«

17

BEN

Sonntag, 1. Januar 2051

Ben saß in der Pizzeria »Solo Pizza« und wartete. Er hatte sich ein bisschen Geld erbettelt und hielt sich jetzt seit geschlagenen drei Stunden an einer Cola fest, die inzwischen total schal schmeckte. Mehrere Male hatte ihn die Kellnerin schon gefragt, ob er noch etwas bestellen wolle. Es war das erste Mal, dass er eine Synth einen genervten Tonfall anschlagen hörte, und er fragte sich, nach welcher Zeitspanne dieser aktiviert wurde. Dennoch konnte sie ihn nicht rausschmeißen. Die Belegschaft musste darauf hoffen, dass ihn die Fragen der Kellnerin oder die anklagenden Blicke der anderen Mitarbeiter einschüchtern würden. Doch Ben hatte inzwischen schon zu viel erlebt, als dass er deswegen von seinem Plan abweichen würde.

Er hatte seine Jacke angelassen, für den Fall, dass er schnell aufbrechen müsste, aber Mac hatte sich bislang noch nicht blicken lassen. Langsam verließ Ben die Hoffnung, dass der Hacker am ersten Januar tatsächlich im Büro war. Erschwerend kam hinzu, dass er nicht wusste, ob Mac sich die Pizza liefern ließ oder sie selbst abholte. Von seinem Platz aus konnte er den Bildschirm für die Bestellungen einsehen, aber bislang war auch dort nichts Nennenswertes passiert.

»Wir schließen in zehn Minuten. Falls Sie Ihr Getränk also noch zu sich nehmen wollen ...«

Alibimäßig nahm Ben einen winzigen Schluck und überlegte, wo er in der Eiseskälte wohl die Nacht verbringen sollte, als plötzlich die Tür aufschwang und ein Typ mit einem Cap auftauchte, den Schal weit ins Gesicht gezogen. Ben zog jetzt seinerseits die Kapuze der Winterjacke tiefer in die Stirn und senkte den Kopf.

»Sorry, ich weiß, ich bin spät dran. Einmal das Gleiche wie immer. Zum Mitnehmen.«

Bens Puls beschleunigte sich. *Er ist es tatsächlich.* Macs Stimme würde er überall wiedererkennen. Immerhin hatte sie ihn in den schlimmsten Momenten seines bisherigen Lebens begleitet.

Der Kassierer rechnete ab, nahm eine der bereits belegten Pizzen aus der Auslage und gab sie in den Aufbackofen. Drei Minuten später war die Pizza in einen Karton verpackt. Mac nahm sie entgegen, verabschiedete sich und verließ den Laden.

Ben stand auf und bemühte sich, nicht allzu schnell hinterherzueilen, damit er nicht auffiel. Wahrscheinlich waren aber alle hier einfach nur froh, dass er endlich ging. Er trat hinaus in die Kälte. Mac war schon auf der anderen Straßenseite und stieg in einen roten Oldtimer.

Wer bitte fährt diese kurze Strecke mit einem Auto? Ben fluchte. Das machte die ganze Sache nicht einfacher, denn es bedeutete, er hatte kaum Zeit, um Mac abzupassen. Ohne nachzudenken, lief er auf die Straße. Autos hupten und Ben blickte erschrocken zur Seite, als ihn ein Lichtkegel erfasste. Reifen quietschten und schlitterten über die schneenasse Fahrbahn. Kurz vor ihm kam das Auto zum Stehen. Es war ein autonomes Taxi, und Ben schüttelte ob der Ironie den Kopf, dass ihm wieder einmal hochwertige Technik den Arsch rettete. Nachdem er den Schockmoment überwunden hatte, rannte er weiter. Der röhrende Motor des Oldtimers startete und Ben sprang vor die Kühlerhaube, aber Mac hatte sich nach hinten gewandt, um auszuparken. Ben schlug aufs Blech, um sich bemerkbar zu machen. Als Mac sich zu ihm umdrehte, weiteten sich seine Augen. Umständlich kurbelte er die Scheibe runter.

»Ares!« Mac nannte ihn immer noch bei seinem Spionage-Codenamen. »Was zum Teufel machst du hier?«

»Ich muss mit dir reden. Sofort.«

Mac schien zu überlegen, lehnte sich dann aber rüber zum Beifahrersitz, entriegelte und öffnete die Tür. Ben stieg ein, dann griff er zum Autoschlüssel und zog ihn raus. Der Motor erstarb mit einem bösen Seufzen.

»Was soll der Scheiß?«

»Ich will nur fünf Minuten deiner Zeit, okay?«

»Wirst du mir in den fünf Minuten erklären, was um Himmels willen passiert ist? Bist du aufgeflogen? Tu mir das bitte nicht an. Ich hab sowieso schon richtig Druck von oben, weil du den Kontakt abgebrochen hast. Die undankbaren Saftsäcke haben mir sogar mit Kündigung gedroht. Stell dir das vor! Nach all den Jahren … Und das, obwohl ich absolut nichts für deine Aktionen kann!«

»Und nachdem ich meinen Vertrag eigentlich auch schon erfüllt habe. Habt ihr etwa nicht mitbekommen, dass die Arcadia nicht mehr auf St. Kilda ist?«

»*Was?* Das ist doch Quatsch. Ich hab gestern erst die Satellitenbilder gecheckt, alles normal. Oder haben sie alle Schüler ausgeflogen, ohne dass wir es bemerkt haben?«

»Sie haben den ganzen beschissenen Komplex ausgeflogen.«

Mac starrte ihn an, und Ben konnte sehen, wie sein anfänglicher Unglauben in Skepsis umschlug. »Du willst mich doch verarschen. Wie soll das denn gehen? Es gibt keine Technologie der Welt, die das könnte.«

Ben seufzte. »Gibt es. Sie haben Schwebetechnik, sie haben eine künstliche Sonne und drei gigantische Roboter plus Tarntechnik. Wenn du auf den Satellitenbildern nichts bemerkt hast, denke ich, dass sie auch eine ausgereifte Projektionstechnik haben, die vorgaukelt, dass die Arcadia noch an Ort und Stelle ist.«

Mac hob die Hände: »Okay. Mal angenommen, mein Hirn könnte das alles verarbeiten – was es übrigens nicht kann –, wo soll die Arcadia jetzt sein?«

»Das weiß ich nicht. Wir wurden in der Academy gefangen gehalten und ich bin mit einem Transportshuttle geflohen. Das hatte keine Fenster«, log Ben. Er war sich nicht sicher, ob sich Mac auf ihre Seite schlagen würde, und wollte ihm noch nicht alles preisgeben, allerdings zumindest genug, damit er ihm weiter zuhörte.

»Aber aus welchem Grund?«

»Das ist der springende Punkt. Ich verrate ihn dir gleich. Aber vorher möchte ich dir ein Angebot machen. Solltest du mir helfen, meinen Vater zu befreien, kannst du mitkommen.«

»Also, so gern ich die Arcadia auch mit eigenen Augen sehen würde, vor allem nachdem du mir gerade von dieser fast schon haarsträubenden Technik erzählt hast, glaube ich nicht, dass es schlau wäre. Was soll ich da?«

»Überleben.«

Mac kniff die Augen zusammen. »Okay, jetzt erzähl mir erst mal, was los ist.«

Ben holte tief Luft und erzählte Mac alles, was er wissen musste – von Professor Chase' Ankündigung über den Transfer bis hin zu seiner eigenen Flucht, deren Verlauf er ein wenig umdichtete. Er konnte in Macs Gesicht nicht ablesen, was er darüber dachte, ob er ihn jetzt für völlig durchgeknallt hielt oder es zumindest in Erwägung zog.

»Also die Sache mit dem Weltuntergang … Warum hat es noch keine Warnung vom Weltklimarat gegeben? Die haben die besten Messgeräte, was das angeht. Und auch wenn die *Big Three* ihre Finger mit im Spiel gehabt hätten, um die Daten zu frisieren, was denkst du, wessen Aufgabe das gewesen wäre? Genau. Meine. Ich hab so was schon oft genug tun müssen. Der Rest deiner Geschichte klingt allerdings plausibel. Also, wenn ich dich richtig verstehe, möchtest du deinen Vater rausholen? Und dafür würdest du mich mit an diesen Safespot nehmen, wo auch immer der sein soll?«

»Ich kann dir nicht verraten, wo er ist.« Das stimmte zumindest insoweit, als dass er es selbst nicht wusste. »Wenn du mir hilfst, werde ich alles tun, um dich auch in Sicherheit zu bringen.«

Mac starrte nach draußen und schwieg. Ben versuchte, sich nicht anmerken zu lassen, wie nervös er war. Ohne Hilfe würde er seinen Vater nie aus dem Komplex von *Widevisions* rausbekommen.

»Weißt du was?« Mac blickte ihn an. »Scheiß drauf. Scheiß auf *Widevisions*. Ich hab schon viel zu lang für diesen Laden gearbeitet und überlege schon eine Weile, was ich mit meinem Leben anfangen soll. Dass die Welt demnächst untergeht, ist ja nicht gerade abwegig bei den ganzen Vorzeichen. Da bin ich lieber in einem Safespot, als hier mit allen anderen draufzugehen. Außerdem würde ich wahnsinnig gern eurer Arcadia-KI begegnen. Wie hieß sie gleich? *Carey*. Sie ist bestimmt heiß.«

Ben runzelte die Stirn. Das klang seltsam, aber irgendwie einfach nach Mac.

»Also: Ich helfe dir, deinen Vater rauszuholen, und im

Gegenzug darf ich dorthin mit, wohin dein Vater auch geht, okay?«

Ben nickte. »Versprochen. Kommst du denn in den Krankenhaustrakt von *Widevisions*?«

»Ich darf ihn nicht ohne Genehmigung betreten. Heute ist keiner mehr da, der mir die erteilen könnte.«

»Verstehe. Kannst du mir denn die Kleidung von einem MediDroid beschaffen?«

Mac zog eine Augenbraue hoch. »Ich weiß, wo sie die Synths reparieren. Da ist auch immer frische Kleidung. Aber ich verstehe noch nicht ganz, wie dir das helfen sollte. Die machen in dem Trakt einen Gesichtsscan.«

»Auch bei Synths?«

»Ähm …« Mac schien kurz zu überlegen. »Nein, ich glaube nicht.«

Ben nestelte an seinem Kragen herum und schaltete den Akku ein, woraufhin unter seinem Hemd die ID blau aufleuchtete.

»Ich verstehe. Ja. Damit könnte es gehen. Betonung liegt aber auf *könnte.*«

»Das muss reichen.« Ben schaltete die Synth-ID wieder aus.

»Dann bring ich dich jetzt als Erstes aufs Gelände. Sollte kein Problem sein, die Pförtner winken mich immer durch. Ich würde sagen, ich schmuggle dich erst mal in mein Büro und von da aus gucken wir weiter. Du versteckst dich jetzt im Kofferraum. Ist zwar nicht gerade ein Luxusapartment, aber du wirst es schon aushalten.«

Zusammengerollt lag Ben in dem winzigen Kofferraum, der seinen Namen eigentlich nicht verdient hatte, weil hier weder Raum war noch ein Koffer hineinpasste. Seine Brust war eingequetscht. Außerdem hatte er den Eindruck, dass es wegen der Enge keine Zirkulation gab und er stattdessen nur seine eigene Luft wieder einatmete.

Als er von draußen eine Stimme hörte, spitzte Ben die Ohren und versuchte, möglichst leise zu sein, was unter den Umständen nicht gerade einfach war. Am liebsten hätte er den Mund weit aufgerissen, um alles an Sauerstoff aufzunehmen, was hier noch verfügbar war.

Mac fuhr wieder an. Angespannt wartete Ben, ob sie noch einmal für eine Kontrolle anhielten, aber sie fuhren weiter. Es war, wie Mac gesagt hatte: Die Pförtner kannten ihn inzwischen so gut, dass sie ihn einfach passieren ließen. Ben traute sich, wieder tiefere Atemzüge zu nehmen, aber je mehr er einatmete, umso weniger Sauerstoff schien tatsächlich anzukommen.

Endlich kam der Wagen zum Stehen und Mac schaltete den Motor aus. Ben hörte die Tür klappen und wartete darauf, dass endlich der Kofferraum aufsprang. Doch es passierte nichts. Langsam wurde ihm schwindelig und Zweifel wühlten sich durch sein Gehirn wie kleine, gefräßige Maden. Wie sollte er sicher sein, dass er Mac überhaupt vertrauen konnte? Der Hacker und langjährige *Widesvisions*-Mitarbeiter könnte ihn einfach verraten, um Punkte bei seinen Chefs zu sammeln, die ihn offensichtlich auf der Abschussliste hatten.

Warum macht er nicht endlich den verdammten Kofferraum auf?

Ben fielen langsam die Augen zu, als er etwas hörte – kleine Räder, die über den Asphalt rollten, wie von einem Einkaufswagen. Er nahm seine letzte Kraft zusammen, um mit dem Ellbogen gegen das Blech zu stoßen und sich bemerkbar zu machen. Die Kofferraumklappe öffnete sich. Das Licht der hellen Laterne über ihm blendete Ben. Dennoch erkannte er die Umrisse eines Caps.

»Scheiße, sorry, ich hab auf die Schnelle keinen passenden Karton gefunden. Musste ein bisschen suchen.«

Ben hatte keine Ahnung, wovon Mac redete, er war nur froh, endlich wieder atmen zu können. Er wollte ihn anbrüllen, aber das wäre nicht sehr schlau gewesen, und die Kraft dazu hatte er auch nicht.

»Na komm, los geht's.« Mac half Ben aus dem Kofferraum und deutete dann auf einen großen Karton, der auf einem Rollwagen stand. »Da ist ein bisschen mehr Platz drin. Sorry. Echt. Ich wusste nicht, dass es so schlimm sein würde.«

Alles in Ben weigerte sich, von einem engen Raum gleich in den nächsten zu steigen.

»Drinnen sind überall Überwachungskameras. Es gibt keinen anderen Weg.«

Ben hielt abwehrend eine Hand hoch. »Gib mir ein bisschen Zeit, ja?« Er atmete noch ein paar Mal tief durch, dann stieg er in den Karton. Er war voller Strom- und Netzwerkkabel, was es nicht gerade bequemer machte. Mac zog ein paar Kabel unter Ben hervor und verteilte sie über ihm. Dann schloss er den Deckel. Wieder Dunkelheit, während Mac ihn durch die Gänge schob. Durch den Spalt zwischen den beiden Pappdeckeln sah Ben Lampen vorbeiziehen. Endlich hielten sie irgendwo und Mac machte den Deckel auf.

»Du bleibst hier und fasst nichts an, okay? Ich besorg die Klamotten.«

Ben wagte es, sich kurz aufzusetzen und in Macs Büro umzusehen, wagte aber nicht, den Karton zu verlassen, falls jemand hereinkäme. Es sah genauso aus wie immer. Pizzakartonstapel, irgendwelche elektronischen Geräte, die auseinandergenommen auf dem Tisch lagen, als wollte Mac noch daran herumschrauben, sowie Musikposter an den Wänden, die noch aus dem letzten Jahrtausend stammen mussten.

Ben hörte Schritte, tauchte wieder im Karton ab und zog den Deckel zu, als Macs Stimme zu ihm durchdrang.

»Okay. Die Klamotten habe ich.« Dem Geräusch nach verschloss Mac die Tür hinter sich. »Kannst rauskommen.«

Ben nahm die weiße Kleidung und den Kittel entgegen, zog sich alles über und holte noch den Zettel von Emily aus der Hosentasche, auch wenn er die Adresse inzwischen auswendig kannte. »Kannst du gleich noch meinen Stimmverzerrer deaktivieren, damit mein Dad keinen Schreck kriegt, weil ich klinge wie Kayne?«

Mac nickte, ging zu einem Schrank rüber und holte ein längliches Gerät heraus, das Ben schon vom letzten Mal kannte, als er seinen Vater besucht hatte. Mac hielt es ihm an den Hals. Es vibrierte. »Brauchst du die Stimme von Kayne noch mal?«

Ben nickte. »Nimm das Ding mal lieber mit.«

»Ich packe gleich noch ein paar Sachen ein, die wir gebrauchen können. Aber jetzt erst mal zum Plan.« Mac ging zu seinem Schreibtisch rüber, holte Zettel und Stift hervor und malte eine Skizze. »Hier ist mein Büro. Hier ist der Krankenhaustrakt. Du setzt dir gleich die Inlays ein und nimmst den Oktopass mit, ich bleibe derweil hier und hacke die Zugangsdaten. Danach gehst du auf das Zimmer deines Vaters, das liegt hier.« Mac malte ein Kreuz auf seine Skizze.

»Auf der rechten Seite? Dann haben sie ihn in der Zwischenzeit wohl verlegt.«

»Ja, er ist jetzt in Zimmer 8.«

»Wie sicher bist du dir?«

»Ganz sicher. Ich habe ihn gestern erst besucht.«

Ben wurde skeptisch. »Warum? Was hast du bei ihm gemacht?«

»Mit ihm gequatscht. Ist 'n netter Typ. Und das ist ehrlich gesagt auch der Grund, warum ich dir helfe. Also, du gehst in das Zimmer deines Vaters und bleibst dort, bis ich dir Bescheid gebe. Dann schnappst du dir deinen Dad und läufst mit ihm zu diesem Ausgang. Vergiss nicht, den Oktopass mitzunehmen, damit ich dich rauslassen kann. Ich nehme meinen Laptop mit, packe, wie gesagt, noch ein paar Sachen ein und gehe zu meinem Auto, das ich dann direkt vor dieser Tür parke.« Mac zeichnete ein Auto auf die Skizze. »Wenn die Tür offen ist, rennst du raus und bugsierst deinen Dad so schnell wie möglich auf die Rückbank. Klar so weit?«

»Glasklar«, antwortete Ben. Der Plan war einfach, fast sogar zu einfach. Mac hatte allerdings über die Jahre schon so viel Erfahrung mit solchen Aktionen gesammelt und er kannte sich hier bestens aus.

»Gut. Dann mal los.«

Ben versuchte, sich wie ein Synth zu verhalten. Keine überflüssigen Bewegungen, keine Eile, keine Emotionen. Glücklicherweise hatte er das schon den ganzen Vormittag über im Shuttle geübt, und da ein Feiertag war, begegnete er auch nur zwei Leuten, die ihn nicht weiter beachteten. Als er am Krankenhaustrakt ankam, schaute er sich so unauffällig wie möglich um. *Niemand in der Nähe.* Die Drähte des Oktopass fuhren aus und die Saugnäpfe an ihren Enden dockten sich am Display an. »Pass ist dran.«

»Ja, sehe ich«, drang Macs Stimme aus dem Inlay in seinem Ohr. »Los geht's.«

Zahlen flirrten über den Bildschirm und blieben plötzlich stehen. Die Tür ging auf. Ben zog den Oktopass wieder ab und steckte ihn in seine Kitteltasche. Aus den Augenwinkeln versuchte er, die Zahlen der Zimmer zu entziffern, ohne direkt hinzusehen, denn ein Synth hatte sicher keine Probleme, schnurstracks ins richtige Zimmer zu marschieren.

2, 4, 6, 8. Das ist es.

Leise klopfte er an und betrat den Raum. Das Zimmer war nicht ganz dunkel. Ein Sternenhimmel wurde an die Decke projiziert, Polarlichter waberten durchs Zimmer und spendeten türkisblaues Licht. Bens Herz zog sich schmerzhaft zusammen, als er seinen Vater entdeckte. Er sah immer noch nicht so aus, als wäre er wieder ganz bei Kräften, und er wollte ihn nicht wecken, doch er hatte keine Wahl. Sie mussten hier weg.

»Dad?« Er berührte ihn sanft an der Schulter.

»Bist du das Junge? Ja? Oh, was für ein schöner Traum, auch wenn du ein Synth bist.«

Ben schüttelte den Kopf und schaltete die Synth-ID aus. »Das war nur ein Trick, um hier reinzukommen. Das ist kein Traum. Ich bin es wirklich.«

Die Hand seines Vaters griff nach seiner und hielt sie fest. »Ich kann gar nicht glauben, dass du hier bist. Ist das wirklich wahr? Erst gestern hatte ich mir eingebildet, dich gesehen zu haben, als sie jemanden ins Zimmer nebenan gebracht haben. Aber dann habe ich Schmerzensschreie gehört und das war nicht deine Stimme. War es doch nicht, oder?«

Ben schluckte. Dann schüttelte er den Kopf. Nein, *er* war es nicht gewesen. Aber es bedeutete, dass sein Doppelgänger Kayne in der Nähe war. Und dass ihm offenbar etwas geschehen war. Ben schüttelte sich, um den Gedanken daran sofort wieder loszuwerden.

»Komm, ich bring dich jetzt raus.«

»Wie? Aber Schwester Joyce und …«

»Bitte, Dad. Glaub mir einfach. Wir müssen weg. Du bist hier nicht mehr sicher.«

»Du hast Mist gebaut, oder?«

Ben schwieg. Irgendwie machte es ihn traurig, dass es mehr nach einer Feststellung klang statt einer Frage.

»Ich warte vor der Tür. Ihr könnt los«, kam es nun von Mac.

»Sind unterwegs«, sagte Ben leise und dann etwas lauter zu seinem Vater: »Ich erklär dir alles später, okay? Sind das deine Medikamente?«

Sein Vater nickte. Ben stopfte alle Tabletten in seine Kitteltasche. »Komm jetzt.«

Er befreite seinen Vater von den medizinischen Überwachungssensoren und hoffte, dass er damit keinen Alarm auslösen würde. Er legte sich den Arm seines Vaters um die Schulter, stützte ihn und öffnete die Tür. Dann aktivierte er seine Synth-ID wieder und lugte in den Gang. Es war immer noch niemand zu sehen. So schnell wie möglich lief er mit seinem humpelnden Vater zur Tür und dockte den Oktopass auf das Zahlenfeld neben dem Schloss. Mac löste die Suche nach der Zahlenkombination aus, ohne dass Ben etwas sagen musste. Es klickte leise.

»Tür ist offen! Rein ins Auto und dann nichts wie weg!«

Ben zog seinen Vater hinter sich her, lief mit ihm die Stufen runter und half ihm auf die Rückbank von Macs Auto, als eine Sirene aufheulte. Rote Lampen leuchteten am Gebäude auf.

»Los, Ares! Sie wissen Bescheid.«

Ben schlug die hintere Tür zu und rannte zur Beifahrerseite, als er innehielt und auf die Tür vom Ausgang zurückblickte, die langsam zufiel.

Scheiße. Scheiße, verdammte Scheiße noch mal!

Und noch bevor er weiter drüber nachdenken konnte, griff er in die Seitentür nach dem Verbandskasten und rannte zurück.

»Was zur Hölle machst du?«, brüllte Mac. »Wir müssen los!«

Ich weiß, Mac. – Aber ich kann ihn nicht einfach hierlassen.

18

EMILY

Sonntag, 1. Januar 2051

»Miss Thorne, folgen Sie mir. Professor Chase will Sie sprechen.«

Totenstille hatte sich ausgebreitet, seit der Mech in die Bibliothek gekommen und schnurstracks auf Emily zugegangen war. Es waren viele andere Schüler hier, da es der einzige Ort war, an dem sie sich außer in ihren Zimmern aufhalten durften. Alle warfen Emily mitleidige Blicke zu – bis auf Dave McMillan, der ihr nur ein gehässiges Lächeln schenkte.

Unsicher erhob sich Emily. Sie hatte die Abendstunden in der Bibliothek verbracht und etliche Bücher nach der Kombination durchsucht, die Suri abgespeichert hatte, weil sie das dringende Gefühl hatte, dass es etwas mit Professor Chase' Geheimnis zu tun hatte. Wer sonst hätte sich die Mühe machen sollen, eine gesonderte Verschlüsselung über Suris Erinnerungen zu legen? Und jetzt fragte Emily sich, ob sie sich durch die Auswahl ihrer Bücher verraten hatte. Oder hatte Professor Chase etwas darüber herausgefunden, dass sie Ben zur Flucht verholfen hatte? War der Computer in ihrem Zimmer gefunden worden oder hatte er die Spinnenwanze in seinem Büro entdeckt? Oder etwas über Suri rausgekriegt?

Statt die Treppe zu nehmen, führte der Mech sie zu einem der Fahrstühle, die bis vor Kurzem noch außer Betrieb gewesen waren. Offensichtlich hatte sich das Strom- und Sicherheitsnetz der Arcadia seit dem Neujahrs-Neustart stabilisiert. Emily war nicht sicher, ob das ein gutes oder schlechtes Zeichen für sie war.

Der Mech drückte auf den Knopf für das oberste Stockwerk. Auf seinem Handrücken leuchtete ein rundes Display auf, das vorher schwarz gewesen und Emily nie als solches aufgefallen war. Ein digitaler Schlüssel erschien auf der gelben Fläche. Er legte die Rückseite seiner Hand an, ein leises Piepen erklang und der Fahrstuhl setzte sich in Bewegung.

Als sich die Fahrstuhltüren öffneten, erkannte Emily, dass sie sich unter der Dachkuppel von Haus Minerva befanden. Sie betrat den großen runden Raum, dem jegliches Mobiliar fehlte. Ein paar der Metallrauten, die normalerweise das gesamte Gebäude umschlossen, waren geöffnet, sodass die kalte Nachtluft hereinströmte und sie freien Blick auf den Sternenhimmel hatten. Nur eine diffuse Energieschicht waberte über ihnen, und Emily vermutete, dass es die Tarn-Projektion war, die die Arcadia aufrechterhielt, um sie für andere unsichtbar zu machen.

Im Halbdunkel erkannte sie Professor Chase, der seine Hände hinter dem Rücken verschränkt hatte und in den Himmel blickte. Ohne sich umzudrehen, sagte er: »Guten Abend, Miss Thorne. Kommen Sie doch zu mir.«

Emily trat ein und der Mech verschwand wieder im Fahrstuhl. Zögernd ging sie auf den Schulleiter zu und stellte sich neben ihn.

»Noch wissen die Menschen dort draußen nicht, was auf uns alle zukommt. Wie es wohl für sie sein wird, zu erfahren, dass sie die Konsequenzen ihrer Fehler viel früher erleiden müssen als geahnt? Dass sie damit sich und alle, die sie lieben, dem Untergang geweiht haben?«

Die Art, wie er es sagte, machte Emily wütend. Als wäre es Professor Chase nicht nur gleichgültig, was mit dem Rest der Menschheit passierte, sondern als würde er es ihnen sogar *gönnen*. Langsam hatte sie das Gefühl, dass sich Professor Chase nicht nur für den Retter eines kleinen Teils der Spezies hielt, sondern auch für den Racheengel aller übrigen.

»Tut es Ihnen gar nicht leid, was gerade passiert? Haben Sie kein bisschen Mitleid?«

Professor Chase blickte sie von der Seite an und zog spöttisch eine Augenbraue hoch. »Sie sagen das, als wäre ich der Bösewicht in diesem Spiel. Als hätte ich das alles bewirkt, anstatt die wirklich Schuldigen.«

Emily biss sich auf die Lippe. Es brachte nichts, mit ihm

zu diskutieren. Sie wollte ihm so vieles an den Kopf werfen, unter anderem, dass er an der ganzen Situation Mitschuld trug. Inzwischen war ihr glasklar, dass die Arcadia eben nicht all ihre Ressourcen in die Rettung des Planeten gesteckt haben *konnte*. Die waren vielmehr in die »Exit-Strategie«, wie auch immer sie aussehen mochte, geflossen. Der Transfer hierher mit den drei Metallkolossen, die Projektionen, das Treppensystem unter dem Gebäude, das Unterwasserdock, die Shuttles … *Deswegen* hatte die Arcadia solche Mengen an Fördergeldern und Studiengebühren reicher Familien benötigt. Emily hatte sich schon immer gefragt, warum die Academy, wenn sie doch auf Exzellenz setzte, nicht nur Schüler aufnahm, die durch Leistung überzeugten, sondern zuließ, dass sich hauptsächlich reiche Schüler einkauften. Jetzt wusste sie es. Ein Wunder, das Professor Chase überhaupt ein Stipendiatenprogramm ins Leben gerufen hatte, statt weiterhin nur die Gutbetuchten anzuzapfen.

»Sehen Sie in mir, was Sie wollen, Miss Thorne. Jede gute Geschichte braucht einen Antagonisten oder nicht?« Der Schulleiter schloss die Augen und atmete tief die kalte Januarluft ein. Emily fiel auf, dass er sich so der Radioaktivität aussetzte, denn sie bezweifelte, dass die Projektion etwas davon abhielt.

»Das Weltall hat mich schon immer fasziniert. Die unbegrenzt scheinenden Möglichkeiten. Und doch war die Klimakrise schneller, lange bevor wir in der Lage waren, diese Unbegrenztheit zu nutzen und eine zweite Erde für uns zu finden. Jetzt müssen wir mit dem arbeiten, was wir haben. Und unsere Hoffnung liegt, wie Sie wissen, auf Ihnen, Miss Thorne. Und auf Carey.«

Emily schluckte. Was hatte die KI der Arcadia mit der ganzen Sache zu tun?

»Sie wissen sicherlich, dass sie die leistungsfähigste KI der Welt ist?«

Und damit auch sehr gefährlich, wenn sie einmal von der Leine gelassen wird. Will er mir das damit sagen?

Als die Entwicklung künstlicher Intelligenzen in den 2020er-Jahren regelrechte Quantensprünge machte, war die Menschheit nicht auf die Folgen vorbereitet gewesen. Einige der leistungsfähigsten KIs waren schon lange dem Großteil der Menschheit überlegen.

»Und Sie glauben, dass Carey sich auf die Seite der Menschen stellen wird, wenn ihr Fortbestand infrage steht?«

Professor Chase nickte. »Natürlich. Es war Carey, die den Zufluchtsort ausgemacht hat. Sie hat den Bau überwacht, den wir in den letzten Jahrzehnten vorangetrieben haben. Das einzige Puzzleteil, das uns noch fehlte, waren *Sie*. Und jetzt sind Sie hier. Ich habe genügend Arbeitsroboter, die meinen Befehlen folgen. Was ich aber eigentlich brauche, ist eine Synth wie Sie. Jemanden, der nicht nur selbstständige Entscheidungen fällen und Situationen blitzschnell erfassen kann, sondern auch die Kreativität besitzt, Wege zu finden, um das Ziel zu erreichen. Eine Person, mit der Menschen sich identifizieren können, die Anerkennung findet und Hoffnung sät, aber über die

Stärke und Widerstandskraft einer Synth verfügt. *Sie* werden die Überlebenden anführen.« Er lächelte Emily an, aber das Lächeln erreichte seine Augen nicht. »Wollen Sie eigentlich gar nichts über den Safespot wissen? Ich wundere mich, dass Sie nie danach gefragt haben, obwohl Sie die Einzige hier sind, die dazu Gelegenheit hatte.«

Emily zuckte mit den Schultern, als wäre es ihr nicht wichtig, obwohl das genaue Gegenteil der Fall war. »Ich hätte nur nicht gedacht, dass Sie mir etwas darüber erzählen würden.«

»Selbstverständlich. Wir vertrauen uns doch, Miss Thorne? Das kann ich doch, oder?«

Emily antwortete nicht, aber zum Glück schien der Schulleiter auch gar keine Antwort zu erwarten, denn er redete schon weiter: »Wir nennen den Ort *Telos. Das Ziel.* Sie können ihn sich ansehen, wenn Sie möchten.«

»Wie? Jetzt sofort?«

Professor Chase nickte. »Kuppel schließen«, befahl er und die Rauten schoben sich vor den Nachthimmel. »Li-Vis aktivieren.« Aus dem Boden fuhr langsam eine glänzende, weiße Säule nach oben. In ihrer Mitte befand sich eine kleine, dunkle Kuppel. Professor Chase legte seine Hand auf. Licht strömte zwischen seinen Fingern durch, dann schaltete sich ein holografisches Feld ein, auf dem er etwas eingab. Klickend öffnete sich im unteren Bereich der Säule ein Fach und Professor Chase holte ein durchsichtiges Pad und eine VR-Brille hervor. Die Brille reichte er Emily, die sie entgegennahm und inspizierte.

»Soll ich sie aufsetzen?«

»Nun, dafür sind diese Brillen schließlich da, oder nicht? Es sei denn, Sie wollen nicht wissen, wie es in Telos aussieht.«

Warum vertraute er ihr so sehr? Es musste doch mehr dahinterstecken. Was, wenn es eine Falle war? Wenn er doch etwas rausgefunden hatte? Nicht ein einziges Mal hatte er sie bislang auf Bens Flucht angesprochen, denn *dass* er geflüchtet war, musste er inzwischen wissen.

Sie wollte Professor Chase nicht zeigen, wie wenig sie ihm über den Weg traute, aber der Gedanke, mit ihm allein in einem Raum zu sein und nicht sehen zu können, was er währenddessen tat, machte ihr Angst. Das war der Nachteil daran, wenn man eine Synth war. Professor Chase hatte jederzeit die Möglichkeit, sie umzuprogrammieren, wenn er das wollte. So wie es auch mit Suri gemacht worden war. Er konnte Emily jederzeit zu einem willenlosen Werkzeug machen, das seine Pläne in die Tat umsetzte und von jetzt auf gleich alles vergaß, was bislang ihr Leben und sie ausgemacht hatte.

Andererseits hätte er dazu auch schon früher Gelegenheit gehabt. Und wenn sich ihr die Chance bot, musste sie so viel herausfinden wie möglich und erfahren, wo sich dieses *Telos* befand – denn nur wenn sie den Standort kannten, konnten sie Menschenleben retten.

Also setzte Emily schließlich die Brille auf.

Noch war alles schwarz.

Emilys ganzer Körper war angespannt, sie versuchte,

keine Panik aufkommen zu lassen, als sie Professor Chase' Präsenz deutlich hinter sich spüren konnte. Dann leuchtete der Bildschirm weiß auf, und sie musste die Augen zusammenkneifen, weil sie von der spontanen Helligkeit geblendet wurde.

Professor Chase sagte: »Willkommen in Telos.«

Emily stand in einer komplett durchsichtigen Kuppel. Durch die künstliche Beleuchtung, die durch die Scheiben nach draußen strahlte, erkannte sie dunkles Meerwasser. Algen und andere Pflanzenteile zogen vorüber, und obwohl Emily es schon irgendwie in ihrem tiefsten Inneren geahnt hatte, war sie geschockt.

Die Menschheit sollte in einer Unterwasserstation die Katastrophe überleben. Alles war schlicht, aber modern gehalten. Der Boden war mit einer sterilen, weiß glänzenden Schicht überzogen, und die einzige Deko, wenn man so wollte, bestand aus futuristisch wirkenden Sesseln und Tischen und kleinen gläsernen Gewächshäusern, die durch Belüftungsanlagen Sauerstoff abgaben.

Außerhalb der Fenster entdeckte Emily weitere hellbeleuchtete, durch Tunnel miteinander verbundene Kuppeln. Diese waren kleiner und schienen nach dem Zufallsprinzip verteilt, doch Emily war sich sicher, dass die Anordnung genaustens berechnet worden war.

»Telos liegt so weit unter dem Meeresspiegel, dass kein Sonnenlicht mehr bis dort dringt. Daher müssen wir energietechnisch auf die künstliche Sonne des Ceres setzen, die wir in kleinere Teile gespaltet haben, und beim Strom auf Gezeitenkraftwerke. Diese spenden über flexible Leitungen den Wohneinheiten Strom. Ebenso wie die Röhren, die von der Hauptkuppel zu den Nebengebäuden führen, sind sie nicht statisch, um sich der Strömung anzupassen. Treten Sie näher an die Scheibe. Keine Sorge. Es sind keine Hindernisse im Weg.«

Auch wenn Emily wusste, dass der Raum, in dem sie mit der VR-Brille stand, vollkommen leer gewesen war – bis auf die Säule, die Professor Chase womöglich wieder runtergefahren hatte –, bewegte sie sich nur tastend vorwärts.

Sie blickte auf Dutzende erleuchteter Kuppeln, die wie ein Fundament unter dem Hauptgebäude lagen. Durch die transparenten Wände konnte man Wasserräder, die wohl für die Frischwasseraufbereitung zuständig waren, und dicht begrünte Räume, die vermutlich weiteren Sauerstoff produzierten, sehen. Manche beherbergten Wasserbecken und andere grüne Wiesen, vermutlich für die Fisch- bzw. Viehzucht. Außerdem gab es mehrere Agrarkuppeln mit breit angelegten Äckern. In ihnen schienen bereits die kleineren Versionen der künstlichen Sonne des Hauses Ceres.

»Beeindruckend, nicht wahr? Später, wenn die Lage eine bessere sein wird, können wir die Agrarkuppeln und ein paar Sonnenkollektoren mithilfe von Motoren nach oben an die Wasseroberfläche schicken«, sagte Professor Chase, der Emilys Beobachtungen anscheinend ganz genau verfolgen konnte.

Emily war sprachlos. Sie konnte nicht fassen, was hier erschaffen worden war. Es war ein Wunder. Doch gleichzeitig regte sich Wut in ihr. Wie viel Geld mochte hier hineingeflossen sein, anstatt es in den Erhalt der Erde zu stecken? »Was passiert denn, wenn eine der Kuppeln beschädigt und geflutet wird?«

»Es gibt keinen Anlass zur Sorge. Ich versichere Ihnen, dass Carey alle Eventualitäten miteinberechnet und für den Notfall gesorgt hat. Es gibt zwei Außenschichten, sodass wenn eine zerbricht, die zweite uns Zeit verschafft. Der Verlust der ersten Ebene würde sofort einen Alarm auslösen und die betroffene Röhre entkoppeln. Es würden Rettungskapseln entsendet werden, um die menschlichen Mitarbeiter der betreffenden Kuppel zu evakuieren. Gleichzeitig würden Bergungs- und Reparaturkapseln mit synthetischen Mitarbeitern losgeschickt, um im absoluten Worst Case alle relevanten Rohstoffe, ob jetzt Arbeitsmaterial, Pflanzen oder Nahrungsmittel, zu bergen. Diese würden dann zu einer der anderen funktionstüchtigen Kuppel gebracht, bis die alte wieder in Betrieb genommen werden kann.«

»Und die Quartiere befinden sich hier in der Hauptkuppel?«, hakte Emily nach.

»Die der meisten Schüler, ja. Manche, wie die vom Haus Ceres, werden aber auch direkt in den Agrarkuppeln untergebracht, um alles zu überwachen.«

»Und wo kommen unsere Familien unter?«

Professor Chase zögerte mit der Antwort. Ein bisschen

zu lange, als hätte er sich darüber bis jetzt noch gar keine Gedanken gemacht. »Die Neuankömmlinge, die nicht an der Academy ausgebildet wurden, werden zunächst in einem Gemeinschaftsquartier unter Beobachtung gehalten und in Sozialkompetenz geschult, bis sie, je nach Fähigkeit, für ihre Arbeiten eingeteilt werden.«

»Und wie lange werden wir hier überleben können?«

»Wenn gut gehaushaltet wird, können wir die Stromzufuhr für etwa 200 Jahre gewährleisten.«

Emily keuchte. Hatte er bei seiner Ansprache nicht »nur« von Jahrzehnten gesprochen? »Wann können die Menschen die Erde wieder besiedeln?«

»Das kann nicht einmal Carey berechnen. Aber darüber müssen Sie sich keine Sorgen machen, wir haben noch ein paar Back-up-Lösungen eingebaut. Das einzige Problem ist Folgendes: Obwohl es keinen anderen Ort im Umkreis von 10.000 Meilen gab, der besser geeignet gewesen wäre, erschweren die Naturgewalten den Transfer dorthin. Deswegen hätten wir mutige und zuverlässige Shuttlelenker gebraucht – so wie Ihren Freund.«

Jetzt kamen sie also doch auf ihn zu sprechen.

»Ex-Freund«, sagte Emily schnell, auch wenn sie sich bei der Lüge nicht wohlfühlte.

»Sie waren sicher enttäuscht, dass er einfach abgehauen ist?«

»Jemand wie er ist es wohl gewohnt, dass alles nach seinem Willen geht.«

»Am Ende wird er sehen, was er verloren hat. Es wird

kein Zurück mehr für ihn geben. Er hat die Chance vertan, sich zu retten. Und bei Ihnen zu sein. Ich hoffe, das verschafft Ihnen wenigstens etwas Genugtuung.«

In Emilys Augen sammelten sich Tränen und sie war froh, dass sie gerade die VR-Brille trug, sodass Professor Chase es nicht sah. Nicht nur, dass er Ben völlig falsch einschätzte, auch die Tatsache, dass er glaubte, jemand könne Genugtuung dabei empfinden, wenn ein anderer starb, zeigte, was für ein Unmensch Professor Chase wirklich war.

»Warum warten wir denn noch und brechen nicht gleich auf?«

»So unternehmungslustig, Miss Thorne? Das ist schön. Wir brauchen diesen Elan. Leider haben wir insgesamt zu wenig Zeit gehabt. Telos verfügt noch nicht über eine vollständig funktionierende Sauerstoffaufbereitung und die CO_2-Filteranlage ist ebenfalls nicht fertig. Ich denke, in einer Woche werden wir bereit sein.«

Nur eine Woche. Die Zeit rann ihnen förmlich durch die Finger.

»Sehen Sie sich noch die Tafel an. Links von Ihnen, an der Säule.«

Emily trat heran und tippte auf den Bildschirm.

»Das sind die Handbücher für alle technischen Errungenschaften, die in Telos integriert sind. Nachdem Religion endlich abgeschafft sein wird, wird das sozusagen unsere neue Bibel sein.«

Emily scrollte durch die Seiten. »Geo-Engineering?«

»Um Ihnen die Neubesiedlung der Erde so schnell wie möglich zu ermöglichen. Sie werden Einfluss auf das Wetter nehmen können.«

Jetzt konnte Emily doch nicht mehr an sich halten. »Ich sehe hier alle Antworten, nach denen die Menschheit die ganze Zeit über gesucht hat. CO_2-Filter, Entsalzungsanlagen, Nahrung, die den Welthunger hätte stoppen können, Geo-Engineering … Warum haben Sie diese Errungenschaften nicht genutzt, um *alle* zu retten, als es noch möglich war?«

»Ganz einfach: Die Menschheit hat versagt, und das wird sie immer wieder tun. Aber mit der Gesellschaft, die *wir* neu erschaffen werden, bricht ein besseres Zeitalter an. Jede einzelne Person dieser Rettungsmission weist die Charaktereigenschaften, Fähigkeit und Intelligenz auf, die Bedeutung des Neuanfangs verstehen zu können. Manchmal muss ein Brand erst alles Leben vernichten, bevor auf dem fruchtbaren Boden Neues wachsen kann.«

Seine Worte schockierten Emily. Es klang, als würde Professor Chase selbst die ganze Welt in Brand setzen, wenn sie nicht sowieso untergehen würde, um seine eigene, neue Ordnung durchzusetzen.

»Kleines Gedankenspiel, Miss Thorne: Was denken Sie, was passiert wäre, wenn wir der Menschheit diese Technologien zur Verfügung gestellt hätten? Hätte die Industrie nicht einfach noch rücksichtsloser produziert, noch mehr Abfall geschaffen, noch mehr die Luft verpestet, weil sie ja wussten, es gibt Lösungen? Für jeden Extratag, den wir der Erde damit verschafft hätten, hätten die Menschen sich zehn genommen. Diese Technologien funktionieren nur bedingt und nur, wenn man sie richtig einsetzt. Der Wille, etwas zu ändern, muss da sein. Und der hat gefehlt. In der Politik, wie Sie schon mal anmerkten, aber auch bei über 90 % der Bevölkerung.«

Ich hab genug! Emily wollte nichts mehr davon hören, nichts mehr davon sehen. Energisch zerrte sie sich die Brille vom Kopf. Professor Chase stand mit dem Rücken zu ihr und hatte auf dem Pad vor sich zwei Fenster geöffnet. Eines zeigte die Ansicht von Emilys Brille, die jetzt nur noch den weißen Boden von Telos projizierte, und im anderen war ein Code aus vielen unterschiedlichen Zahlen und Buchstaben zu sehen. Eine Kombination in der rechten Ecke sprang Emily direkt ins Auge.

Sie hatte diese Kombination schon mal gesehen. Nicht nur bei Suri, sondern zuvor schon einmal.

19

BEN

Sonntag, 1. Januar 2051

Ben fluchte über sich selbst, als er den Verbandskasten zwischen die sich schließende Tür klemmte. *Warum mach ich diesen Scheiß? Kayne hasst mich. Ich hab mit seiner Freundin Annika Schluss gemacht. Ich hab ihm seine Identität geklaut. Er wird mich verflucht noch mal umbringen!*

Gleichzeitig empfand Ben eine gewisse Verbundenheit mit Kayne. Vielleicht, weil er ihn so lange studiert hatte, um in seine Rolle zu schlüpfen. Weil er ihn nicht für einen schlechten Kerl hielt, obwohl er mit diesen furchtbaren Eltern groß geworden war, die Ben selbst nur für ein paar Tage hatte ertragen müssen – und das war schon zu viel gewesen. Und irgendwie hatte Ben auch ein schlechtes Gewissen, weil Kayne ohne ihn wohl kaum in dieser Lage wäre. Er musste es tun. Für Kayne. Für Annika. Aber am meisten für sich selbst.

Ben riss die Tür von Zimmer 10 auf, das direkt neben dem seines Vaters lag. Ein MediDroid stand vor einem leeren Bett und blickte auf, machte aber ansonsten keine Anstalten, irgendetwas zu unternehmen. Vielleicht, weil er Ben für einen von ihnen hielt. Der rannte zum gegenüberliegenden Zimmer 9, aber das war komplett leer. Vor der Tür zum Krankenhaustrakt hörte er aufgebrachte Stimmen: »Jetzt machen Sie endlich die verflixte Tür auf! Wir haben einen Sicherheitsvorfall!«

Die Sirene heulte noch immer unerbittlich. Ben rannte weiter zu Zimmer 6, das vor dem seines Vaters gelegen hatte. Es war die letzte Chance. Wenn er Kayne nicht schnell fand, würde er fliehen müssen, schon seinem Vater zuliebe. Er riss die Tür auf und … tatsächlich. Dort lag Kayne. Er war an keine Geräte angeschlossen, trug aber einen Kopfverband. Ben lief zu ihm und rüttelte an seiner Schulter: »Hey! Wach auf, Mann!«

Aber Kayne rührte sich nicht. Stattdessen drang durch den Lärm der Sirene ein lautes Piepen, gefolgt von hektischen Schritten, die sich rasch näherten. Kurzerhand löste Ben die Bremsen vom Krankenhausbett, zog die Stange am Kopfende zu sich heran und lief mit dem Bett in vollem Tempo auf die Tür zu, in der gerade ein Mitarbeiter auftauchte, der hastig aus dem Weg sprang. Den nächsten rammte Ben mit dem Fußende des Bettes, sodass er stürzte. Ben machte eine scharfe Kurve, die Räder quietschten auf dem glatten Boden.

»Stehen bleiben!«, schrie jemand, kurz darauf spürte

Ben ein Kribbeln in der rechten Schulter, aber er spurtete weiter.

»Verdammt, ist das Teil kaputt?« rief jemand hinter ihm. Es schepperte.

Wahrscheinlich war er mit einem Elektroschocker für Synths attackiert worden – nur dass Ben eben keiner war.

Mac tauchte jetzt in der Ausgangstür auf, hielt sie geöffnet und winkte Ben hektisch zu, als wenn der nicht sowieso schon so schnell rennen würde, wie er konnte. Das Bett würde nicht durch die Tür passen, das war schon mal sicher. Als Ben Mac erreichte, packten sie beide Kayne und hoben ihn herunter.

»Mach die Tür zu! Vielleicht haben sie keinen Code!«, rief Mac und schleifte Kayne hinter sich her. Ben verpasste der Liege einen kräftigen Fußtritt, um etwas mehr Abstand zwischen sich und die Verfolger zu bringen, und zog die Tür zu. Dann eilte er zu Mac, um ihm mit Kayne zu helfen. Sie verfrachteten ihn ins fahrbereite Auto, und Ben hechtete auf den Beifahrersitz, während Mac noch einmal zum Kofferraum ging.

»Dad, bist du angeschnallt?«

»Ja«, antwortete er. »Den Jungen hier schnall ich auch noch an. Warum er genauso aussieht wie du, erklärst du mir wohl auch noch?«

»Ich erklär dir alles. Wo zur Hölle bleibt Mac?« Ben blickte in den Rückspiegel, wo der Hacker sich gerade bückte und irgendwas machte. Endlich setzte er sich in Bewegung, rutschte auf den Fahrersitz, knallte die Tür zu, schnallte sich an und drehte entschlossen sein Cap mit dem Schirm nach hinten. Dann trat er aufs Gaspedal.

Ben blickte über die Schulter durch die Heckscheibe. Hinter ihnen kamen gerade die Sicherheitsleute aus der Tür, doch dann explodierte etwas und hüllte alles in dunklen Rauch. Ben nickte anerkennend Richtung Mac, aber dann blickte er nach vorne und sein Herz blieb fast stehen. Drei Männer standen mit gezogenen Waffen vor der Schranke und zielten auf sie. Mac schaltete einen Gang runter, der Motor heulte auf, während er noch stärker aufs Gas trat. »Duckt euch!«

Eine Kugel durchbohrte die Frontscheibe, Glas klirrte und splitterte, als auch die Heckscheibe zertrümmert wurde. Ben blickte nach hinten, vergewisserte sich, dass sein Vater und Kayne nicht verletzt worden waren, während Mac wild entschlossen weiter auf die Männer und die Schranke zuhielt. Noch bevor sie einen weiteren Schuss abgeben konnten, sprangen sie zur Seite, kurz darauf krachte das Auto durch die berstende Barriere. Die Reifen quietschten, als sie schlitternd auf die Straße einbogen.

Mac schnaufte. »Wir müssen den Wagen so schnell wie möglich los–«

»Pass auf!«

Mit einem ruckartigen Schlenker wich Mac gerade noch einer Fußgängerin aus. Trudelnd kam das Auto wieder in die Spur zurück. Ben blickte über seine Schulter. Noch waren keine Autos vom Gelände gekommen, um die Verfolgung aufzunehmen.

»Ich lass euch gleich raus und ihr versteckt euch, alles klar? Ich werde sie weglocken und den Wagen im Kanal versenken.«

»Das ist doch Wahnsinn!« Ohne Vorwarnung machte Mac eine Vollbremsung, die Ben so fest in den Sicherheitsgurt drückte, dass es ihm fast die Eingeweide rauspresste.

»Los jetzt. Raus mit euch und holt die Tasche.« Ben riss den Bügel aus dem Gurtschloss. Sein Vater schnallte Kayne ab.

»Dad, komm, ich kümmer mich schon um ihn!«

Während Ben den bewusstlosen Kayne aus dem Auto zog, kam sein Vater aus dem Auto gehumpelt und holte die Tasche aus dem Kofferraum.

»Ihr müsst verschwinden! Jetzt!«

Ben hatte nicht mal mehr Gelegenheit, die Tür zu schließen, als Mac schon davonbrauste. Er blickte sich um. »Da rein!«

Er zog Kayne mit sich in eine Gasse zwischen zwei Häuser und sein Vater folgte ihnen. Sie standen ein paar Sekunden reglos da, als mehrere schwarze Vans an ihnen vorbeirasten. Ben konnte das Blut durch seine Adern rauschen hören.

»Soll ich mal vorsichtig gucken?«, fragte sein Vater unsicher.

»Nein, bleib hier. Lass uns warten. Gib mir die Tasche.« Ben lehnte Kayne halb gegen die Hauswand, damit er nicht wegsackte, öffnete mit der freien Hand die Tasche und wühlte darin herum, auf der Suche nach etwas, das ihnen helfen könnte. Aber er ertastete nichts, was ihm bekannt vorkam, und er wollte auch nicht versehentlich irgendwas aktivieren, nachdem er mit der Nebelbombe schon einen kleinen Vorgeschmack bekommen hatte, was Mac da eigentlich eingepackt hatte.

»Ares«, kam eine flüsternde Stimme aus seinem Inlay. Das hatte Ben total vergessen. »Seid ihr noch da, wo ich euch abgesetzt habe?«

»Ja«, flüsterte Ben aufgeregt zurück. »Sind wir. In einer Gasse zwischen zwei Häusern.«

»Alles klar. Ich bin gleich bei euch.«

Ben verschloss die Tasche wieder und beugte sich kurz zu Kayne herunter. Sein warmer Atem schlug an Bens Gesicht. *Immerhin das.*

Der Schemen eines Mannes tauchte in der Gasse auf – aber er trug kein Cap.

»Mac?«, fragte Ben leise. »Bist du es?«

»Ja, ich bin's. Wir können aber nicht hierbleiben. Wenn sie merken, dass das versenkte Auto leer ist, werden sie die Gegend absuchen.«

»Hast du eine Idee, wie wir hier wegkommen?«

»Du meinst, ohne dass jemand misstrauisch wird, weil er einen triefnassen Kerl, einen Bewusstlosen mit Kopfverband, einen völlig verstörenden MediDroid und einen Mann im Krankenhauskittel sieht?«

»*Mac!*«

»Ja, schon gut, ich hab eine Idee.« Mac verschwand und kam kurz darauf mit einem rollenden Müllcontainer wieder. »Rein mit ihm. Und so leid es mir für dich tut, Arthur, aber du solltest auch besser rein.« Ben wunderte sich darüber, dass Mac seinen Vater beim Vornamen nannte, sagte aber nichts dazu. Mac packte mit an und gemeinsam hievten sie Kayne hinein und legten ihn auf dem Müll ab. Obwohl es so kalt war, roch der erbärmlich.

»Ich muss gestehen, es bereitet mir gerade eine diebische Freude, dass der reiche Bengel das erste Mal mit der schonungslosen Realität konfrontiert wird.«

»Ich glaube, er hat bei euch schon genug gelitten«, meinte Ben. »Außerdem muss mein Dad da auch noch rein.«

»Ja, ja, schon klar.« Die beiden halfen Bens Vater und reichten ihm dann die Tasche.

»Am besten ihr rührt sie nicht an. Da ist krasses Zeug drin. Krasser als dein Laserstift, Ares.«

»Ist mir noch gar nicht aufgefallen. Ich glaub übrigens, du kannst mich ab jetzt bei meinem richtigen Namen nennen.« Ben beugte sich über den Rand des Containers. »Alles okay bei dir, Dad?«

»Alles gut, Junge, wir haben schon Schlimmeres gesehen. Und hier ist es auch nicht so kalt.«

»Okay. Dann mach ich jetzt zu.« Sie schlossen den Deckel bis auf einen kleinen Spalt. »Wir sehen nicht gerade aus wie Müllmänner«, gab Ben zu bedenken.

»Heb einfach ab und zu ein bisschen was von dem übrig gebliebenen Feuerwerkszeug auf, das die Kehrmaschinen nicht erwischt haben. Niemand wird uns beachten.«

Die beiden zogen den Container in eine Seitenstraße,

bogen mehrfach ab, immer weiter weg von der Stelle, an der Mac sie abgesetzt hatte.

»Wie lange werden sie brauchen, um das Auto zu bergen?«

»Schon eine Weile. Ich denke trotzdem, dass wir von hier verschwinden sollten. Meine Wohnung als Ziel scheidet aus, da *Widevisions* dort als Erstes suchen wird. Was guckst du so überrascht?«

»Ehrlich gesagt, dachte ich, du hättest gar keine.«

»Was willst du denn damit sagen?«

»Na ja, du bist immer in der Firma gewesen, wenn ich da war. *Immer!* Tut mir leid, Mac, ich wollte dir nicht zu nahetreten. Unsere Wohnung scheidet jedenfalls auch aus.« Ben dachte nach, ob er es wirklich vorschlagen sollte, aber eigentlich gab es nur diese eine Lösung. »Vielleicht sollten wir zu den Thornes.«

»Thornes?« Mac überlegte. »Heißt nicht deine Freundin so?«

»Sie wohnen hier in der Nähe.«

»Und du vertraust ihnen?«

»Ich vertraue Emily.«

»Weil Kids wie du das auch so gut beurteilen können«, murmelte Mac.

»Fällt dir denn was Besseres ein? Hast du vielleicht einen Kumpel oder eine Freundin, die nicht weit weg wohnt und zu denen wir gehen könnten?« Als Mac nicht antwortete, nickte Ben. »Dann bleibt es dabei. Wir müssen nach Hackney.«

Es war kurz nach 23 Uhr. So spät, dass man nicht unbedingt noch die Tür aufmachte, aber sie mussten ihr Glück versuchen.

Bens Herz klopfte. Es war schon unter normalen Umständen furchtbar, die Eltern seiner Freundin kennenzulernen. Aber selbst in seinen kühnsten Albträumen hätte er sich nicht vorstellen können, dass dieses erste Treffen gemeinsam mit seinem Vater, einem unfreiwilligen Zwillingsbruder und einem Computer-Nerd, dafür aber ohne Emily, stattfinden würde. Und zwei von ihnen stanken auch noch ganz unappetitlich nach dem Müll, aus dem sie sie gerade rausgefischt hatten. Zudem gab es noch das Problem, dass Kayne langsam wieder zu Sinnen kam.

»Wer ist da?«, meldete sich eine Stimme aus der Gegensprechanlage.

»Mr Thorne? Hi, hier ist …« Was sollte er jetzt sagen? »Kayne. Kayne Vermont Junior.«

»Is' er nicht …« nuschelte Kayne, aber Ben ignorierte ihn.

»Ich bin der Freund Ihrer Tochter Emily.«

Eine Gardine bewegte sich und der Mann schaute runter, den Hörer der Gegensprechanlage noch immer in der Hand. Die Skepsis war förmlich mit Leuchtfarben in Mr Thornes Gesicht geschrieben.

»Und wer sind die anderen?«

»Freunde. Und mein Bruder.«

»Tut mir leid, aber ich kann Sie nicht reinlassen. Sie müssen selbst zugeben, dass Sie wie ein sehr suspekter Haufen aussehen.«

»Ich würde es Ihnen wirklich gern erklären, nur lassen Sie uns bitte rein.« Ben schaute sich nervös um. »Hören Sie. Emily hat mich geschickt und …«

»Als hätte man so eine Geschichte nicht schon mal gehört. Gehen Sie jetzt bitte, sonst ruf ich die Polizei.«

»Nein. Bitte! Warten Sie!« Ben konnte nicht hören, ob am anderen Ende überhaupt noch jemand dran war. Schnell sprach er weiter: »Ich weiß, was Emily ist. Ich weiß, was Tante Margret ihr in der Arcadia gesagt hat, als ihre beste Freundin Suri starb. Ich weiß, dass sie ein Meerschweinchen hat und eine alte Haushaltsdrohne. *Bitte!* Ihre Tochter Anne. Sie hat mich am Aeroport gesehen, vielleicht erkennt sie mich wieder.« Ben schluckte. Falls Anne ihn wiedererkannte, würde das vielleicht alles nur schlimmer machen, weil er dort gemein zu ihr gewesen war. »Emily hat mir ihre Anschrift gegeben und gesagt, dass Sie uns helfen würden.«

Stille. – Dann summte die Tür.

»Vierter Stock links«, kam es durch den Lautsprecher.

»Vielen Dank, Sir.« Er wandte sich an Kayne, den er mit Mac zusammen stützte. »Du musst jetzt mitspielen. Ich weiß, wir haben da noch ein paar Rechnungen offen, und ich bin bereit, sie alle zu begleichen. Aber gerade ist es wichtig, dass wir einen Unterschlupf bekommen. Oder willst du etwa wieder zu *Widevisions* zurück?« Ben flüsterte, weil er nicht wusste, wie viel man im Treppenhaus oben hören konnte. Kayne sagte nichts, und Ben hoffte, dass es eine stumme Zustimmung war.

Mr Thorne hatte sich mit verschränkten Armen vor der Tür aufgebaut.

»Hallo, ich bin Kayne. Schön, Sie kennenzulernen, Sir«, sagte er, während Emilys Vater ihn kritisch beäugte. Mrs Thorne stand drinnen im Flur, und Ben war sich nicht sicher, ob sie etwas hinter ihrem Rücken versteckte.

»Und Sie sind ...?«, fragte Mr Thorne die anderen.

»Ich bin Mac, ein Kollege von ihm.«

»Nichts für ungut, aber sind Sie nicht schon ein bisschen zu alt für die Arcadia?«

»Ein Forschungskollege. An der Academy gibt es auch ältere Alumni, die bei der Forschung helfen.«

Mr Thorne sah nicht überzeugt aus. *Das wird so in die Hose gehen.*

»Und Sie? Sind Sie auch ein Kollege? Vielleicht aus dem Asklepius?«, fragte er Bens Vater mit Blick auf seinen Kittel.

»Ja, genau«, antwortete Bens Vater, während Ben am liebsten losheulen wollte. Sie hätten ihre Geschichte besser abstimmen sollen.

»*Mhm.* Klar. Und du bist?«

Kayne blinzelte. Er sah aus, als wäre er sturzbetrunken und könnte die Augen kaum aufhalten. »Ich bin ... bin ... Wayne. Wayne interessiert's.«

»Kayne und Wayne. Ah ja. Ihre Eltern waren ja sehr kreativ.«

»Bitte, dürfen wir reinkommen?«

»Kleinen Moment noch. Anne, Schatz. Tut mir leid, dass wir dich wecken mussten.« Das kleine Mädchen, das jetzt zur Tür kam, rieb sich die Augen. Dann erstarrte sie und versteckte sich hinter den Beinen ihres Vaters. »Erkennst du ihn?«

Sie nickte. »Er hat mich am Aeroport beleidigt. Und Nobbo. Aber vielleicht war es auch der.« Anne deutete auf den richtigen Kayne.

»Also ich glaube, wir wissen alle, dass hier im wahrsten Sinne des Wortes irgendwas zum Himmel stinkt. Also, wer sind Sie wirklich? Und jetzt bitte die Wahrheit. Sie sehen alle nicht so aus, als wollten Sie auf die Polizei treffen.«

Ben seufzte. »Ist gut. Ich werde Ihnen die ganze Wahrheit erzählen. Aber bitte, bitte, lassen Sie uns vorher rein.«

20
EMILY

Montag, 2. Januar 2051

Um 6 Uhr in der Früh waren alle Schüler des Hauses Minerva versammelt worden. Sie hatten Aufgaben bekommen, wenn auch jede Gruppe nur einen kleinen Teilplan bekam, sodass niemand wusste, woran sie im Ganzen eigentlich arbeiteten. Sicherheitsleute und Mechs patrouillierten durch die Reihen, als wollten sie sicherstellen, dass die Schüler konzentriert bei der Sache blieben. Privatgespräche waren strengstens untersagt. Der Plan von Chase war absolut wahnsinnig.

Emily brannte darauf, den Leuten aus ihrer Gruppe zu erzählen, was sie gestern von Telos erfahren hatte, aber unter den Umständen bot sich keine Gelegenheit dazu. Außerdem waren ausgerechnet Dave McMillan und Jennifer Teil ihrer Gruppe, also genau die Menschen, denen Emily am meisten misstraute. Sie wurde das Gefühl nicht los, dass sie einander absichtlich zugeteilt worden waren, als sollten die beiden Emily noch zusätzlich überwachen.

Dave blickte sie immer wieder finster an, aber Emily ließ sich davon nicht einschüchtern. Es gab so viel Wichtigeres als diesen Idioten. *Wenn ich nur mit den anderen sprechen könnte … Wenigstens mit Samantha.*

Um 8 gab es eine Frühstückspause, aber Emily hatte keinen Appetit. Sie musste Suri sehen, und das so schnell wie möglich. In einer Stunde müsste sie schon wieder zurück sein, denn dann begann erneut die Gruppenarbeit.

Emily ließ sich selbst aus dem Gebäude, lief, so schnell sie konnte, die Küste entlang, dann den Pfad zur Kirche hoch und kam schließlich an ihrem Versteck an. Sie riss die Türen zur Kapelle auf. »Suri! Suri! Schnell, wir haben keine Zeit!« Sie lief an den Kirchenbänken vorbei bis zum Altar, aber ihre Freundin war nicht zu finden. Emilys Herz sank. *Was, wenn sie gerade irgendwo auf der Insel unterwegs ist? Und ich heute nicht noch mal rauskann?*

Emily lief nach draußen und rief nach ihr, als Suri aus einem der Nebengebäude trat. Sie trug Klamotten, die etwas weit an ihr aussahen, aber zumindest waren sie sauber und erinnerten nicht mehr an die furchtbare Nacht. Auch Suris Haar schien gebürstet, und sie musste irgendwo noch alte Schminke aufgetrieben haben, denn sie trug pinkfarbenen Lippenstift. »Sorry, meine Programmierung schreit danach!« Suri kam auf Emily zu und umarmte sie. »Ich wollte gerade sagen, dass ich mich endlich wieder wie ein Mensch fühle, aber das wäre wohl zu sarkastisch.« Sie lachte über ihren eigenen Witz. »Emily, ich hab dir so viel zu erzählen. Erstens: Ich habe leider nichts gefunden. Alle Leitungen sind tot. Keine Mobiltelefone, keine Laptops, keine Computer, nicht mal Walkie-Talkies, als wäre jedes einzelne Haus danach abgesucht worden. Die einzige Möglichkeit, wie wir mit jemandem von hier aus kommunizieren könnten, wäre also per Flaschenpost oder Rauchzeichen. Beides blöd. So, das war die schlechte Nachricht. Die gute Nachricht ist, dass ich mit deinem Geigerzähler die ganze Nacht ziemlich viel herumgelaufen bin.« Suri grinste. »Keine Strahlung. Nirgends. *Nada.* Niente.«

Emily runzelte die Stirn. »Ist das Ding vielleicht kaputt?«

»Das Gerät schlägt aus, aber es zeigt nur normale Werte an.«

»Okay. Das ist gut, weil dann keiner von uns hier draußen wirklich in Gefahr ist. Aber das heißt entweder, dass der Atomunfall ein Riesen-Fake war oder dass die Arcadia doch einen Weg gefunden hat, um alles von der Strahlung zu befreien.«

»Zuzutrauen wäre es ihnen. Was auch immer davon stimmt, die Insel ist safe. Aber sie wollen euch wohl nicht hier draußen rumturnen lassen, damit sie die Kontrolle über euch behalten.«

Emily nickte. »Inzwischen hat sich schon rumgesprochen, dass wir auf Jersey sind. Schon als die ersten Schüler an den Unterwassershuttles trainiert wurden, wussten es eigentlich alle. Vielleicht wollte Professor Chase sogar, dass wir es erfahren, damit wir Angst haben, das Gebäude zu verlassen. Wer möchte schon flüchten, wenn draußen alles verstrahlt ist. Außerdem haben sie mir unter dem Vorwand diese bescheuerten Nanobots spritzen können.«

»Tja. Nun weißt du zumindest, dass alle sich hier frei bewegen können.«

Wenn Emily nur eine Idee hätte, was sie jetzt noch mit dieser Information anfangen sollte. Denn sie saßen ja alle immer noch auf dieser Insel fest, die 14 Meilen vom französischen Festland entfernt lag – während draußen die Welt unterging. »Vielen Dank, Suri, dass du das gemacht hast. Wir müssen jetzt allerdings noch was erledigen. Ich muss bald zu meiner Arbeitsgruppe zurück.«

Sie öffnete ihre Schultasche und reichte Suri das Diagnosegerät. »Ich weiß jetzt, wo ich die Kombination schon mal gesehen habe, die wir in deinem Speicher gefunden haben.«

»Alles klar. Ich wusste doch, dass du zur Vernunft kommen würdest und noch mal nachgucken willst. Dann los.« Suri krempelte die Ärmel des viel zu großen Pullis hoch und war im Begriff, sich das Kabel einzustecken, als Emily sie am Arm festhielt.

»Nein. Heute musst du das Ding bedienen.«

Suri riss die Augen auf. »Was?! Aber … Willst du sagen, ich soll in *deinem* Speicher suchen?«

»Ich hab die Kombi mal bei Professor Chase im Büro gesehen und gestern Abend noch mal. Allerdings konnte ich beide Male nicht alles erkennen, weil entweder sein Rücken oder seine Schulter im Weg war. Aber wenn wir die Erinnerungen kombinieren, kriegen wir vielleicht den ganzen Code zusammen.«

Skepsis stand auf Suris Gesicht geschrieben. »Weißt du denn überhaupt, wo dein Zugang liegt?«

»Die sind doch meistens im Nacken oder? Kannst du nicht mal nachschauen?«

Suri trat um Emily herum und wuschelte ihr unmotiviert durchs Haar. »So, nachgeguckt wie gewünscht. Da ist nix. Zufrieden?«

»Versuch, es bitte ernst zu nehmen.«

»Oh, ich nehme das ernst. Verdammt ernst sogar.« Suri baute sich vor ihr auf und stemmte die Hände in die Seiten. »Ich fasse mal zusammen. Da es dir – und sonst auch niemand anderem auf der Welt – aufgefallen ist, dass du eine Synth bist, wird dein Zugang *sehr gut* kaschiert sein. Ich wette, selbst wenn wir einen Metalldetektor *hätten*, würde ich ihn wahrscheinlich nicht finden. Ich müsste dich also an mehreren Stellen aufschneiden, bevor ich ihn finde. Zufällig weiß ich aber, dass du blutest, wenn du dich auch nur an einem Blatt Papier schneidest. Also selbst wenn mein Magen diese Prozedur irgendwie aushalten *würde* und wenn ich den Zugang *fände*: Ich könnte die Stelle nie wieder flicken. Bemerkst du die ganzen Konjunktive, die ich benutze? Außerdem willst du nicht mit einem offen liegenden Zugang rumlaufen, denn erstens läuft bei euch noch irgendein Synth-Mörder frei herum und zweitens: Wie willst du das erklären, wenn jemand den Port sieht? Das wäre viel zu riskant.«

»Das ist im Moment mein kleinstes Problem. Aber mit der Suche nach dem Zugang hast du recht. Ich weiß selbst nicht genau, wo ich ansetzen würde …«

Emily legte ihre Hand über die Augen und rieb mit Daumen und Zeigefinger über ihre geschlossenen Lider, um sich zu konzentrieren. *Energie. Synapsen. Datenströme.* Sie überlegte weiter. *Der Zugang muss an einem Ort liegen, wo möglichst viel zusammenläuft. Nur so ist es am effektivsten. Gibt es eine Stelle, an der ich besonders viel Wärme empfinde, wenn ich in der Sonne stehe?* Sie versuchte, sich daran zu erinnern, aber sie hatte nie eine Konzentration auf eine besondere Stelle an ihrem Körper gefühlt. Bis auf dieses eine Mal …

»Ich weiß es. Ich weiß jetzt, wo der Zugang liegt.« Sie griff Suri am Handgelenk und zog sie hinter sich her in die Kirche.

»Verrätst du mir noch, wo er liegt, oder behältst du's für dich? Das wäre vielleicht nicht so schlau, weil ich immerhin diejenige bin, die …«

Emily blieb mit Suri vor dem Altar stehen. »Er ist genau hier.« Sie deutete auf eine Stelle an ihrem Hinterkopf.

»Und du bist dir ganz sicher?«

»Ich hab dir doch von den Nanobots erzählt, die mich paralysiert haben. Sobald ich mich zu weit von der Arcadia entferne, suchen sie sich die Stelle, an der sie am schnellsten mein System beeinflussen können, um es lahmzulegen. Und ich schwör dir, dieses Brennen werde ich nie vergessen. Es war genau hier.«

»Okay. Das klingt leider einleuchtend.« Suri schien nicht begeistert.

»Gut, dann legen wir los.« Emily legte sich bäuchlings auf den Boden und bettete ihren Kopf auf das Altartuch, während Suri Jacobs Tasche hervorholte, in dem das ganze Werkzeug verstaut war. »Verflixt, du hast ja tatsächlich ein Etui mit Skalpellen dabei.«

»Hab ich bei dir doch auch benutzt. Jetzt mach schon, Suri. Ich muss bald los.«

Suri beugte sich über Emily. »Ich weiß nicht. Ich hab nicht so'n gutes Gefühl bei der ganzen Sache.«

»Hatte ich gestern auch nicht und du hast mich trotzdem dazu gezwungen. Ich weiß einfach, dass es ein großes Puzzleteil ist, das uns fehlt. Ich habe das Gefühl, dass es alles ändern wird. Es ist etwas, das Professor Chase wichtig ist. Und es ist etwas, das wir beide schon gesehen haben.«

»Und wenn es wieder Brotkrumen sind, die er absichtlich auslegt, damit wir es für die Wahrheit halten? So wie das mit der Radioaktivität?«

»Nein. Das hier ist etwas anderes.«

Suri atmete noch einmal tief durch. »Also schön. Dann lass uns das angehen. Du meintest hier, ja?« Sie drückte mit dem Finger auf die Stelle, die Emily ihr gezeigt hatte.

»Ja, genau. Du schaffst das. Ich glaube an dich.«

»Na, wenn das so ist, kann ja nichts mehr schiefgehen. Ich hab übrigens kein Betäubungsmittel hier oder so, das weißt du?«

»Ich bin eine Synth. Schmerzen bilde ich mir nur ein.«

Suri seufzte. »Wenn dir die Einstellung hilft. Ich fang jetzt wirklich an, ja?«

Emily spürte den Druck von Suris Hand auf ihrem Hinterkopf, aber so sehr sie auch den Schmerz erwartete, er kam nicht. *Ob sie noch nicht mal angefangen hatte?*

»Ist das furchtbar. Ich muss mich gleich übergeben, obwohl da nicht mal Blut ist.«

Das war Antwort genug. Vielleicht war Emily an der Stelle die Schmerzempfindlichkeit rausprogrammiert worden.

»Okay, ich hab ihn. Das sollte reichen. Soll ich dich einstöpseln? Oder brauchst du erst mal eine Pause?«

»Brauch ich nicht«, erwiderte Emily. »Wir suchen eine Szene von gestern, wo Professor Chase das Tablet in der Hand hält, und eine, in der ich in Professor Chase' Büro bin. Da war der Code auf der ganzen Mediawand zu sehen.«

Sie spürte den leichten Druck, als Suri das Kabel verband. Seltsamerweise fühlte sich das Prozedere nicht so fremd an, wie Emily erwartet hatte. Immerhin war es das erste Mal, dass so was bei ihr gemacht wurde, während sie bei vollem Bewusstsein war.

»Ich starte das Programm.«

Emily hatte das Gefühl, als würde ihr ganzer Körper schwer wie Blei und sie Richtung Erde ziehen. Nur noch entfernt hörte sie Suri reden, während Bilder an ihren Augen vorbeizogen. Die Bildgewalt überwältigte sie fast. Suri hielt kurz bei der Erinnerung an, in der Ben und sie knutschten, gab irgendeinen Kommentar ab, aber Emily konnte nichts dazu sagen, geschweige denn ihr mitteilen, dass sie schon viel zu weit zurückgespult hatte. Suri schien es aber ebenfalls zu bemerken, denn wieder fluteten sie Bilder im Schnelldurchlauf. Emily durchlebte noch mal das Gespräch mit Professor Chase in der Dachkuppel und Suri fand die Erinnerung mit dem Tablet. Anschließend suchte sie das Gespräch in Professor Chase' Büro. Erst nach einigem Hin- und Herspulen fand Suri endlich die richtige Stelle: Eine Tür öffnete sich und der Mech forderte Emily auf, einzutreten. Der Schulleiter stand vor der Wand und sah sich unzählige Zahlen, Formeln und Diagramme an, die er rasch wegwischte. Daraufhin erschien stattdessen eine malerische Landschaft.

Ihre Freundin schrie auf, spulte noch mal zurück und blieb bei dem Bild mit der Wand stehen. Emily sah alles ganz genau vor sich. Sie fing an, die Zahlenreihen durchzugehen.

Was ist das? Ein langer Code, so verschachtelt, fast wie eine Matroschka, in der sich nach einer Puppe eine weitere Puppe verbarg. *Aber nein, es ist keine Matroschka. Es ist eher wie ein trojanisches Pferd. Ein Virus.* Aber zu welchem Zweck? Emily ging die Zeilen weiter durch. *Robotergesetze. Das ist die Codierung für die den Synths einprogrammierten Robotergesetze. Das nullte Gesetz, in dem es um die Frage geht, ob Roboter Menschen töten dürfen, wenn die gesamte Menschheit in Gefahr ist. Aber da ist noch mehr. Da liegt noch eine Schicht darunter …* Noch bevor sie es weiter analysieren konnte, löste Suri die Verbindung.

»Alles okay? Du sahst gerade wirklich nicht gesund aus.«

»Alles gut. Hast du denn alles?«

»Ja, ich hab Screenshots gemacht. Wir legen sie einfach übereinander.«

Emily kam noch etwas irritiert auf die Beine und ging zu Suri rüber, blickte mit ihr konzentriert auf den Bildschirm. »Guck mal. Das ist ein Virus in Zusammenhang mit dem Robotergesetz, aber da liegt noch was anderes dahinter. Es ist ein bisschen so, als sollte das nullte Gesetz irgendwas auslösen … aber … da! Kannst du die Stelle mal größer machen?« Emily deutete auf den Bildschirm und Suri vergrößerte die Stelle. Sie beide sahen auf die Zahlen und Zeichen und blickten dann gleichzeitig auf.

»Er kann die Kontrolle übernehmen«, stieß Suri hervor.

»Aber nicht nur von einem Roboter, sondern von dem ganzen Kollektiv. Und stell dir jetzt mal vor, dass der Virus in Chips überall auf der Welt eingeschleust wurde. Welche, die auch in Drohnen eingebaut wurden oder in anderen Geräten des alltäglichen Lebens, in Maschinen in Krankenhäusern und …«

»Atomkraftwerken«, vollendete Suri den Satz.

Emily und Suri starrten sich gegenseitig an, während sie die ganze Tragweite zu verstehen versuchten. »Die Person, die die gesamte Technologie auf diesem Planeten steuern kann, wird mächtiger sein als die *Big Three* zusammen.«

Suri nickte. »Dann tut Professor Chase nicht mehr nur so, als wäre er Gott. Dann ist er Gott.«

21

BEN

Montag, 2. Januar 2051

Schläfrig öffnete Ben die Augen. Mac war offenbar schon aufgestanden, während sein Vater noch neben ihm lag. Die ganze Nacht über hatte Ben sich immer wieder einen Wecker gestellt, um regelmäßig nach ihm zu sehen und seine Medikamente zu geben, machte sich aber immer noch Sorgen, ob er ihn so gut versorgte, wie geschultes Personal oder ein MediDroid es tun konnte. Trotzdem hatte er ihn von *Widevisions* befreien müssen. Letztendlich war sein Vater eine Geisel gewesen, auch wenn er deutlich besser behandelt worden war als Kayne.

Ben vergewisserte sich noch einmal, dass sein Vater regelmäßig atmete, stand auf und wollte sich seine Kleidung überziehen, als er frische Sachen auf einem Stuhl entdeckte. Die Thornes mussten sie ihm hingelegt haben. In all ihren Taten, in den Fragen, die sie stellten, und in dem Mitgefühl für jeden Einzelnen von ihnen, erkannte er Emily wieder. Alles, was sie war und ausmachte, war nicht aus irgendeiner Programmierung entstanden, sondern ein Ergebnis der Hilfsbereitschaft und Hingabe dieser Familie.

Ben hatte sich angezogen und betrachtete nun das kleine Meerschweinchen, das im Käfig saß und schnupperte. Dann trat er auf Zehenspitzen aus dem Zimmer. Kayne schlief zusammengerollt auf der Couch im Wohnzimmer. Ben hätte ihm gern das Bett in Emilys und Annes Zimmer angeboten, aber dort war Platz für drei und keiner hielt es für eine gute Idee, dass Kayne im selben Zimmer schlief wie derjenige, der ihm die Identität geklaut hatte, dessen Vater oder demjenigen, der für die Firma gearbeitet hatte, die ihn als Gefangenen gehalten hatte. Mac saß bereits am Laptop, während Kayne nichts davon mitkriegte.

»Ich hab ihm eine starke Schlaftablette gegeben«, erklärte Mrs Thorne, als sie ins Zimmer kam. »Er ist die ganze Nacht über immer wieder wach geworden, weil er Albträume hatte.«

Und ich trage Mitschuld daran. An allen Traumata und Dämonen, die Kayne in den nächsten Jahren immer wieder heimsuchen werden.

»Ich weiß, dass es für dich keine leichte Entscheidung war. Aber du hast das Richtige getan, ihn da rauszuholen. Wir haben gestern noch lange mit ihm gesprochen und ihm noch mal erklärt, was für ein Risiko du für ihn eingegangen bist. Du hättest auch einfach ohne ihn abhauen können.« Sie legte ihm eine Hand auf die Schulter. »Vielleicht wird er dir nicht verzeihen können, aber ich glaube, er wird es mit der Zeit zumindest verstehen. Erwarte erst mal nur nicht zu viel von ihm. Die ganzen Monate, in denen er gefangen war, hat er sich vermutlich an den Gedanken geklammert, es dir eines Tages heimzahlen zu können. Vielleicht hat es ihm sogar die Kraft gegeben, um alles auszuhalten. Und ich finde, er macht sich wirklich gut. Er kämpft. Glaub mir.«

Ben nickte. »Danke, Mrs Thorne.«

»Bitte nenn mich doch Rebecca. Wir haben leider nicht so viel im Haus, aber wie wäre es mit einem Toast?«

»Wenn es keine Umstände bereitet?«

»Ich habe gehört, dass Toast zubereitet werden soll.« Die Haushaltsdrohne kam wie auf Kommando aus der Küche gerauscht. »Wünschen Sie Marmelade oder Butter auf dem Toast?«

»Lass mal, Nobbo, ich mach das schon«, antwortete Mrs Thorne und sagte etwas leiser zu Ben: »Es sei denn, du hättest gern Matsch zum Frühstück. Nobbo ist nicht so feinmotorisch veranlagt. Ich hab vielleicht auch noch ein paar Eier da für einen French Toast. Ist das okay?«

»Sehr gern, Mrs ... Rebecca.«

Sie ging in die Küche, dicht gefolgt von der Drohne, und Ben trat zu Mac an den Esstisch. Vom Laptop führten ein paar Kabel in Macs geöffnete Reisetasche, die zu seinen Füßen stand. Offenbar hatte er etwas an den Rechner angeschlossen. »Was machst du mit dem ganzen Zeug?«

»Ich will den Thornes keine Schwierigkeiten bereiten, deswegen muss ich aufpassen, dass ich keine Spuren hinterlasse.«

»Tust du etwa was Illegales?«

»Könnte man so sagen, ja.«

Ben kniff die Augen zusammen. »Muss das denn sein?«

»Ja, muss es, aber mach dir keine Sorgen. Die Thornes haben nichts dagegen. Mr Thorne hat mir sogar geholfen, bevor er aus dem Haus gegangen ist. Wir haben hier zusammen diesen Port eingerichtet, mit dem wir über einen Server in Übersee verschlüsselte Päckchen rausschicken, damit wir …«

»Mac, bitte, ich weiß, du bist großartig und der Beste auf deinem Gebiet, aber bitte versuch dich auf die wesentlichen Fakten zu beschränken.«

Auf Macs Gesicht spiegelte sich Belustigung wider. »Ich dachte, ich spreche mit jemandem aus der Arcadia?«

»Du sprichst vor allem mit jemandem, der nicht sehr geduldig ist. Also?«

»Ich habe mich in verschiedene Datenbanken gehackt. In die vom Weltklimarat, von Universitäten, von Umweltforschungsinstituten, Wetterdiensten und so weiter und so fort. Und alle sagen das Gleiche.«

»Und das wäre?«

Mac grinste, lehnte sich in seinem Stuhl zurück und verschränkte die Arme über der Brust, als wolle er Ben auf die Folter spannen.

»Jetzt spuck's schon endlich aus.«

»Sag *bitte.*«

»Bitte!«

»Also schön. Ich weiß, sie haben euch an der Arcadia erzählt, dass die Welt untergehen würde. Aber nichts deutet darauf hin, dass es in den nächsten Monaten dazu kommen könnte. In ein paar Jahren sieht es vielleicht anders aus, aber im Moment ist der Kipppunkt noch nicht erreicht. Weder ist der Golfstrom versiegt noch hat sich maßgeblich was am Zustand der Permafrostböden geändert. Die kläglichen Reste, die wir die letzten Jahre bewahrt haben, sind alle noch da.«

Ben rieb sich über die Stirn. »Was, wenn die Daten alle gefakt sind, um die Bevölkerung ruhig zu halten, so eine Art Verschwörung der *Big Three*?«

»Glaub mir, Ben. Die Lage ist noch die gleiche wie vor zwei Monaten. Wir stehen vor dem Abgrund, ja, ohne Frage, aber noch sind wir nicht abgestürzt.«

»Ich verstehe es nicht. Warum sollte Professor Chase uns anlügen?«

»Das hab ich mich auch schon gefragt. Und ich bin zu einem Schluss gekommen: Professor Chase will schon mal den Ernstfall proben. Und vielleicht muss er auch erst mal austesten, ob sein Team auch stabil ist. Ich denke zudem, der Safespot wird hoch experimentell sein, weil ich weder den Ort noch die Technik kenne, die eine Klimakatastrophe wirklich überstehen würden. So könnte er später noch Änderungen vornehmen. Ausprobieren, ob alles wirklich so läuft wie geplant.«

»Das klingt ganz nach ihm.« Ben verschränkte nun auch die Arme vor der Brust. »Wir sind quasi seine Versuchskaninchen, die alle Knöpfe einmal ausprobieren sollen, um zu sehen, ob auch alles klappt.« Auch wenn das alles plausibel klang, wurde Ben jetzt heiß und kalt zugleich – denn es bedeutete, dass sein Plan völlig falsch gewesen war. Er hatte die Thornes und seinen Vater zum Safespot bringen wollen, dabei waren es die Schüler der Arcadia, die gerettet werden mussten, um nicht in einem Versuchslabor zu landen. *Emily.* Die Angst, dass er und ihre Familie sie für immer verloren hatten, dass sie sich schon jetzt an einem Ort ohne Wiederkehr befand, ließ Panik in ihm aufflammen. »Wir müssen sie warnen.«

»Dafür müssten wir erst mal eine grobe Ahnung haben, wo sie überhaupt sind, aber das –«

»Jersey«, antwortete Ben.

»… weißt du ja nicht.« Macs Augen wurden groß. »Ach. Jetzt fällt es dir doch wieder ein, ja? Meinst du das strahlenverseuchte Jersey? Oder New Jersey?«

»Jersey, die Kanalinsel. Mach mir eine Karte auf, ich zeig dir den ungefähren Standort der Academy.«

Mac tat, worum Ben ihn bat, und drückte ihm seinen DigiPen in die Hand. Ben zeichnete einen Radius auf den Bildschirm, woraufhin Mac ein paar Befehle eintippte. Das Bild wechselte zu einer Satellitenansicht, das grüne, blaue und gelbe Wellen entlang der französischen Küste zeigte, wie bei einem Wetterbericht. Doch dort, wo die Kanalinseln sein mussten, sah man nur verschwommene

Konturen und Farben. Mac brummte irgendetwas und wechselte zu einer anderen Ansicht, die die Datenströme in der Gegend sichtbar machte. Doch auch in dieser Darstellung war die Gegend um Jersey ein schwarzes Loch.

»*Wow*, die müssen ja eine irre Abschirmung haben. Da kann ich wenig für dich tun.«

»Und was ist, wenn du dich mit anderen zusammenschließt? Du bist doch bestimmt Mitglied eines Hacker-Kollektivs oder so. Das seid ihr doch immer.«

»Vorurteile lassen grüßen. Ich glaube, du hast zu viele alte Filme geguckt, so was gibt's schon lang nicht mehr. Die *Big Three* haben alle zerschlagen. Und ehrlich gesagt wäre es nicht sehr schlau, offensichtliche Attacken zu fahren. Man müsste erst mal wissen, wo es ein Schlupfloch gibt, in das man eindringen kann. Und dazu müsste ich erst mal wissen, womit wir es im großen Ganzen zu tun haben …«

»Ja, ist gut, ich hab's kapiert.« Ben grübelte. Emily hatte ihm von einer Kirche erzählt, an der sie bei ihren Spaziergängen immer vorbeikam. Zwar wusste er nicht, ob sie die überhaupt noch machen durfte, aber einen Versuch war es wert. *Wie heißt sie nur? St. Bernhardt oder so?* »Geh noch mal auf die Karte. Gibt es da in der Nähe vom Kreis irgendwo eine Kirche?«

Mac scrollte. »St. Brélade?«

»Ja, genau! Was ist mit einer Drohne? Kannst du eine dorthin schicken?«

»Ehrlich gesagt glaube ich nicht, dass man damit ungesehen dahin kommt. Die Leitung der Arcadia wird sicher den Luftraum und die Gewässer überwachen.«

»Bitte, Mac, lass dir was einfallen! Wir müssen sie warnen, bevor sie in diese Unterwassershuttles steigen.«

»Lass mich kurz nachdenken. Warte. Tatsächlich habe ich eine Idee. *Widevisions* hat was zur unauffälligen Überwachung entwickelt. Erinnerst du dich an den Skandal mit der Ratte, in der sie Überwachungstechnik gefunden haben? Und die Delfine!«

Ben nickte. »Es gab viele Verschwörungstheorien.«

»In diesem Fall waren es keine Theorien. Es gibt Vogelschwärme mit implantierter Überwachungstechnik.«

»Kannst du dich da reinhacken?«

»Ich probiere es.«

Ben klopfte Mac auf die Schulter. »Danke, Mann.« Doch der Hacker war schon ganz in seinem Element und tippte wild auf der Tastatur herum. Er kriegte nicht einmal mit, dass Rebecca einen Teller neben ihm abstellte. Ben nahm seinen French Toast entgegen, bedankte sich und nahm einen Bissen, als gerade Mr Thorne durch die Haustür kam, seine Schuhe abstreifte und ins Wohnzimmer kam.

»Ich habe Anne abgegeben, auch wenn sie natürlich nicht dortbleiben wollte.«

Rebecca küsste ihn. »Hast du ihr gesagt, dass sie nichts erzählen darf? Auch nicht im Vertrauen?«

»Sie kriegt das hin. Sie weiß, was davon abhängt.« Mr Thorne trat jetzt zu Mac und Ben an den Laptop. »Was habt ihr rausgefunden?«

Da Mac nicht antwortete, fasste Ben alles zusammen. Mr Thornes Gesicht wurde zunehmend ernster.

»Denken Sie, wir sollten die Polizei informieren?«, fragte Ben.

»Ich denke, das würde nur dafür sorgen, dass Professor Chase zu irgendwelchen Kurzschlusshandlungen verleitet wird. Vielleicht bringen wir damit alle nur noch mehr in Gefahr.«

»Dann müssen wir das in unsere Hand nehmen?«

»Ja, ich denke schon. Und wenn wir dafür nach Jersey müssen, dann tun wir das.«

Wir? »Wir regeln das schon, Mr Thorne.«

Emilys Vater warf sich in die Brust. »Ihren Mut und Ihre Entschlossenheit in allen Ehren, aber Sie können nicht von mir erwarten, dass ich hier tatenlos zusehe, wenn meine Tochter in Gefahr ist.« Er wandte sich zu seiner Frau, als wäre alles schon beschlossene Sache. »Becca, ist es okay für dich, wenn ich gehe?«

Sie wirkte nicht glücklich, nickte aber. »Du kennst dich mit Technik besser aus als ich. Ich werde mich um Anne kümmern. Und auch um deinen Vater, Ben. Ich denke nicht, dass er in dem Zustand mitkommen kann.«

»Auf keinen Fall«, bestätigte Mr Thorne. »Es gibt nämlich noch etwas, über das wir reden müssen. Ich habe gerade die Medikamente analysieren lassen, die dein Vater bekommt, damit ich neue besorgen kann.«

Bens Atem stockte. Durch seinen Kopf ratterten blitzschnell alle möglichen Horrorszenarien. *Was hat er raus-*

gefunden? Wird Dad sterben? Hat er eine unheilbare Krankheit? Er traute sich fast nicht, die Frage auszusprechen, gab sich dann aber einen Ruck. »Was ist damit?«

»Es sieht so aus, als wären die Medikamente verschiedene Gifte.«

»Ich verstehe es nicht ganz. Was meinen Sie mit *Gift*?«

Mr Thorne wiegte den Kopf hin und her. »Also, das ist nur meine bescheidene Meinung, aber ... na ja, betrachten Sie es als Möglichkeit. Was, wenn *Widevisions* zuerst Kayne ausgewählt hat und sich dann auf die Suche nach einem geeigneten Doppelgänger machte? Jemanden, der finanzielle Probleme hat und den man mit irgendwas erpressen konnte.«

Ben blinzelte ein paar Mal und brauchte anfänglich ein bisschen, um die Information zu verdauen und weiterzuverfolgen. »Sie meinen, *Widevisions* hat meinen Vater absichtlich vergiftet, damit wir auf deren Hilfe angewiesen sind?«

Als würde das Aussprechen dieses Gedankens ein Karussell anwerfen, kreisten die Fragen jetzt durch seinen Kopf: *Warum hatte so ein riesiger Konzern überhaupt Krankenzimmer? Hatte er sich das nicht schon früher mal gefragt? Und hatte es nicht schon immer so gewirkt, als hätten sie Routine in diesen Sachen?* Kurzerhand lief Ben zu Mac, packte ihn am Kragen und riss ihn von seinem Stuhl hoch.

»Habt ihr meinen Vater vergiftet?«

»Ben, bitte! Wir wollen nicht, dass hier jemand verletzt

wird. Beruhig dich«, versuchte es Rebecca, aber Ben ignorierte sie und schüttelte Mac.

»Ich hab nichts in der Art gewusst. Ich schwöre! In diese Sachen wurde ich nicht eingeweiht!«

»Verdammte Scheiße! Wie konntet ihr so was tun?«

Rebecca legte jetzt eine Hand auf Bens Schulter. »Bitte richte deine Wut auf *Widevisions* nicht gegen die falsche Person. Kayne hätte auch allen Grund, auf dich loszugehen, aber das hat er bislang nicht getan, oder?«

»Der schläft ja auch noch. Ich nehm's aber gern mit beiden auf, wenn es sein muss!«

»Ich schlafe nicht mehr. Wie denn auch bei dem ganzen Drama hier«, kam es vom Sofa.

»Seht ihr denn nicht, dass *Widevisions* die Bösen sind? Ihr alle, alle, die ihr hier seid! Ihr wart Werkzeuge, die sie vergiftet, gefangen gehalten oder im höchsten Grade manipuliert haben. Mac? Du wusstest es wirklich nicht, oder?«

»Nein. Bitte, Ben, lass es mich dir zeigen. Ich bin auf deiner Seite.«

Mac kramte eine Holzfigur aus seiner Hosentasche. Ben erkannte sofort, dass sein Vater sie für ihn geschnitzt haben musste, und lockerte den Griff.

»Du weißt es nicht, aber ich habe deinen Vater regelmäßig besucht. Nicht weil ich ein schlechtes Gewissen hatte, na ja, vielleicht ein bisschen, aber nicht, weil ich das mit dem Gift wusste. Ich wollte, dass er dir eine Nachricht schicken kann. Ich hab auf ihn aufgepasst, weil du es nicht tun konntest. Ebenso wie Schwester Joyce. Wir haben wirklich alles getan, damit es ihm besser geht. Frag ihn, wenn du mir nicht glaubst.«

»Ben, ich weiß, es ist grad schwer, aber bitte konzentrier dich auf die gute Nachricht. Dein Vater ist sehr wahrscheinlich bald wieder gesund. Ich habe mit dem Arzt gesprochen. Wenn ihm kein weiteres Gift verabreicht wird, wird es ihm schon in ein paar Tagen deutlich besser gehen.«

»Ich bin auch dafür, dass wir jetzt erst mal alle einen kühlen Kopf bewahren. Uns rennt die Zeit davon.« Kayne stand vom Sofa auf und kam auf wackeligen Beinen zu ihnen. Ben spannte die Schultern an, aber Kayne blieb einen Meter vor ihm stehen und streckte ihm die Hand entgegen.

»Wir klären das noch. Später, wenn alle in Sicherheit sind. Aber ich für meinen Teil will jetzt Annika aus der Arcadia rausholen. Selbst wenn ich dafür erst mal Frieden schließen muss mit jemandem wie dir.«

22

EMILY

Montag, 2. Januar 2051

Emily lief am Strand entlang. Obwohl es ein klarer Wintertag war und der Himmel strahlend blau, bildeten sich Wölkchen über der Insel. Sie waren merkwürdig geformt und breiteten sich an einigen Stellen spiralförmig aus. Ihre Ränder schillerten in allen Regenbogenfarben. Ob die Arcadia gerade dabei war, ihre Geo-Engineering-Technik zu testen? Die Wolken sahen definitiv nicht normal aus.

Sie schaute erst aufs Meer hinaus und ließ dann ihren Blick über die Insel schweifen, auf der nur noch dunkle, verfallene Ruinen standen, wo einmal eine lebendige Touristenstadt gewesen war. Bald würde es überall auf der Welt so aussehen. Und wer wusste, was nach der Erneuerung der Erde noch alles da sein würde, um von der vergangenen Zivilisation zu erzählen. Niemand konnte die Ereignisse, die jetzt vor ihnen lagen, absehen. Wie lange die Menschheit in Telos bleiben müsste, bis sie wieder ans Tageslicht konnte. Klar war nur, dass keiner der Arcadia-Schüler die Erdoberfläche noch mal zu Gesicht bekommen würde, nachdem sie einmal in der Unterwasserstadt angekommen waren – und das zerriss Emily das Herz.

Was hat Professor Chase nur vor? Und was will er mit dem Virus? Wenn die Welt sowieso dem Untergang geweiht ist, was soll das? Will er ihn nutzen, um Telos bis zum letzten Moment vor Eindringlingen zu verteidigen? Oder steckt noch was anderes dahinter?

Fest stand, dass er mit dem manipulierten Code im Zweifel alle Synths der Welt infizieren konnte und er sie damit zu allem Möglichen, das sich gegen Menschen richtete, bewegen konnte. Wenn Professor Chase damit ein Atomkraftwerk hatte sabotieren können, was war dann mit dem Einsatz von Nuklearwaffen? *Selbst wenn die Welt nicht unterginge, könnte er sie höchstpersönlich niederbrennen.*

Emily musste unbedingt herausfinden, wie dieser Code übertragen wurde. Überall auf der Welt gab es Cyberexperten, die regelmäßig Sicherheitschecks durchführten – warum war niemandem etwas aufgefallen? War er so gut versteckt? Und was, wenn auch sie selbst davon betroffen war? War das der Grund, warum Professor Chase bislang nicht in ihr Programm eingegriffen hatte, obwohl er sie für dieses Projekt auserkoren hatte? Vielleicht wusste er, dass sie ihm am Ende sowieso gehorchen würde. Emily schüttelte sich.

Dann musste sie an Ben denken. Sie hoffte so sehr, dass es ihm gut ging und er es irgendwie nach London geschafft und die richtigen Leute angesprochen hatte. Dass er ihre Familie gefunden hatte. Es war so schrecklich, keinen Kontakt zu ihm zu haben und nicht zu wissen, ob sie irgendwen von denen, die sie liebte, je wiedersehen würde.

Sie mussten irgendwie Kontakt nach außen herstellen. Und sie musste den anderen die Wahrheit sagen. Wenn sie jetzt keinen Widerstand leisteten, wäre es vielleicht zu spät.

Es war Viertel vor neun, als Emily wieder in der Arcadia ankam. Sie rannte auf ihr Zimmer. Dort angekommen, schrieb sie Zettelchen, holte Spinnenwanzen aus Bens Reisetasche und versteckte alles in einer leeren Trinkflasche, die sie mit in die Große Halle nahm. Neben den vierzig Tischen für die Gruppenarbeit lagerten noch immer die Neuralhelme, die für theoretische Trainings benutzt wurden.

»Wir möchten Sie bitten, weiterhin an den Plänen zu arbeiten«, schallte die Stimme von Mr Schmitt aus der Lautsprecherdrohne, die neben ihm schwebte. Auch wenn Emily ihn immer als sehr nett empfunden hatte, war er Professor Chase vermutlich sehr treu ergeben, denn er war einer der letzten Lehrkräfte, die sich noch an der Arcadia befanden. »Bitte finden Sie sich in den alten Gruppen ein. Sie bekommen dieses Mal einen anderen Teil des Konstrukts, um die Arbeit der vorigen Gruppe zu validieren.«

Alle anderen ihrer Arbeitsgruppe hatten sich schon versammelt, und Emily war froh, dass es neben Samantha noch einen freien Platz gab. Dave saß dieses Mal recht weit entfernt, nur Jennifer war in Emilys Nähe.

»Es wäre leichter, wenn wir wüssten, woran genau wir arbeiten«, bemerkte Quinn. »Woher sollen wir wissen, ob der Zufluss hier funktioniert, wenn wir keine Ahnung haben, was da durchfließt.«

Emily blickte auf die Zeichnung. »Sie haben es hingeschrieben.« Sie deutete auf das Wort »Luft«, das klein am Rand stand. »Wir sollen prüfen, ob ein Luftstrom ungehindert zirkulieren kann.«

Sie hatte allerdings nicht vor, sich groß an dem Projekt zu beteiligen. Stattdessen öffnete Emily die Flasche und tat so, als würde sie daraus trinken. Prüfend blickte sie sich um. Als keiner hinsah, holte sie eine Spinnenwanze und einen Zettel heraus. Samantha hatte sich gerade nach vorn über den Plan gebeugt. Emily griff unter ihrem Arm nach ihrer Federtasche, steckte Spinnenwanze und Zettel hinein, schloss sie wieder und stieß Samantha leicht an. Sie deutete mit dem Kopf auf das Etui.

Samantha blickte sie fragend an, dann aber hellte sich ihr Gesicht auf und sie steckte die Federmappe in ihre Tasche.

Eine hatte sie also schon untergebracht, aber sie hatte noch so viele mehr. Sie kannte die anderen aus ihrer Gruppe nicht so gut, und Dave und Jennifer schieden schon mal aus als Adressaten. Quinn war vielleicht ein Risiko. Aber irgendwo musste sie ansetzen. Sie fing

Samanthas Blick auf und deutete unauffällig zu ihrem Sitznachbarn rüber. Dann formte sie mit den Lippen »Vertrauenswürdig?«

Samantha, die aufgrund ihrer Erkrankung gut im Lippenlesen war, nickte. Dann war das also beschlossen. Quinn hatte glücklicherweise seine Tasche direkt neben Emily auf dem Boden stehen, also ließ sie eine der Spinnenwanzen samt Zettel hineinfallen. Neben Samantha saß Claire. Emily nickte wieder zu ihr rüber, aber dieses Mal machte Samantha ein Zeichen mit den Händen, dass sie nicht sicher war. Alle anderen konnte Emily nicht erreichen, ohne dass es auffiel, also verschloss sie die Trinkflasche wieder und begegnete dabei Jennifers Blick. Ihr Herz raste. *Hoffentlich hat sie nichts bemerkt. Ausgerechnet die Petze, die dafür gesorgt hat, dass mir Filia weggenommen worden ist. Das hat mir grad noch gefehlt.*

Die Gruppenarbeit ging bis 22 Uhr. Zwischendurch waren Sandwiches gereicht worden, was Emily nicht mal eine Gelegenheit gab, im Speisesaal noch ein paar Spinnenwanzen unterzubringen, aber zumindest hatte Jennifer sich ruhig verhalten, auch wenn sie Emily immer wieder Blicke zuwarf. Zum Abschied flüsterte Emily Quinn noch ein »Guck mal in deine Tasche« zu. Er sah sie an, war im Begriff, die Verschlüsse seiner Tasche wieder zu öffnen, aber Emily legte ihre Hand auf seine, damit er aufhörte. »Erst auf deinem Zimmer.«

Nachdem alle wieder zu ihren Zimmern zurückgebracht worden waren, stürzte Emily sofort zu ihrem Bett und holte Bens Laptop unter der Matratze hervor. Sie schaltete es ein und wartete darauf, dass Samantha oder Quinn oder bestenfalls beide sich rührten. Immer wieder blickte sie auf den Bildschirm, machte sich in der Zwischenzeit einen Tee, als endlich ein Bild auftauchte. Samantha winkte in die Kamera, dann setzte sie die Spinnenwanze vorsichtig auf einem Zettel ab, auf dem sich in großen Lettern das Alphabet befand.

Emily eilte zurück und nahm am Schreibtisch Platz. Sie steuerte die Spinnenwanze über die Buchstaben und blieb kurz auf denen stehen, mit denen sie folgende Worte formte: »Hi Sam. Bereit für Widerstand?« Samantha brachte sich ins Sichtfeld der Kamera und streckte den Daumen nach oben. Dann schrieb sie auf einen Zettel: »Ich bin bereit. Sag mir, was los ist und was ich tun kann.«

23

BEN

Dienstag, 3. Januar 2051

Der von Mac gehackte Vogelschwarm war nie an seinem Ziel angekommen, und er konnte auch nicht sagen, was mit ihm geschehen war. Also hatten sie nur noch diese eine Möglichkeit.

Ben klemmte zwei Finger unter den Gurt, und versuchte, ihn dadurch ein bisschen zu lockern. Er blickte zu Kayne, der neben ihm auf dem Pilotensitz saß, und fragte sich, ob er den Gurt bei ihm absichtlich so eng gestellt hatte, um ihn leiden zu lassen. Kaynes schien jedenfalls nicht so stramm festgezurrt zu sein, so entspannt, wie er da am Steuerknüppel des Flugshuttles saß.

Und er schien Redebedarf zu haben. »Stell dir mal vor, ihr hättet mich nicht gerettet. Dann hätte keiner eure Ärsche mit 'nem Privatshuttle nach Guernsey geflogen. Und ihr hättet keine Schutzkleidung im Gepäck, oder?«

Die Spannung zwischen ihnen war immer noch deutlich spürbar, aber Ben musste Kayne in dem Punkt recht geben. Der Milliardärssohn hatte ganz genau gewusst, wie er an seine Credits kam, um auf die Schnelle Spezialkleidung zu besorgen und ein Shuttle zu leasen. Und er besaß auch als Einziger von ihnen einen Flugschein.

»Es gibt allerdings ein kleines Problem.« Kayne deutete auf den Bildschirm. »Siehst du das? Eine Unwetterfront. Über Jersey, aber auch über Guernsey.«

Ben warf einen Blick auf den Screen und sah dann angestrengt nach vorn. Er kniff die Augen zusammen. Tatsächlich wirkte es, als würden sich dunkelgraue, fast schwarze Wolken am Horizont abzeichnen.

»Das Unwetter steht genau über den beiden Inseln und scheint sich nicht zu bewegen, was ich wirklich seltsam finde. Ist das Zufall? Oder ist an der Arcadia etwas entwickelt worden, das das Wetter beeinflussen kann?«

»Das wäre ja der Wahnsinn«, schaltete sich Mac voller Begeisterung ein. Er saß hinter ihnen, gemeinsam mit Emilys Vater, dem sie die Reise nicht hatten ausreden können, egal wie sehr sie es versucht hatten. »Wenn das tatsächlich der Fall sein sollte, muss ich das System unbedingt untersuchen.«

Ben teilte Macs Euphorie nicht. Es bedeutete nur mehr Schwierigkeiten. »Als ich noch auf Jersey war, mussten sie am Anfang das Duschwasser einschränken. Keine Ahnung, ob sie Probleme mit der Grundwasserversorgung hatten. Aber als Abhilfe Regen entstehen zu lassen und das Wasser dann aufzufangen, ergibt keinen Sinn, wenn es radioaktiv ist, oder?«

»Deinen Erzählungen nach glaube ich eher, es soll Shuttles und Boote von der Insel fernhalten«, meinte Mr Thorne.

Damit waren dann wohl alle der Überzeugung, dass der Sturm von der Arcadia erzeugt und gezielt eingesetzt worden war.

»Meint ihr, dass sie uns inzwischen auf dem Radar haben?«, fragte Ben.

»Wir können nur hoffen, dass sie immer noch versuchen, möglichst wenig elektrische Geräte einzusetzen. Vielleicht verlassen sie sich ja in erster Linie auf ihr Unwetter.« Mac tippte etwas auf dem Laptop ein. »Im Moment sieht es immer noch so aus, als würde überhaupt nichts von der Insel ausgehen.«

»Also, bleiben wir bei unserem Plan?«, fragte Kayne und deutete auf den Bildschirm, auf dem jetzt ein rot hinterlegtes Feld aufgetaucht war:

⚠ ⚠Unwetterwarnung ⚠⚠
Bitte bestätigen Sie Ihr Ziel erneut.

Ben nickte. Kayne betätigte den Knopf und bestätigte damit die Route nach Guernsey. »Dann wollen wir mal.«

Sie flogen nun direkt auf das Unwetter zu. Das Meer unter ihnen war in Aufruhr. Riesige Wellen türmten sich auf und brachen sich unter ihnen, während die Gischt mehrere Meter hochspritzte. Das Shuttle wurde immer stärker vom Wind durchgerüttelt, und der Steuerknüppel, der vom Autopiloten geführt wurde, bebte. Blitze zuckten durch die Wolken und plötzlich wurde die ganze Kabine von grellem Licht erfüllt, gleichzeitig gab es einen lauten Knall. Ben stöhnte und hob schützend die Hand vor die Augen. Gleichzeitig sackte das Shuttle auf einen Schlag nach unten, als würde es in ein Loch fallen.

»Wurden wir getroffen?«

»Glaub ja«, ächzte Kayne, der schnell hintereinander zwinkerte und auf die Instrumente blickte. »Ausfall des Autopiloten.« Er zog den Knüppel wieder hoch, versuchte, das Shuttle einzupendeln, aber es geriet in eine heftige Schieflage, und Ben schlug trotz des Gurtes mit dem Arm gegen die Bordwand. Rote Lampen leuchteten auf, ein Warnsignal dröhnte durchs Shuttle.

»Stabilitätsverlust!«, rief Kayne

Das Shuttle sackte wieder ein paar Meter ab, und nicht nur Regen, sondern auch die ersten Ausläufer von Wellen schlugen gegen die Scheiben.

»Ich will so nicht sterben«, jammerte Mac.

»Kann ich was tun?«, fragte Ben.

»Nein!« Kayne zog erneut den Steuerknüppel hoch. Zu schnell, viel zu steil schoss das Shuttle nach oben. Ben hatte das Gefühl, er müsse sich gleich übergeben. Endlich brachte Kayne das Shuttle wieder in eine halbwegs waagerechte Position.

»Vielleicht sollten wir doch umdrehen!«, rief Mac.

»Nein!«, kam es von Kayne und Ben gleichzeitig.

»Schön, dass ihr euch einig seid! Ich bin übrigens auch dagegen!«, schrie Mr Thorne gegen den Lärm an.

»Wir sind doch schon fast da! Seht ihr? Dahinten!«

Die Scheibenwischer kamen gegen das ganze Wasser auf den Scheiben kaum an und die Sicht war getrübt, aber Kayne hatte recht. Ben konnte die Insel auch erkennen. Doch irgendetwas war eigenartig. Vielleicht war es die Art, wie sich das Wasser an der Küste brach. Wie das Licht der Blitze sich widerspiegelte. Irgendetwas stimmte hier nicht.

»Dreh ab!«, schrie er. »Dreh sofort ab!«

Er griff Kayne in den Knüppel, das Shuttle machte eine Rechtskurve, doch dann ging schon eine heftige Erschütterung durch den Rumpf.

»Der Flügel brennt!«, rief Mac und deutete aus seinem Fenster. »Und er hängt nur noch an … Fuck!«

In diesem Moment stürzte das Shuttle in die Tiefe. Alles wackelte und ruckelte. Ben hob instinktiv die Arme über den Kopf, seine Gedanken waren bei seinem Vater und bei Emily. Ein lauter Knall, eine Druckwelle. Dann wurde alles um ihn herum schwarz.

Das Erste, was er spürte, war Würgereiz. Er drehte sich auf die Seite und spuckte, während ihm jemand auf den Rücken klopfte. »Lass es raus, Junge, lass es raus. Das Wasser warst du schon los, aber danach bist du wieder bewusstlos geworden.«

Ben drehte sich erschöpft auf den Rücken. Dicke Regentropfen fielen ihm auf die Stirn, in den Mund, aber es war ihm egal. »Geht es allen gut?«, krächzte er.

»Ja, dich hat's am heftigsten erwischt«, sagte Mr Thorne, der neben ihm im nassen Sand saß. »Kayne hat dich übrigens rausgeholt.«

Das auch noch. Jetzt musste er sich dem Kerl gegenüber sogar noch schuldiger fühlen.

»Hier. Wenn du dir sicher bist, dass alles raus ist, nimm eine davon.« Mr Thorne reichte Ben eine Blisterpackung. »Ich hatte sie in der Hosentasche. Sind zum Glück nur zur Hälfte durchgeweicht.«

Ben drückte eine der Jod-Tabletten heraus und schluckte sie runter. Wie viel sie tatsächlich gegen die Strahlung brachten, würden sie dann wohl sehen. Es war ein Riesenfehler gewesen, in den Sturm hineinzufliegen.

»Ich will ja nicht der Überbringer schlechter Nachrichten sein, aber das Boot, mit dem wir heute Nacht nach Jersey übersetzen wollten, ist mit dem Shuttle gesunken. Ebenso wie Macs Tasche und offenbar auch unsere Schutzkleidung.«

Ben schloss die Augen. »Wo sind die anderen?« Seine Stimme klang immer noch angeschlagen.

»Sie wollten gucken, ob sie was anderes finden, mit dem wir übersetzen können. Ah, da kommen sie ja schon.«

Ben richtete sich auf und hörte die beiden laut miteinander diskutieren.

» … gerade unser kleinstes Problem. Weißt du, was die

Leute von der Arcadia mit uns machen? Wir sind die Einzigen auf der Welt, die ihren wahren Standort kennen. Aber ihr wolltet ja unbedingt so eine Nummer im Alleingang veranstalten.«

»Hör auf zu heulen«, antwortete Kayne. »Was denkst du, was passiert wäre, wenn wir irgendjemandem davon erzählt hätten? Beim ersten Anzeichen von Polizei, Militär oder den *Big Three* wären die doch in ihrem Safespot verschwunden und nie wieder gesehen worden. Und vielleicht haben sie es ja gar nicht bemerkt.«

»Wie sollen sie das denn nicht bemerkt haben? Wir haben uns mit einem riesigen Gong angekündigt, den man noch bis zum Himalaja hören konnte. Ich mein, ich find die Tarntechnik ja echt krass, aber mussten sie die unbedingt auch hier einsetzen?«

»Vielleicht verbirgt es irgendwas Wichtiges.« Kayne sah zu Ben und nickte ihm zu. »Wieder unter den Lebenden?«

»Ja.« Er presste die Lippen aufeinander und holte tief Luft. »Danke, dass du mich rausgeholt hast.«

»War nicht ganz uneigennützig. Du bist schließlich der Einzige hier, der sich in der Arcadia auskennt, oder? Wir haben auf die Schnelle nichts gefunden, um von hier zu flüchten. Aber bei dem Wetter können wir sowieso nicht aufs Meer raus. Dafür haben wir eventuell ein Versteck gefunden, um zumindest aus diesem Scheißwetter rauszukommen.«

Ben setzte sich langsam auf. »Bei dem Sturm können sie wohl kaum ihre Drohnen rausschicken. Den Wind und den Regen packen die nicht. Das gibt uns vielleicht ein bisschen Zeit.«

Noch während er das sagte, tauchte aus dem Meer vor ihnen etwas aus der stürmischen See auf. Ben erkannte an dem weiß glänzenden Material sofort, um was es sich handelte, und sein Herz setzte beinahe aus.

Es war eines der Unterwasser-Shuttles der Arcadia.

Sie haben uns schon gefunden.

24
EMILY

Dienstag, 3. Januar 2051

Den ganzen Tag hatten sie an unterschiedlichen Teilplänen gesessen und gezeichnet, bis sie nach dem Mittagessen zu den Werkstätten geführt wurden. Samantha und Emily hatten sich gemeinsam auf ein paar Schüler geeinigt, denen sie Spinnenwanzen unterschoben, wenn gerade keine Aufsichtspersonen oder Mechs in der Nähe waren. Auch Quinn war inzwischen in alles eingeweiht, aber von dem hatte Emily heute bislang noch nichts gesehen oder gehört. *Ich hoffe, es geht ihm gut.*

Sie wurden alle in eine Werkstatt gebracht, die zum Unterrichtskomplex der Arcadia gehörte, und Emilys Herz machte einen Freudensprung, als sie Jacob dort entdeckte. Er blickte kurz zu ihr rüber, wandte sich dann aber rasch ab, als würde er sie gar nicht kennen. Dennoch war sie erleichtert, dass er da war, denn es bedeutete, er war nach dem Ablenkungsmanöver in keine größeren Schwierigkeiten geraten, obwohl er sich mit einem Mech angelegt hatte.

Alle, mit denen sie bislang darüber gesprochen hatte, waren sich sicher, dass Professor Chase' manipulierter Code im Rechner der Sicherheitszentrale ruhte, denn dieser Bereich wurde besonders geschützt. Um dort hinzugelangen, führte kein Weg an den Mechs vorbei, was bedeutete, dass sie als Erstes einen Weg finden mussten, um diese auszuschalten. Nur hatte keiner von ihnen auch nur einen Schimmer, wie sie gegen diese Kolosse ankommen sollten.

Inzwischen glaubte Emily zwar, dass ihre Waffen nur zur Abschreckung dienten, denn selbst wenn mal jemand aus der Reihe tanzte und nicht sofort gehorchte, waren sie nie zum Einsatz gekommen. Dafür gingen die Mechs körperlich durchaus brutal vor, was einem ihrer Mitschüler, Kyle Evans, bereits einen gebrochenen Arm eingebracht hatte. Auch er stand auf Samanthas und Emilys Liste. Nicht nur, weil er sich anscheinend ebenso wenig von Professor Chase und den Mechs gängeln lassen wollte, sondern auch, weil er regelmäßig zu Untersuchungen ins Haus Asklepius musste und sie auch dort Unterstützung brauchten.

»Die theoretische Phase ist abgeschlossen. Ihre Skizzen sehen gut aus. Wir möchten jetzt, dass Sie in den nächsten beiden Tagen die komplette Maschine zusammenbauen«, sagte Mr Schmitt.

Anhand der verschiedenen Zeichnungen, die sie inzwischen in der Hand gehabt hatte, war sich Emily ziemlich sicher, dass sie an einer CO_2-Filteranlage arbeiteten. Sie verstand nicht ganz, warum sie noch immer Schwachstellen hatte, denn wenn Carey so schlau war, wie alle immer betonten, hätte sie den Planungsfehler in Nullkommanichts aufspüren müssen.

»Jede Gruppe wird den Plan bekommen, an dem sie zuletzt gearbeitet hat. Werkzeug und Materialien stehen Ihnen zur freien Verfügung. Bei Fragen wenden Sie sich bitte an mich oder an Mr Brown.« Er deutete zu Jacob, der freundlich in die Runde nickte.

Die anderen fingen emsig an zu arbeiten, nur Emily hielt sich zurück. Jetzt, wo sie glaubte zu wissen, worum es ging, wünschte sie sich, alle würden sich mehr Zeit lassen. Je länger sie für die Lösung brauchten, umso länger würde es dauern, bis sie nach Telos aufbrachen.

Sie beteiligte sich bloß, wenn einer der Sicherheitsleute vorbeischaute, und versuchte dann, nur weitere Fragen zu stellen und Verwirrung zu stiften, anstatt Antworten zu liefern.

Jennifer ließ Emily nicht aus den Augen, genauso wie Dave, aber sie wusste, dass sie die Gelegenheit nicht verstreichen lassen durfte, ohne mit Jacob Kontakt aufgenommen zu haben.

»Ich glaube, hier ist noch was falsch«, warf Emily in die Runde. »Seht ihr das nicht? Die Maße können überhaupt nicht stimmen.«

»Die Skizzen sind abgesegnet. Wir sollten mit dem Zusammenbauen anfangen und uns nicht weiter mit bescheuerten Fragen aufhalten, Stipse.« *Dave. Natürlich.*

»Macht doch, was ihr wollt. Ich rechne es noch mal durch.«

Emily holte ihren Notizblock aus der Tasche, zog auf dem Stuhl ihre Beine zu sich heran und legte den Block auf den Knien ab, sodass keiner sehen konnte, was sie draufschrieb. Alibimäßig zeichnete sie ein paar Zahlen und Formen der Skizze auf das Papier, kritzelte dann aber ein paar Nummern nach ganz unten auf den Zettel.

01001101 01100101 01100011 01101000 01110011
01010011 01100011 01101000 01110111 01100001 01100011
01101000 01110011 01110100 01100101 01101100 01101100
01100101 00111111 00001010?

Als sie fertig war, ging sie mit dem Block zu Jacob.

»Sie haben eine Frage, Miss …«

»Miss Thorne«, sagte Emily.

»Miss Thorne«, wiederholte er noch mal laut und deutlich, als einer der Sicherheitsleute vorbeikam. »Geht es denn mit Ihrem Projekt gut voran?«

Emily wusste, dass er nach Suri fragte. »Sehr gut, hat alles geklappt.«

»Das beruhigt mich ungemein.« Er lächelte. »Also, womit kann ich Ihnen behilflich sein?«

»Wissen Sie, ich komme hier nicht ganz weiter und wollte fragen, ob Sie vielleicht eine Idee haben. Meinen Berechnungen zufolge dürfte das hier nicht stimmen.«

Jacobs Blick flog über den Binärcode, der ihn nach der

Schwachstelle der Mechs fragte. »Ich denke, Sie müssten hier tatsächlich noch etwas ändern. Besprechen Sie das am besten mit Ihren Kollegen.« Er schrieb seinerseits etwas auf. Anschließend fuhr er mit dem Zeigefinger über die Außenfläche seiner linken Hand und beschrieb damit einen Kreis.

Das Display, das der Mech benutzt hat, um mich im Fahrstuhl in die Dachkuppel zu bringen.

Das also war ihre Schwachstelle. »Vielen Dank, das hat mir sehr geholfen.«

Sie nahm den Block wieder mit und ging zum Tisch zurück. Jennifer warf ihr einen skeptischen Blick zu, sagte aber nichts, und als der Fokus der Rothaarigen wieder auf der Skizze in der Tischmitte lag, guckte Emily schnell nach, was Jacob ihr aufgeschrieben hatte.

01000101 01001101 01010000 00001010 00001010

EMP. Jetzt war vollkommen klar, wie sie die Mechs überwältigen konnten. Durch einen elektromagnetischen Impuls auf das Display am Handrücken. Nur gab es andere Probleme: Es dürfte nur ein zielgerichteter Mini-EMP sein, der nicht alles um ihn herum lahmlegte, wovon Emily ja sogar selbst betroffen wäre. Und man bräuchte entsprechendes Werkzeug, Materialien und etwas, das ihn übertragen könnte, ohne dass man zu nah an die Mechs heranmusste.

Vor allem aber brauchten sie Zeit.

25

BEN

Dienstag, 3. Januar 2051

Jemand in blauem Schutzanzug und mit Helm kletterte aus der Luke des Unterwassershuttles, glitt übers Dach zur Außentreppe, stieg ins Meer und schwamm ein Stück. Als das Wasser nur noch hüfthoch war, watete er auf sie zu.

»Was sollen wir jetzt machen? Sollen wir weglaufen?«, fragte Mac. »Ich bin echt nicht der Schnellste.«

»Ich glaube, dafür ist es zu spät«, antwortete Mr Thorne. »Wer immer das ist, hat uns alle schon gesehen. Egal, wo wir uns verstecken – sie werden uns so lange suchen, bis sie uns gefunden haben. Und wir alle wissen, dass wir von hier im Moment nicht wegkommen.«

»Vielleicht übernehmen wir einfach das Shuttle. Wir sind vier gegen einen«, meinte Kayne.

»Vorher sollten wir versuchen, unseren Standpunkt klarzumachen. Vielleicht hört er uns ja zu und schlägt sich auf unsere Seite.« Mr Thorne streckte den Rücken durch, als würde er sich auf alles gefasst machen.

»Zumindest ist es ein Mensch und kein Mech. Ich hoffe nur, er hat uns nicht schon übers Headset gemeldet«, sagte Ben.

Alle rückten näher zusammen, sodass sie eine Linie bildeten. Der Statur nach schien die Person einer der Schüler zu sein. Ben konnte spüren, wie Mac neben ihm am ganzen Leib zitterte. Ob vor Nervosität oder vor Kälte, die sich inzwischen durch ihre nasse Kleidung fraß, konnte er nicht beurteilen. Aber auch wenn er selbst Angst hatte und alles in ihm schreiend weglaufen wollte, versuchte Ben äußerlich so ruhig zu bleiben wie Mr Thorne.

Emilys Vater hatte recht. Sie konnten nur hoffen, dass derjenige, der auf sie zukam, ihnen zuhörte. Wenn sie ihn hingegen dazu brachten, sie zu jagen, würden sie vielleicht keine Chance mehr haben, die ganze Situation aufzuklären, und vor allem konnten sie dann niemanden mehr warnen.

Der Junge blieb vier Schritte von ihnen entfernt stehen. Dann tat er etwas, mit dem Ben nicht gerechnet hatte. Er nahm seinen Helm ab, trotz der Radioaktivität. Ben erkannte den braun gelockten Jungen. Er war der Stipendiat, der bei der Neuralhelm-Prüfung neben ihm gesessen hatte. Wie hieß er gleich? *Quinn.* Ohne ihn wäre Ben nicht auf die Gedankenlesetechnik vorbereitet gewesen und hätte nicht gewusst, dass er sich auf die Prüfung konzentrieren musste, um sich nicht zu verraten.

Quinn ließ den Helm vor sich in den Sand fallen. Dann

drückte er auf einen Knopf hinter seinem Ohr. »Zentrale? Ja, ich bin gerade auf Guernsey angekommen. Ich halte Sie auf dem Laufenden.«

Verwirrt blickte er von Ben zu Kayne und wieder zurück. »Warum bist du … oder ihr? Keine Ahnung. Warum bist du zurückgekommen? Du bist doch der Freund von Emily, oder? Und der Einzige, der davongekommen ist.«

Ben wusste, dass er ihn verwirren würde, weil seine Stimme nun anders klang als früher. Aber weil nur sie sich zumindest etwas kannten, hielt er es für am besten, wenn er selbst antwortete. »Wir wollen verhindern, dass ihr zum Safespot aufbrecht. Der Weltuntergang steht nicht so schnell bevor, wie die Arcadialeitung es euch glauben lässt. Wir sind hier, um euch zu warnen. Wenn euch Professor Chase dorthin bringt, kann es sein, dass keiner von euch jemals wieder zurückkommt.«

Quinn blickte Ben lange und prüfend ins Gesicht. »Ehrlich gesagt hatten wir uns so was schon gedacht.«

»Hast du uns denn schon gemeldet?«

»Nein. Aber viel Zeit bleibt uns nicht. Einige von uns sind gerade auf Übungsfahrt, weil wir austesten sollten, wie gut wir mit stürmischer See zurechtkommen. Ich war am nächsten an Guernsey dran, aber es wird nicht lang dauern, bis die anderen hier eintreffen. Und nicht alle von ihnen sind schon eingeweiht. Chase hält uns an einer ziemlich kurzen Leine.«

»Das heißt, ihr habt so was wie einen Widerstand gegründet?«

»Ja. Nicht alle wollen zum Safespot. Nicht, wenn Professor Chase, Carey und die Mechs das Sagen haben und wir nicht wirklich wissen, was auf uns zukommt. Außerdem haben wir immer mehr das Gefühl, dass sie unsere Familien gar nicht mitnehmen wollen. Bislang ist noch keiner von ihnen hier aufgetaucht. Und als wir Beweise haben und mit ihnen reden wollten, hieß es nur, dass wir den Auswahlprozess nicht stören sollen. Das alles fühlt sich an wie eine Geiselnahme.«

»Ja, ich glaube, das trifft es ziemlich«, schaltete sich Mr Thorne jetzt ein. Er stand inzwischen ein wenig weiter hinten, als würde er Schutz hinter den anderen suchen, was Ben irritierte, weil er vorher so selbstbewusst und ruhig gewirkt hatte. »Wir wollen euch helfen. Kannst du denn noch vier Personen in deinem Shuttle transportieren?«

Quinn nickte. »Ja, das ist nicht das Problem. Aber die von der Arcadia wissen, dass hier ein Flugshuttle abgestürzt ist, und sie werden keine Ruhe geben, bevor sie den Piloten gefunden haben. Oh, Moment. *Scht!*« Er drückte auf den Knopf hinter seinem Ohr und sah angestrengt zu Boden. »Lage ist unter Kontrolle. Keine Spur vom Piloten. Könnte sein, dass er mit dem Shuttle untergegangen ist. Die Front ist zerstört, ich konnte nicht sehen, ob noch jemand drin war.«

Eine kurze Pause entstand und Quinn schien aufmerksam zuzuhören. »Nein, ich kann es nicht alleine bergen. Dafür müssen Sie eines der großen Transportshuttles schicken. Kann ich dann wieder zurückkommen? Die Situation überfordert mich ein bisschen. Gut. Danke.« Quinn ließ den Knopf los und blickte wieder zu ihnen. Er runzelte die Stirn, dann aber nickte er und murmelte vor sich hin: »Ja, ich denke, das ist die einzige Möglichkeit.« Er räusperte sich, bevor er fortfuhr: »Mehr Zeit kann ich nicht rausschlagen. Wir müssen sofort los. Kommt mit.«

Quinn lief vor, schnappte sich seinen Helm und rannte ins Wasser Richtung Shuttle. Die anderen folgten ihm. Ben spürte die Kälte des Wassers gar nicht mehr, als er ins Schwimmen überging. Er fühlte sich schon seit geraumer Zeit wie eine Amphibie, die gerade Schwimmhäute entwickelte.

»Los, du zuerst«, rief Quinn, während er sich selbst an der unteren Sprosse der Leiter festhielt, die zur Luke führte.

Schwer atmend zog sich Ben an den Sprossen hoch, spürte, wie ihn die nasse Kleidung wieder Richtung Meer zog und der Wind gegen seinen Körper drückte. Hinzu kam, dass er vom Absturz erschöpfter war, als er sich hatte eingestehen wollen, aber jemand hinter ihm stützte seine Beine.

»Den Riegel oben einfach beiseiteschieben«, rief Quinn gegen das Brausen an.

Als wenn ich das nicht wüsste. Immerhin bin ich an den Dingern auch ausgebildet worden. Aber Ben sagte nichts. Er war so dankbar, dass Quinn sie überhaupt mitnahm. Das alles hätte auch ganz anders enden können.

Ben öffnete die Luke und ließ sich ins Innere des Shuttles

hinab. Dann ging er ein Stück nach hinten und sank auf den Boden. Nach ihm kam Mac herunter, auch er atmete heftig und ließ sich neben ihn fallen. Es folgte Kayne, der beneidenswerterweise nach allem, was geschehen war, noch immer total fit wirkte. Dann kam Quinn.

Und er schloss die Luke hinter sich.

»Nein!« Ben rappelte sich auf, aber ihm wurde sofort schwindelig. »Mr Thorne fehlt noch«, presste er hervor.

»Er fehlt nicht. Er ist vorhin, als ich mit der Zentrale gesprochen habe, weggelaufen.«

»Was?« Ben war völlig verwirrt. *Aber warum?* Er überlegte, was ihn dazu bewegt haben konnte, doch dann wurde es ihm klar. »Er will den Piloten des Shuttles spielen. Damit wir hier heil rauskommen und keiner uns sucht.«

Quinn nickte. »Einer von euch musste sich opfern.«

»Aber das wird nicht funktionieren! Wenn sie das Shuttle zurückverfolgen, kommen sie doch dahinter, wer es gechartert hat.«

»Einen Versuch ist es wert«, meinte Quinn, ging zum Bordcomputer rüber und schaltete die Geräte ein. »Vielleicht überlegt er sich ja eine gute Erklärung.«

»Wie soll ich Emily bloß erklären, dass wir ihren Vater im Stich gelassen haben?«

»Er ist ein erwachsener Mann. Und es war seine Entscheidung. Jetzt ist es zu spät, wir können nichts mehr für ihn tun.«

Es vibrierte, als der Motor des Unterwassershuttles ansprang und sie zurücksetzten.

»Am besten, ihr bleibt jetzt erst mal alle Mann unten, die Unterstützung ist eingetroffen. Chilled. Ich kann euch nicht mit in die Arcadia nehmen, das ist zu gefährlich. Aber ich kann euch in der Nähe der Küste rauslassen, ohne dass ich groß von meinem eigentlichen Kurs abweiche. Ihr werdet vielleicht wieder ein bisschen schwimmen müssen.«

»Erzähl uns was Neues«, meinte Mac. »Ich schwöre, ich weiß gar nicht mehr, wie sich trockene Klamotten überhaupt anfühlen.«

Quinn deutete auf einen Punkt auf der Karte. »Ihr solltet wissen, dass die Inseln nicht radioaktiv verseucht sind, ihr könnt euch also gefahrlos bewegen. Ich trage den Helm nur zur Tarnung, weil wir es eigentlich nicht wissen sollten.«

Spürbare Erleichterung machte sich bei allen breit.

»Krass, dann hat die Arcadia es tatsächlich geschafft, die Insel davon zu säubern, ja? Hast du denn eine Idee, wo wir uns erst mal verstecken können?«, fragte Kayne.

»Es gibt ein Untergrundsystem auf Jersey. Emily hat einen Lageplan gefunden.«

Emily. »Geht es ihr gut? Wann hast du mit ihr gesprochen?«

»Heute erst. Also, es sind die *Jersey War Tunnels*«, fuhr Quinn fort. »Ich kann euch nicht direkt dorthin bringen, das wäre zu auffällig. Aber ein Eingang sollte von der Stelle aus, an der ich euch rauslasse, nicht weit entfernt sein.« Er deutete auf einen Punkt der Karte. »Ich denke, es wäre ein gutes Versteck. Außerdem vermuten wir, dass dieses Untergrundsystem irgendwie mit der Arcadia verbunden ist, sonst hätten sie sie nicht genau dorthin gesetzt. Vielleicht ist sogar der Treppenkomplex noch eine Art Überbleibsel aus der Zeit.«

»Habt ihr noch mehr rausgefunden?«, fragte Kayne.

»Wir glauben, dass Professor Chase einen manipulierten Code geschrieben hat und in die weltweiten Computersysteme einschleusen will oder es schon getan hat. Wenn Letzteres zutrifft, kann er alle Synths, Rechner und codebasierten Systeme manipulieren.«

Ben runzelte die Stirn. Dann traf ihn die Erkenntnis wie ein Schlag. *»Der Godkey«*, stieß er aus. »Ich hab so oft über das Gespräch zwischen Professor Chase und Dr Miller nachgedacht und nie verstanden, worum es dabei ging. Mit diesem Godkey müssen sie den Code gemeint haben, denn damit könnte man ja wirklich Gott spielen.«

»Das war in der Halloween-Nacht, oder?«, fragte Mac.

Ben nickte.

»Dann hatte ich mich doch nicht verhört. Die Frage ist, was hat er damit vor?«

Quinn sah über die Schulter zu ihnen. »Emily meinte, dass Professor Chase notfalls persönlich für den Weltuntergang sorgen wolle, wenn er nicht von allein kommen würde. Wenn es stimmt, was ihr sagt, und die Katastrophe noch nicht unmittelbar bevorsteht … und sie mit ihrer Vermutung recht hat, dann …«

Alle blickten sich fassungslos an.

»Dann wird er notfalls den Godkey nutzen, um selbst dafür zu sorgen«, japste Mac.

Kayne nickte. »Also sind wir uns in zwei Sachen einig. Erstens: Ihr müsst um jeden Preis einen Aufbruch zum Safespot vermeiden. Wisst ihr denn, wo er ist?«

»Es ist eine Unterwasserstadt namens Telos. Mehr wissen wir leider auch nicht. Wir haben im Moment noch Probleme mit dem CO_2-Filter. Sobald die gelöst sind, sollen wir aufbrechen.«

»Okay. Zweitens: Wir müssen Professor Chase unbedingt daran hindern, diesen Godkey zu benutzen«, fuhr Kayne fort.

»Ich werde Emily alles ausrichten. Wir erreichen gleich Jersey, und ich kann nicht lange anhalten, weil es sonst auffallen würde. Versucht ihr erst mal, unterzutauchen. Wenn es tatsächlich einen Zugang von den Tunneln zur Arcadia gibt, müsst ihr ihn finden. Vielleicht können wir dann ja wieder miteinander in Kontakt treten. Aber jetzt macht euch erst mal bereit für den Ausstieg.«

Die drei erhoben sich, als Quinn das Shuttle abbremste und nach oben gleiten ließ. »Dachluke ist entriegelt. Schnell, raus mit euch.«

Rasch kletterten alle über die Leiter nach oben und ließen sich vom Shuttle aus ins Wasser rutschen. Quinn blickte aus der Luke zu ihnen herunter. »Viel Glück.«

»Dir auch. Und bitte sag Emily, dass wir einen Weg zu euch finden.« Ben presste die Lippen aufeinander, weil es ihm irgendwie peinlich war, doch da er nicht wusste, ob er eine zweite Gelegenheit bekommen würde, sagte er: »Und richte ihr aus, dass ich sie liebe.«

»Das kannst du ihr schön selber sagen«, erwiderte Quinn, grinste und zog die Luke zu, während Mac, Kayne und Ben schwimmend den Weg zum Ufer antraten.

26
EMILY

Dienstag, 3. Januar 2051

»An alle Schüler und Schülerinnen. Bitte ziehen Sie sich etwas Warmes über. Sie werden in fünf Minuten abgeholt.«

Emily erschrak, als sie die Stimme durch den Lautsprecher hörte, und war zugleich irritiert, da sie nicht nach Careys klang. Immer, wenn die Arcadia etwas änderte, war das kein gutes Zeichen.

Rasch klappte sie Bens Laptop zu und versteckte es unter ihrem Bett. Die letzten Tage war in Professor Chase' Büro nichts passiert und Emily hatte beim Abhören keine neuen Informationen bekommen. Noch dazu hatte sie heute auch Suri nicht besuchen dürfen. Als sie nach draußen wollte, war sie von einer Synth aufgehalten worden, die an der Tür Wache stand – angeblich wegen des stürmischen Wetters. Da Emily in der abgeschotteten Arcadia von draußen überhaupt nichts mitbekam, wusste sie nicht, ob die Synth ihr wirklich die Wahrheit sagte oder ob Emily nur irgendwie verfügbar bleiben sollte. Der Gedanke hatte ihr Magenschmerzen bereitet. Dass sich jetzt alle spontan versammeln sollten, verstärkte das mulmige Gefühl nur.

Als es klopfte, blickte Emily sich noch einmal prüfend um, ob sie irgendetwas Verdächtiges hatte liegen lassen, und griff nach einer Fleece-Jacke, die sie sich im Gehen überzog.

»Miss Thorne?« Es klopfte wieder. »Ich bin es. Miss Fines.«

Emily öffnete die Tür und wollte gerade etwas sagen, als sie den Mech bemerkte, der hinter der Leiterin des Hauses Ceres stand. Derweil strömten Schüler vorbei, die bereits weggebracht wurden.

Miss Fines musterte Emily von oben bis unten. »Haben Sie nicht gehört, dass Sie sich etwas Warmes anziehen sollten? Ihre Kleidung ist absolut unpassend. Bitte ziehen Sie sich noch eine dicke Hose und feste Schuhe an. In dem Zustand kann ich Sie nicht mitnehmen.«

Emily runzelte die Stirn. Warum wirkte Miss Fines so feindselig? Dann aber nickte sie und wollte gerade die Tür wieder hinter sich schließen, als sich Miss Fines dagegenstemmte.

»Ich sorge wohl besser selbst dafür, dass Sie auch wirklich etwas Passendes aussuchen. Wir haben keine Zeit für ein weiteres Mal Umziehen.« Miss Fines trat ins Zimmer, warf geräuschvoll die Tür zu und ließ den Mech davor stehen. »Schnell, Miss Thorne. Ziehen Sie sich irgendwas über und hören Sie mir zu.«

»Ist gut.« Emily eilte zu ihrem Schrank und holte eine Jeans heraus, die sie gegen die Stoffhose tauschte, die sie bereits trug.

»Ich habe erfahren, dass Professor Chase meine Familie keinem der Tests unterzogen hat. Ich habe weiter nachgeforscht und er hat offenbar auch keine der anderen Familien irgendwo hinbringen lassen. Ich bin inzwischen absolut sicher, dass er niemanden weiter mitzunehmen plant. Und wir beide wissen, dass die Zeit langsam zu knapp wird, um noch irgendwelche Verhaltenstests durchzuführen.« Miss Fines deutete auf das Regalfach. »Ziehen Sie sich noch einen Pullover über, damit der Mech die Veränderung sieht.« Miss Fines bemühte sich, leise zu sprechen, aber man merkte, wie aufgewühlt sie war: »Ich habe die Befürchtung, dass wir schon aufbruchbereit sind. Die Probleme mit der Filteranlage wurden wohl gelöst und von den Synths und Drohnen in Telos sofort umgesetzt. Professor Chase' Plan steht im Grunde genommen nichts mehr im Wege.«

Emily erstarrte. »Wir brechen also auf?« *Nein. Nein! Wir sind noch nicht so weit. Ben. Meine Familie …*

»Ich weiß es ehrlich gesagt nicht. Wir sollen die Schüler zum Unterwasserdock führen. Nicht das, was Sie kennen, mit den kleinen Aufklärern, sondern das mit den großen Transportshuttles. Da das Lager aber noch voll ist, gibt es jetzt zwei Möglichkeiten: Entweder alle Schüler sollen helfen, die Güter zu verladen. Oder sie werden schon vorab auf eines der Shuttles zum Safespot gebracht und die Synths beladen die anderen allein. Ich hab keine Ahnung, wie die Versorgungssituation auf Telos aussieht, sonst könnte ich eine bessere Prognose abgeben. Beten wir, dass es Ersteres ist.«

Emily verharrte immer noch in Schockstarre. Sie konnte die neuen Informationen gar nicht richtig verarbeiten. *Das geht alles viel zu schnell. Ich dachte, wir hätten noch Zeit …*

»Glauben Sie mir, es geht mir wie Ihnen. Aber wir müssen jetzt Ruhe bewahren. Hat Suri Ihnen helfen können? Planen Sie irgendwas?«

»Ja, aber ich brauche noch Zeit. Ich weiß zwar von Jacob, wo die Mechs ihren wunden Punkt haben. Aber mir fehlt alles, was ich für einen Angriff brauchen würde … Und dann wüsste ich nicht mal, wie ich nahe genug an einen von ihnen rankommen sollte.«

»Ziehen Sie sich andere Schuhe an.« Miss Fines nickte Richtung Schuhfach. »Sie brauchen etwas, um an die Mechs ranzukommen? Vielleicht habe ich eine Lösung. Die RoboPets aus der Kampfarena wurden beim Transfer mitgenommen, quasi als Unterhaltungsprogramm für Ihre Zeit in Telos. Sie werden gemeinsam mit dem Saatgut und dem Dünger aus meinem Haus auf Transportschiff Nummer 14 gebracht.«

»Aber selbst wenn – wie sollte uns das jetzt noch etwas bringen, wenn wir tatsächlich schon weggebracht werden?«

»Wir können, wie gesagt, nur beten, dass es noch nicht so weit ist.«

Es hämmerte an die Tür. »Kommen Sie sofort heraus«, ertönte die monotone Stimme des Mechs. »Wir müssen los.«

Miss Fines nickte Emily zu. »Transportschiff Nummer 14. Dort sind die RoboPets. Drücken Sie uns die Daumen.«

Und mit diesen Worten marschierte sie auf die Tür zu.

Emily folgte den Mechs und den anderen Schülern. Immer wieder sahen diejenigen, die eingeweiht waren, Hilfe suchend zu ihr, aber sie konnte nichts für sie tun. Sie war ja selbst gerade ohne jede Hoffnung.

Anne. Mum. Dad. Ben. Mit jeder Treppenstufe, die sie weiter nach unten führte, wurde die Angst größer. Ein Ziehen durchzog ihre Brust und schnürte sie ein. Tränen stiegen ihr in die Augen, aber sie kämpfte dagegen an, weil die anderen nicht bemerken sollten, wie verzweifelt sie selbst war. *Wir müssen jetzt Ruhe bewahren.*

Das war so viel leichter gesagt als getan. Emily blickte sich um, aber von Miss Fines fehlte jede Spur. Die einzige Person, die ihnen in dieser Situation vielleicht noch hätte helfen können, war nicht da.

Schließlich betraten sie eine riesige Lagerhalle. Wie Miss Fines gesagt hatte, waren überall Türme aus Kisten, Säcken und Tonnen übereinandergestapelt. Regale standen über den ganzen Raum verteilt, es gab Bagger, Leitern, kleine Hebebühnen, mit denen man eine Kiste herunterholen konnte, und große, auf die gleich mehrere passten. Es gab Paletten, auf denen Tonnen dicht beieinandergedrängt standen, und andere, auf denen Emily große, in durchsichtige Folie eingewickelte Ölgemälde und Skulpturen entdeckte.

Das hier ist also alles, was übrig bleiben wird. Professor Chase hatte nicht nur über die Menschen entschieden, die überleben sollten, sondern auch über das, was von ihrer Kultur überdauern würde. Im Verhältnis zu Tausenden Jahren der Menschheitsgeschichte war es ein winziger Bruchteil.

Sie wurden zu einer Seite der Halle geführt, an der es torbogenförmige Durchgänge gab, die mit Zahlen von 1 bis 20 beschriftet waren. Dahinter lagen schräg abfallende, hell erleuchtete Tunnel. Auch wenn sie nicht erkennen konnte, wohin sie führten, ahnte sie, dass es dort zu den großen Transportshuttles hinabging, von denen Miss Fines gesprochen hatte. Emily versuchte, sich näher zum Tor mit der Nummer 14 zu bewegen. Währenddessen suchte sie überall nach Quinn und Samantha, die inzwischen ihre engsten Vertrauten waren, doch sie konnte sie in dem riesigen Pulk aus Schülern, die aus allen drei Häusern kamen, nirgends entdecken.

Acht Drohnen, die an Seilen einen großen Screen transportierten, rauschten über ihre Köpfe hinweg. Die anderen Schüler blieben stehen und blickten ihm hinterher, während Emily sich immer weiter Richtung Tor 14 drängelte. Als sie sich umdrehte, entdeckte sie, dass sich hinter ihr eine weitere Person durch die Reihen schob. Es war Jennifer. Sie schien sie zu verfolgen.

Emily wurde jetzt schneller und rücksichtsloser, rempelte ein paar Schüler an, die sich lautstark beschwerten, aber sie musste Jennifer irgendwie in der Menge abschütteln. Falls sie heute doch noch nicht weggebracht wurden, müsste sie die Kisten mit den RoboPets ausfindig machen, auch wenn sie nicht wusste, wie es dann eigentlich weitergehen sollte. Sie hatte die ganze Zeit über schon das Gefühl, sie bekämen immer nur eine Information nach der anderen zugeworfen, und durch den Zeitdruck, die schwierige Kommunikationssituation und die eingeschränkte Bewegungsfreiheit waren sie nie in der Lage, ein richtiges Gesamtbild zusammenzusetzen oder gar einen echten Plan zu entwickeln.

Endlich befand sich Emily in der Nähe von Tor 14, als der über ihnen schwebende Screen anging. Professor Chase war darauf zu sehen.

»Liebe Schülerinnen und Schüler. Sie sind sicherlich sehr gespannt auf Ihr neues Zuhause und freuen sich schon darauf, aber ich muss Sie alle noch um ein wenig Geduld bitten.«

So erleichtert Emily auch war, dass sie noch nicht sofort umgesiedelt wurden, so fassungslos war sie auch, wie weit der Schulleiter sich von der Realität entfernt hatte. Jeder, mit dem sie bisher darüber hatte sprechen können, hatte Angst vor dem, was passierte, und »Freude« war so ziemlich das Letzte, was irgendwer hier empfand.

»Zunächst einmal möchte ich mich bei den Schülern von Haus Minerva bedanken, dass Sie uns so tatkräftig dabei unterstützt haben, die letzten Fehler in der CO_2-Filteranlage auszumerzen. Ihre Motivation zeigt mir überdeutlich, dass Sie an Telos glauben und das gleiche Ziel verfolgen wie ich.«

Vielleicht hat es aber auch einfach daran gelegen, dass niemand wusste, woran er eigentlich arbeitet. Wie konnte jemand so die Tatsachen verdrehen? Aber natürlich hatten die Schüler der anderen beiden Häuser keine Ahnung, was wirklich geschehen war. Sie mussten jetzt den Eindruck gewinnen, dass Haus Minerva voll hinter Professor Chase und seinen Plänen stand.

»Leider haben wir bereits vor den Weihnachtstagen alle Lagermitarbeiter nach Hause entlassen – wo sie auch bleiben werden. Daher werden Sie jetzt in Schichten eingeteilt, um die Synths beim Beladen der Shuttles zu unterstützen.«

Mechs setzten sich vorne in Bewegung und begannen, die Halle in zwanzig Bereiche einzuteilen und die Schülerströme zu kanalisieren.

Emily drängte sich weiter in die Mitte, um nicht doch noch in Gruppe 13 zu landen.

»Es wird jetzt vielleicht noch mal ein bisschen anstrengend, aber ich garantiere Ihnen, dass Sie den Lohn dafür schon bald bekommen werden. Freuen Sie sich auf Ihr neues Leben in Sicherheit, Frieden und Harmonie.«

Das alles klang wie ein schlechter Werbetrailer. Emily

blickte sich um, aber sie blieb bei ihrer Einschätzung. Niemand um sie herum schien Professor Chase' Worten Glauben zu schenken. Alle wirkten ebenso verängstigt, wie sie es war. Der Screen schaltete sich ab und wurde abgesenkt. Jemand tippte Emily auf die Schulter. Sie zuckte zusammen, drehte sich um und erkannte das Mädchen mit dem schwarzen, lockigen Haar.

Es war Annika.

»Stimmt es, dass Kayne abgehauen ist und dich hiergelassen hat? Wenn ja, tut es mir leid. Ich hab mich wohl mehr in ihm getäuscht, als ich dachte.«

Emily rutschte das Herz in die Hose, und sie bekam sofort ein schlechtes Gewissen. In dem ganzen Chaos hatte sie nicht einen einzigen Gedanken an Annika verschwendet. Niemand hatte dem Mädchen bislang erklärt, dass derjenige, der mit ihr Schluss gemacht hatte, gar nicht ihr Freund gewesen war, sondern ein Doppelgänger. Aber wie sollte Emily es ihr ausgerechnet jetzt erklären? Und ihr noch dazu sagen, dass ihr Freund bei *Widevisions* festgehalten wurde?

»Ja, er ist weg. Ich erklär dir später alles, aber gerade ist es echt schlecht«, meinte Emily, während ein Mech an ihnen vorüberstapfte und sie einteilte.

»Scheint, dass wir jetzt in derselben Gruppe sind. Dann haben wir bestimmt noch Gelegenheit dazu. Aber ehrlich gesagt …«, Annika senkte die Stimme, »Scheiß auf diesen Idioten. Ich hab gehört, dass du was planst?«

Emily schloss die Augen. »Wer hat dir das gesagt?«

»Unsere Hausleiterin. Miss Fines.«

Einerseits war Emily überfordert damit, dass sich alle so blind auf sie zu verlassen schienen. Andererseits hatte sie das Gefühl, dass sie Annika vertrauen konnte. Ben hatte gesagt, dass sie einen guten Charakter hatte. Sie hatte vor ihrer Zeit in der Arcadia für viele gemeinnützige Projekte gearbeitet. Und wenn Miss Fines sie ebenfalls mit an Bord holen wollte, wer war Emily schon, dagegen zu entscheiden?

»Egal, was es ist, du kannst auf mich zählen. Ich mach mit.«

»Und ich übrigens auch«, kam es jetzt leise von der anderen Seite. Emily erschrak. *Jennifer.* Das auch noch. Sie war ihr nicht nur gefolgt, sie hatte auch noch gelauscht. *Ich bin so was von aufgeflogen.* Hilflos blickte Emily sich um, überlegte, was sie jetzt tun sollte, aber Jennifer redete weiter auf sie ein. »Ich weiß, dass wir nie die besten Freundinnen waren. Aber ich hab schon die ganze Zeit gemerkt, dass was im Busch ist. Ich hab gesehen, dass du mit Jacob Brown heimlich was besprochen hast, und ich wette, wir hätten auf deinem Schreibblock irgendwas Verdächtiges gefunden. Aber ich hab dich trotzdem nicht verpetzt, oder? Also. Was genau planst du?«

Emily blickte das Mädchen an, deren rote geflochtene Zöpfe unter einer dicken Wollmütze hervorlugten. Sie suchte in ihren Gesichtszügen nach etwas – nach einer Lüge, nach dem Gegenteil –, aber sie konnte Jennifer nur schwer lesen. Letztendlich hatte sie sie ertappt. Und wenn sie Emily wirklich verraten wollte, musste sie der Arcadia nur einen Hinweis geben, und sie würden alle Beweise in Emilys Zimmer finden. Also musste sie ihr wohl oder übel vertrauen. Dennoch wollte sie den beiden nicht alles erzählen, was sie wusste, und sie gleichzeitig nicht entmutigen, indem sie zugab, dass sie eigentlich noch gar keinen richtigen Plan hatte.

»Wir wollen den Aufbruch zum Safespot so lange wie möglich hinauszögern. Dafür müssen wir die RoboPets finden, die auf Transportshuttle 14 verladen werden sollen.«

»Ah. Deswegen hat Miss Fines also gesagt, dass ich mich bei 14 anstellen und mit dir reden soll«, meinte Annika.

»Inwieweit sollen die RoboPets uns denn helfen?«, fragte Jennifer.

»Ich weiß, wo die Schwachstelle der Mechs sitzt, hab aber keine Ahnung, wie wir nah genug an sie rankommen, ohne in Gefahr zu geraten.« Mehr konnte sie leider auch nicht sagen.

Sie hatte immer mehr das Gefühl, dass ihr die ganze Sache über den Kopf wuchs. Sie hatte so viele Puzzleteile beisammen, so viel Input von unterschiedlichen Seiten, jetzt wurde ihr sogar Hilfe von unerwarteter Seite zuteil, und dennoch wusste sie verdammt noch mal absolut nichts damit anzufangen. Alle verließen sich auf sie, hofften, dass *sie* den Ausweg kannte, dass *sie* einen großen Masterplan parat hätte. Aber den hatte sie nicht. Letztendlich machte sie auch nur einen Schritt nach dem anderen, ohne wirklich zu wissen, was sie tat, in der Hoffnung, dass irgendwann alles einen Sinn ergeben würde.

Und das, bevor es zu spät war.

27

BEN

Mittwoch, 4. Januar 2051

»He, du! Ich rede mit dir. Bist du von der Arcadia?« In seinen Traum drang von außen eine Stimme. Und sie war … *weiblich.* Sofort war Ben hellwach und setzte sich auf. Der Lichtkegel einer Taschenlampe erhellte Mac, der etwas weiter von ihm entfernt auf einer Krankenhausliege lag und sich ruckartig die Bettdecke bis zum Hals zog, als wenn ihn das irgendwie schützen würde.

Stundenlang waren sie in diesen Tunneln umhergeirrt, bis sie im Dunkeln diese Liegen ertastet und sich ein wenig hingelegt hatten. Sie hatten gehofft, dass sie weit genug vorgedrungen waren, damit niemand von der Arcadia sie fand. Aber das war wohl ein Irrglaube gewesen.

Jetzt wurde Ben selbst geblendet. Schützend hob er die Hand vor die Augen und blinzelte gegen das Licht an.

»Oh. Na, das ist ja mal 'ne Überraschung. Hallo, Ben.«

Sie kennt meinen Namen. Nicht gut. Gar nicht gut.

Das Taschenlampenlicht fiel jetzt auf Kayne.

»Oder ist das da etwa Ben und du bist Kayne?«

Ben war verwirrt. Nach und nach meinte er, ihre Stimme zu erkennen …

»Suri? Bist du das?!« *Das ist unmöglich.*

Sie hielt sich selbst die Taschenlampe unters Gesicht und machte sich einen Spaß daraus, eine teuflische Fratze zu schneiden und die Zunge rauszustrecken. »Sieht wohl ganz so aus, oder?«

»Aber wie … Ich dachte, du wärest …«

»Tot?«, vollendete sie seinen Satz. »Verschrottet, entsorgt, auseinandergebaut? Tja, mich kriegt man wohl nicht so schnell klein. Warum bist du so dämlich und kommst wieder her? Und dann auch noch mit deinem Doppelgänger und diesem komischen Kauz da.«

Eine schemenhafte Bewegung war hinter Suri erkennbar.

»Redest du etwa von mir?«, kam es von Mac.

»Ja? Ich mein, da tappst man hier so nichts ahnend durch die Tunnel, weil man auf der Suche nach einem Notstromaggregat ist, und findet ausgerechnet … AUU!« Ein leises Zischen, ein dumpfes Geräusch, klirrend fiel die Taschenlampe zu Boden und ging dabei aus. Wieder waren sie in dieser alles verschlingenden Dunkelheit gefangen, die Ben schon seit gestern Abend zu schaffen machte.

»Sag mal, spinnt ihr?«, rief Suri aufgebracht.

»Was ist los? Ich verstehe überhaupt nicht, was gerade passiert!«, entgegnete Ben.

Wieder ein zischendes Geräusch, dann schlug etwas mit einem »Klock« auf den Boden.

»Ben, ruf deinen tollwütigen Doppelgänger zurück!«

»Kayne! Lass das. Das ist eine Freundin! Hast du etwa das Gespräch nicht mitbekommen?«

»Doch, aber bist du dir ganz sicher, dass das eine Freundin ist und sie nicht für die Arcadia kundschaftet?«, kam es nun von Kayne.

Er hatte nicht ganz unrecht. Suri war für tot erklärt worden. Die Einzigen, die sie hätten reparieren können, waren die Leute von der Academy.

»Ihr seid echt Idioten. Das war die einzige funktionierende Taschenlampe, die ich noch auftreiben konnte. Ich habe gefühlt jedes verdammte Haus auf dieser gottverlassenen Insel danach abgesucht!« Etwas rollte über den Boden. Dann hörte man ein metallisches Rütteln und ein Klicken. Die Taschenlampe ging wieder an. Suri richtete sie auf Kayne, der in seiner Hand eine Krücke hielt und gerade wieder dabei war, auszuholen.

»Ist nicht dein Scheißernst«, meinte Suri und richtete sich wieder auf. »Du kannst das Ding wegpacken. Das hat nur geklappt, weil du mich überrascht hast, noch mal klappt das nicht. Sag's ihm, Ben. Sag ihm, dass ich Karate kann.«

Ben wusste nicht, ob es stimmte, aber dann wiederum reichte es bei Suri wahrscheinlich, einfach ein entsprechendes Programm hochzuladen. Zumindest sprach sie noch wie die alte Suri, was Ben beruhigte.

»Lass gut sein, Kayne. Das ist wirklich eine Freundin. Kayne, das ist Suri. Suri, das ist Kayne. Und der Typ da im Bett heißt Mac.«

Suri leuchtete zu Mac, der verhalten winkte.

»Hi!«, kam es ungewohnt unsicher aus seiner Richtung, während er die Bettdecke Richtung Nase zog.

»Okay, ich glaube, es wird Zeit, dass wir mal ein bisschen Licht ins Dunkel bringen. Wer den Wortwitz findet, darf ihn behalten«, meinte Suri. »Wartet hier. Das Notstromaggregat muss in der Nähe sein.« Sie verschwand mit der Taschenlampe aus dem Raum und ließ sie wieder in völliger Dunkelheit zurück. Kurze Zeit später knackte und klackte es schnell hintereinander und die Lichter gingen an.

Ben blickte sich im Zimmer um. Es war weiß gestrichen. Von der Decke hing eine einzelne Glühbirne. Krücken hingen als Ausstellungsstücke an der Wand und in der Ecke stand ein antiker Holzschrank, in dem sich leere Apothekerflaschen und alte medizinische Geräte befanden.

Suri kehrte wieder zu ihnen zurück und schwenkte ein paar Blätter Papier in der Hand. »Wahnsinn, dieser Lageplan, den Emily gefunden hat, ist echt Gold wert. Und so präzise. Andererseits sind die Tunnel ja denkmalgeschützt. Und selbst wenn nicht, war seit Jahren keiner mehr auf dieser Insel, der irgendwas an ihnen hätte verändern können.«

»Hältst du das mit dem Licht eigentlich für 'ne gute Idee?«, warf Kayne ein.

»Leute, das hier ist im wahrsten Sinne des Wortes absolut unterirdisch! Wir sind so tief im Kaninchenbau, wie man nur sein kann. Das Aggregat versorgt nur diese Parzelle hier.« Sie kreiste mit dem Finger eine Stelle auf dem Blatt ein, die keiner von ihnen sehen konnte. »Macht euch keinen Kopf.«

»Apropos Kopf … wer hat dich eigentlich repariert?«, fragte Ben.

»Oh, ach das. Das war deine Freundin.« Suri lächelte zuckersüß.

Natürlich. Woher hätte Suri sonst auch die Sache mit meinem Namen wissen sollen. »Wo ist sie? Kann ich mit ihr sprechen?« Ben war mit einem Satz aus dem Bett gesprungen.

»Wir haben uns immer in der Kirche getroffen, aber sie ist gestern nicht mehr aufgetaucht. Und weil ich bald wieder Strom für meine Akkus brauche, dachte ich, ich versuch's mal hier und mach mich gleichzeitig auf die Suche nach dem Zugang zur Arcadia. Tja, und dann hab ich euch Pappnasen getroffen.«

»Also stimmt es, was Quinn gesagt hat.« Ben war jetzt bei Suri und nahm ihr den Plan aus der Hand. »Wo ist der Zugang?«

»Nach Emilys Beschreibung ist die Arcadia hier. Und dieser Gang führt ziemlich in die Nähe, es besteht also eine gute Chance.«

Ben hielt die Karte gegen das Licht. »Was ist das?« Er deutete auf einen Kreis.

»Scheint eine Art Loch zu sein. Ich habe keine Ahnung, für was die Nazis das gebraucht haben.«

»Der Kreis ist nachträglich eingezeichnet worden. Vielleicht ist der Plan von kurz vor der Evakuierung. Vielleicht waren das gar nicht die Nazis, und die Arcadia hat einfach schon vor dem Atomunfall angefangen, hier was zu bauen.« Ben überlegte. »Das könnte der Ort sein, an dem später das Treppenhaussystem eingerichtet wurde. Hast du denn sonst keine Möglichkeit, Emily zu kontaktieren?«

»Na ja, sie haben ein System entwickelt, mit dem sie untereinander kommunizieren können«, meinte Suri und holte eine von den Spinnenwanzen hervor, die Ben nur allzu vertraut waren. »Ich schätze, du kennst das kleine Kerlchen?«

»Ja, schon, aber es kann nur abhören.«

»Es kann aber auch über Buchstaben krabbeln«, meinte Suri und holte ein weiteres Stück Papier aus ihrer Tasche hervor, auf dem das Alphabet aufgezeichnet war.

»Das ist genial!« entfuhr es Mac, der gleich darauf entschuldigend die Hände hob. »Sorry, wollte mich nicht einmischen.«

»Also jedenfalls kann ich mit Emily Kontakt aufnehmen, aber nur wenn ich mich in der Arcadia befinde. Die haben sich wohl irgendwie abgeschirmt oder so.«

»Ja, das haben wir auch bemerkt. Das heißt also im Klartext, dass wenn wir diesen Zugang finden und die

Spinnenwanze funktioniert, wir im Netz der Arcadia sind«, schlussfolgerte Kayne.

»Genau.«

»Dann lasst uns keine Zeit verschwenden. Wir müssen wissen, was da drinnen vor sich geht.«

»Glaubt mir, ich will auch nichts lieber als das.« Suri zog ein Kabel aus der Tasche. »Wenn wir nur einen kurzen Stopp beim Aggregat machen könnten, damit ich wieder Energie tanken kann?«

28
EMILY

Mittwoch, 4. Januar 2051

Emily war wieder auf ihrem Zimmer. Sie hatte mit Annika und Jennifer zunächst Kisten und Säcke ins Transportshuttle geschleppt. Dabei waren sie immer wieder von Mechs ermahnt worden, weil sie nicht sonderlich schnell vorgingen – ebenso wie alle anderen um sie herum, was darauf hindeutete, dass alle den Aufbruch nach Telos verhindern wollten. Nur die Synths, die mit Baggern und Paletten an ihnen vorbeigefahren waren, erfüllten ihre Aufgaben zügig.

Schließlich waren die drei abgezogen worden. Leider hatten sie in den Kisten nicht ein einziges RoboPet gefunden. Stattdessen hatte jede von ihnen eines der Digitalarmbänder umbekommen, die früher dafür benutzt worden waren, um Gruppen einzuteilen. Statt Farbmustern zeigte es jetzt die Gruppennummer, die aktuelle Uhrzeit und darunter in roten Ziffern die des nächsten Schichtbeginns. Bei Jennifer, Annika und Emily war das 16 Uhr.

Emily legte sie ab und holte anschließend den Laptop hervor. Sie wollte sehen, ob jemand von den anderen Schülern versuchte, sich mit ihr in Verbindung zu setzen. Die Kommunikation war durch die Arbeiten im Lager nur noch komplizierter geworden. Manche hatten Schicht, während Emily frei hatte, und andersherum. Hinzu kam, dass Emily nicht mehr nach draußen auf die Insel durfte, und dabei brauchte sie Suri gerade so dringend. Sie fühlte sich, als wäre sie kurz vor einem Nervenzusammenbruch, weil alles auf ihren Schultern lastete und sie keine Ahnung hatte, was sie als Nächstes tun sollte.

Zunächst schaute sie nach der Überwachungswanze in Professor Chase' Büro, aber dort war alles ruhig. Dann bemerkte sie, dass eines der kleinen, sonst schwarzen Kästchen am Rand ein Bild zeigte. Eine der Spinnenwanzen-Kameras war also aktiv. Emily vergrößerte das Bild. Anhand der Nummer der Spinnenwanze erkannte sie, dass es keine war, mit der sie bislang Kontakt gehabt hatte. Seltsam war auch, dass der gesamte Raum dunkel erschien bis auf einen einzigen Fleck. Emily bewegte die Spinnenwanze ein bisschen, um ein Zeichen zu geben, dass sie da war, als plötzlich Suris Gesicht im Blickfeld der Kamera erschien.

Überrascht schnappte Emily nach Luft. Ihr Herz ließ vor Freude ein paar Takte aus, denn es bedeutete, dass ihre Freundin hier an der Arcadia war! Wahrscheinlich hatte sie, nachdem Emily nicht in der Kirche aufgetaucht war, den Zugang in den Jersey War Tunnels gesucht. Und offenbar gefunden!

»Hi, Emily. Bist du endlich da? Lenk die Spinne mal von dir aus nach rechts wenn ja.«

Emily ließ die Spinne nach rechts laufen.

»Stell dir vor, ich hab den Zugang gefunden! Na ja, ehrlich gesagt hatte ich ein bisschen Hilfe, und es war auch nicht so leicht, die Tür zu knacken, aber wir haben es geschafft. Ich erklär dir später alles. Wir konzentrieren uns jetzt erst mal auf die wichtigen Sachen. Hast du seit gestern mit Quinn gesprochen? Gleiches Spiel, rechts für Ja, links für Nein.«

Emily lenkte nach links. Sie hatte ihn nicht gesehen und seine Spinne war auch schon seit 28 Stunden inaktiv.

»Gut. Ich erklär dir kurz, wo du uns findest. Du kennst den Treppenkomplex, oder? Ich soll sagen, du musst da, wo es eigentlich zum Haus Asklepius geht, nach links in eine Tür abbiegen. Kriegst du das hin?«

Emily steuerte die Spinne nach rechts.

»Kannst du gleich kommen? Und denkst du, du kannst das ganze Equipment irgendwie mitbringen? Inklusive des Laptops.«

Emily zögerte, lenkte die Spinne dann aber erneut nach rechts.

»Okay! Dann sehen wir uns gleich. Viel Glück!«

Emily wollte am liebsten rennen, aber die Mechs sollten nicht misstrauisch werden. Hinzu kam, dass sie das ganze

Equipment in den Schuhen, Hosentaschen, unter dem Schal, der Fleecejacke und ihrer Mütze versteckt hatte und das insgesamt ein äußerst kritisches Konstrukt war. Insbesondere der Laptop, den sie sich mit zwei Gürteln um den Bauch geschnallt hatte, machte ihr zu schaffen. Sie befürchtete, dass man die Kanten bei bestimmten Bewegungen sehen könnte. Also ging sie sehr langsam und vor allem sehr aufrecht und hoffte, dass niemand die Uhrzeit auf ihrem Armband checken würde, auf der deutlich zu erkennen war, dass ihre Schicht noch lange nicht begann.

Die Mechs waren überall – sie standen auf den Gängen zu den Zimmern, in der Großen Halle und den ganzen Weg hin bis zum Lager. Emily schwitzte nicht nur vor Nervosität, sondern auch wegen der dicken Kleidung – aber zumindest war die Lagerhalle so kalt, dass es niemanden wundern würde, warum sie so viel trug.

Endlich erreichte sie das Treppenhaus. Auch hier waren die schwarzen Roboter zugegen, allerdings war der Komplex so groß, dass sie patrouillierten anstatt Wache zu stehen. Emilys Herz klopfte wild, als sie an der Kreuzung zum Haus Asklepius anlangte und ihr ein Mech in dem schmalen Durchgang entgegenkam.

Nur die Ruhe bewahren. Ein Schweißtropfen perlte ihr von der Stirn über den Nasenrücken bis zur Spitze hinab. *Bitte, geh einfach an mir vorbei.* Sie blieb stehen, tat, als würde sie dem Mech Platz machen, während sie vor Aufregung die Luft anhielt. *Hoffentlich fällt nicht ausgerechnet jetzt was runter. Hoffentlich bemerkt er nichts.* Sie spürte die Kälte, die vom Metallkörper des Mechs abstrahlte, als er sie streifte. Emily wartete, bis er ein Stückchen weitergelaufen war. Dann setzte sie ihren Weg fort, bis sie eine Tür erreichte.

Das muss sie sein. Emily blickte kurz über die Schulter zurück. Der Mech schaute in die entgegengesetzte Richtung. Rasch öffnete sie die Tür und ließ sie ganz leise hinter sich ins Schloss fallen.

Hinter der Tür war es stockfinster. Emily traute sich nicht, auch nur zu flüstern, als plötzlich eine Taschenlampe anging.

»Ich bin es, Süße. Warte kurz, ich muss noch die Tür verschließen, bevor hier einer von denen versehentlich reinplatzt.« Suri ging zur Tür und schob eine Verriegelung davor.

»Okay. Wie viel Zeit hast du?«, flüsterte sie.

»Zwei Stunden«, antwortete Emily leise. »Dann muss ich ins Lager.«

»Dann komm schnell mit.«

Suri lief vor und wies ihnen den Weg mit der Taschenlampe. Ein paar Mal blieb sie stehen, um auf Emily zu warten, bis sie schließlich in einen Bereich kamen, der hell erleuchtet war. »Willkommen in den Jersey War Tunnels«, sagte sie jetzt in normaler Lautstärke und steuerte auf eine Tür zu und öffnete sie. »Da sind noch ein paar Leute, die dich gern begrüßen wollen.«

»*Emily.*«

Emily stockte zunächst wegen der fremden Stimme,

aber da wurde sie schon in eine Umarmung gezogen. Da wusste sie sofort, wer es war, ohne auch nur einmal aufblicken zu müssen. Bens Wärme, seine Nähe, dass er überhaupt hier war … All die zurückgehaltenen Tränen, die aufgestaute Angst und die Last der Verantwortung brachen sich jetzt Bahn und sie weinte hemmungslos.

»Ich hab dir ja gesagt, dass das passieren würde. Deswegen war es die richtige Entscheidung, dass *ich* nach vorne gehe, um sie abzuholen, und nicht du.«

Ben reagierte nicht auf Suri. Stattdessen strich er Emily beruhigend über den Kopf und küsste sie auf den Haaransatz. »Ist schon okay.« Seine Stimme klang wirklich ganz anders als gewohnt, hatte eine tiefere Klangfarbe. Aber Emily liebte sie. Sie löste sich von ihm und strich ihm über die Wange, als müsste sie sich noch einmal beweisen, dass er wirklich da war. Er fing ihre Hand ein, hielt sie fest und küsste sie.

»Ich hab mich so allein gefühlt.«

»Du bist nicht mehr allein. Guck mal, du hast jetzt sogar ein ganzes Team. Wir schaffen das zusammen, okay?«

Emily wischte sich übers Gesicht und bemerkte erst jetzt die anderen. »Hallo. Du musst Kayne sein«, sagte sie, ihre Stimme noch etwas tränenerstickt. Ben sah ihm wirklich täuschend ähnlich.

»Hi. Sorry, wenn ich so mit der Tür ins Haus falle, aber hast du Annika gesehen? Weißt du, wie es ihr geht?«

»Ich bin mit ihr in einer Lagerschicht. Sie ist momentan nicht so gut auf dich zu sprechen, aber ich bin sicher, dass wir das alles wieder hingebogen bekommen, wenn wir ihr erklären, was eigentlich los ist.«

»Das will ich auch hoffen. Vor allem für den Typen da.« Kayne sah zu Ben rüber, doch der ignorierte ihn geflissentlich.

»Hallo, Emily. Ich bin Mac. Ich war Bens Ansprechpartner bei *Widevisions*, hab aber die Seiten gewechselt.«

»Okay.« Emily wusste nicht ganz, was sie davon halten sollte, aber wenn Ben ihn mit hierhergebracht hatte, musste ihm Mac etwas bedeuten und er ihm vertrauen.

»Wo ist meine Familie? Geht es ihr gut?«

»Du hast noch nicht mit Quinn gesprochen, oder?«

Emily spannte sich an. »Nein. Wieso? Was ist passiert?«

»Also wir fangen mal mit der guten Nachricht an. Die Welt geht noch nicht unmittelbar unter, das heißt, Anne und deiner Mum geht es in London sehr gut. Dein Vater allerdings ist mit uns nach Guernsey gekommen, und es könnte sein, dass er von der Arcadialeitung gefangengenommen wurde. So ganz sicher wissen wir es nicht.«

»Mein Dad ist hier?« Emily kam mit dem Wechselbad der Gefühle nicht klar. Warum stand hinter jeder guten Nachricht immer eine schlechte?

Ben strich ihr über den Rücken. »Wir sind hier, um dir zu helfen. Wir machen ab jetzt alles zusammen. Und ich verspreche dir, dass wir ihn finden werden.«

»Aber wie …«

»Ich weiß, das ist leichter gesagt als getan, aber du musst dir wirklich keine Sorgen machen.« Mac warf ihr ein aufmunterndes Lächeln zu. »Ben und ich haben schon so viel zusammen geschafft und das jetzt kriegen wir mit links hin. Wir sind das beste Team, das du dir wünschen kannst – und die zwei kriegst du sogar noch on top obendrauf.« Er nickte Richtung Suri und Kayne. »Wir müssen allerdings schnell mit der Planung anfangen. Hast du das Equipment mit?«

Unsicher nickte Emily und holte die Sachen aus ihren Verstecken hervor. Schließlich drehte sie sich um, um zuletzt noch den Laptop abzuschnüren.

Mac inspizierte die Sachen. »Sehr gut, damit kann ich schon mal arbeiten. Ben meinte, eine Spinnenwanze sei in Professor Chase' Büro installiert? Außerdem hast du über die Spinnenwanzen mit ein paar Schülern Kontakt aufgenommen?«

»Ja«, bestätigte Emily.

»Wenn es dir nichts ausmacht, würde ich ab jetzt das Abhören und die Kommunikation übernehmen. Weißt du eigentlich, was das hier ist? Wahrscheinlich nicht, oder?« Er balancierte auf seiner Fingerspitze eine kleine durchsichtige Scheibe, ähnlich einer weichen Kontaktlinse. »Das ist ein Ohrinlay. Am besten nimmst du dir davon eins mit, damit du immer mit uns in Kontakt bleiben kannst. Suri, Kayne, Ben – ihr nehmt auch je eins davon. Bleiben noch vier. Zwei würde ich als Ersatz zurückhalten, ansonsten kannst du dir überlegen, wen du noch gern an Bord holen willst, Emily. Mit allen anderen bleiben wir über die Spinnen und deren Mikrofone und Kameras in Kontakt. Ich werde nichts anderes mehr tun, als Tag und Nacht vor diesem Laptop zu verbringen und die Kommunikationsschnittstelle für euch alle zu sein. Dadurch sind wir jederzeit erreichbar.«

»Du siehst, er hat auf dem Gebiet schon ein bisschen Erfahrung«, sagte Ben leise und umfasste Emily etwas fester. Seine Nähe und Macs fokussierte, sachliche Art beruhigten Emily tatsächlich ein bisschen.

»Ich mach das wirklich schon seit Jahren. Lass uns zusammentragen, was wir wissen. Und ich verspreche dir, dass wir gemeinsam die Lösungen finden werden, die wir brauchen.«

29
BEN

Mittwoch, 4. Januar 2051

Es hatte so gutgetan, Emily wieder in den Armen zu halten. Der Duft von Maiglöckchen in seiner Nase. Das Gefühl, nach Hause zu kommen, obwohl an dieser Umgebung in den Tunneln alles so fremd war. Gleichzeitig hatte sie ihm unendlich leidgetan. Was für eine Last sie allein getragen haben musste. Wie viel einfacher es gewesen wäre, hätten sie miteinander sprechen können. Es war, als hätte sie gar nicht mehr sehen können, dass nicht grundlos alle Fäden bei ihr zusammenliefen. Sie war die Leitfigur dieser Revolte, und sie zeigte unglaublich viel Stärke, indem sie Verantwortung übernahm und Entscheidungen traf. Ohne sie hätten sie nicht mal im Ansatz gewusst, was los war. Sie hatte Professor Chase' Büro abgehört, Suri repariert und dadurch die Sache mit dem Godkey rausgefunden, hatte eine Widerstandsgruppe aufgebaut, Kommunikationswege gefunden, hatte die entscheidenden Hinweise beschafft, wo die Schwachstelle der Mechs lag und wie sie an die RoboPets herankamen.

Sie hatte Tag und Nacht allein gekämpft. Jetzt wurde es Zeit, dass sie ihr etwas davon abnahmen. Ben wickelte sich den Schal ums Kinn und zog die Mütze tiefer in die Stirn. Annika kam ihm auf dem Metallsteg Richtung Lager entgegen. Ben sah sich um und prüfte, ob gerade keiner zu ihnen schaute. »Emily hat dir gesagt, wo du hinmusst? Und hat sie dir die Wahrheit gesagt?«

»Ja, hat sie.« Annika steckte ihm rasch ihr Armband für Gruppe 14 mit der 16-Uhr-Schicht zu.

»Was sagt es über mich als Freundin aus, dass ich es nicht gemerkt habe? Du bist kein Stück wie er. Du hast nur sein Gesicht.«

Ben nickte zerknirscht. »Tut mir wirklich sehr leid, wie alles gelaufen ist. Wirklich. Sehr leid.«

Sie presste die Lippen aufeinander und sagte nichts, klopfte ihm dann aber zum Abschied auf die Schulter. So war Annika. Einfach zu gut für diese Welt. Er hoffte wirklich, dass Kayne und sie ihre Freundschaft wieder auf die Reihe bekommen würden.

Ben folgte dem Strom der anderen Jugendlichen, die auf dem Weg zum Lager waren.

»Sie ist auf dem Weg zu euch«, murmelte er leise.

»*Roger.* Und schön, dass wir wieder in Action sind«, ertönte Macs Stimme in seinem Ohr. »Ich hab dich echt vermisst, Ares.«

Ben verzog die Lippen. Eigentlich war er froh, nun wieder Ben sein zu können, aber er wusste, wie stolz Mac auf den Codenamen war, den er ihm gegeben hatte. Also gönnte er ihm die kleine Freude. Ohne seine Hilfe wären sie echt aufgeschmissen.

Ben trat durch die Türen der Lagerhalle und bemerkte, dass sich daneben Zahlencode-Schlösser befanden, von innen sowie von außen. Es war die gleiche Halle, die er damals schon aufgesucht hatte, als er das Spionage-Equipment von Mr Tols in der Poststelle abgeholt hatte. Nur eine Wand an der Längsseite fehlte, stattdessen befanden sich dort nun die nummerierten Tore zu den Shuttles, von denen Emily gesprochen hatte.

Ben hatte noch fünfzehn Minuten, bis seine Schicht anfing, also ging er die Halle ab und umklammerte mit einer Hand den Umgebungsscanner in seiner Tasche. Wenn er vibrierte, hielt er möglichst unauffällig nach Sicherheitskameras Ausschau. Er konnte den riesigen Raum nicht auf einmal erfassen, aber zumindest schon mal ein grobes Muster in der Verteilung der Kameras erkennen. In der Arcadia wurde immer viel Wert auf Symmetrie gelegt, daher konnte man davon ausgehen, dass wenn an zwei Wänden vier Kameras waren, es an den anderen beiden ebenso aussah. Aber das würde er auf jeden Fall noch mal überprüfen, wenn seine Schicht vorüber war.

Tatsächlich gab es auch einige Stellen, an denen der Umgebungsscanner nicht vibrierte – was bedeutete, dass es tote Winkel gab. An diesen holte Ben seinen Kamerastift aus der Tasche und machte heimlich Fotos von der Umgebung. Als es Zeit wurde, seine Schicht anzutreten, ging er zu Tor 14 und zeigte sein Armband vor. Dann schulterte er einen der Säcke und machte sich auf die Suche nach Emily. Er fand sie im Transportshuttle, wo sie ihn hinter ein paar Kisten zog.

»*Mh*, deine draufgängerische Ader gefällt mir«, sagte er scherzhaft, aber sie quittierte es nur mit einem leicht genervten Lächeln.

»Jennifer hat ein paar Leuten Bescheid gesagt, dass sie nach Kisten mit RoboPets Ausschau halten sollen. Es sind schon zwei aufgetaucht, die haben sie nach da vorn zur Treppe gebracht und mit einem Kreuz markiert.« Sie deutete in die Richtung. »Sie sagt, dass alle sehr zugänglich seien.«

»Haben denn die anderen schon erfahren, dass die Welt noch gar nicht untergeht?«

»Nein. Mac meinte, wir sollten es ihnen noch nicht sagen. Wenn es zu früh rauskäme, könnte die Sache hier schnell außer Kontrolle geraten und hässlich werden.«

»Das stimmt, das habe ich Wort für Wort so gesagt«, drang es an Bens Ohr.

»Außerdem sagte er, dass die Arcadialeitung dann gleich wüsste, dass die Information von draußen kommt. Und die Gefahr bestünde, dass wir rasch auffliegen.«

»Auch das …«

»Mac, du musst jetzt nicht ständig alles kommentieren. Lass uns bitte kurz in Frieden, sonst schalt ich dich ab.«

»Was sich allerdings schon rumgesprochen hat, ist, dass die Familien nicht mitkommen sollen. Die Information kam aus dem Haus Ceres von Miss Fines persönlich. Sie hat es heute öffentlich kundgetan und wurde danach abgeführt. Zusammen mit Jacob aus der Synth-Werkstatt.«

Emily wirkte geknickt. Offensichtlich hatte sie die beiden Erwachsenen irgendwie lieb gewonnen. »Das Gute ist, dass diese Information anscheinend schon völlig ausreicht, um alle hier zu motivieren, etwas gegen Professor Chase zu unternehmen.«

»Professor Chase hat in seinem Größenwahn sicher nicht damit gerechnet, dass alle hinter ihren Eltern und Geschwistern stehen und nicht nur ihren eigenen Arsch retten wollen.«

»Das denke ich auch.«

»Kannst du mir noch sagen, wofür der große, ausgeschaltete Screen mit den Drohnen ist? Für Ankündigungen?«

»Ja, weil wir alle es so sehr lieben, den Imperator Professor Chase im Großformat zu sehen.«

»Ich verstehe. Dann gehe ich jetzt zu den RoboPets rüber und schau sie mir mal an.« Er gab Emily noch einen kurzen Abschiedskuss. Dann ging er zu der Stelle an der Treppe, die Emily ihm genannt hatte. Er versteckte sich hinter einem Kistenturm, zog eine der beiden markierten Boxen heran und öffnete sie.

»Ich hab hier eine Kiste mit ungefähr dreißig RoboPets«, sagte Ben leise.

»Ach, jetzt reden wir wieder miteinander, ja? Na schön. Wie bedient man sie?«

»Eigentlich mit den Vision-Qs, aber wenn Professor Chase entschieden hat, die RoboPets mitzunehmen, muss es eine Alternative zur Steuerung geben.«

Ben wühlte sich durch die Kiste. Dabei fiel ihm auf, dass auf den Körpern der RoboPets Nummern eingraviert waren. Das war neu. Er kramte weiter herum, bis er etwas fand, das sein Herz höher schlagen ließ.

Endlich hat Professor Chase mal was richtig gemacht.

»Die RoboPets sind jetzt mit Nummern versehen und mit entsprechend nummerierten Controllern gekoppelt«, flüsterte er.

»Verstehe«, antwortete Mac. »Gut, das hilft uns sehr. Kannst du mal eins von ihnen anschalten?«

Ben griff nach dem obersten Pet und drückte auf den Powerknopf. Sofort fingen die Flügel des Vogels an, wild zwischen seinen Fingern zu schlagen.

»Mist, verdammte Flügel!« Ben schaltete das Pet sofort aus, tat es in die Kiste zurück und zog den Deckel drüber, als ein Mech um die Ecke kam.

Er starrte Ben eine Weile an. Dann sagte er: »Sofort zurück an die Arbeit.«

»Ja, ja, ist ja gut.« Ben ließ sich vom Mech zurück zur Rampe treiben und stieg hinauf, um sich wieder was zum Tragen zu holen.

»Das war wohl ein ›Ja, sie funktionieren und sind aufgeladen‹?«, kam es von Mac.

»Ja. Muss ich noch einen testen?«

»Das wäre gut, aber warte noch ein bisschen. Und fürs nächste Mal dürfte ich vielleicht was ohne Flügel vorschlagen?«

Ben knirschte mit den Zähnen. »Ha, ha, danke für den Tipp. So weit war ich auch schon.«

»Oder noch besser: Könntest du versuchen, wenigstens eins von ihnen rauszuschmuggeln? Ich müsste es mir mal anschauen.«

»Sonst noch Wünsche? Irgendwas von Solo Pizza vielleicht?«

»Mit dem Laden hab ich abgeschlossen. Mich hat da mal jemand verfolgt. Ein paar Stunden später war ich meinen Job los, meine gesamte Existenz und mein über alles geliebtes Auto waren im Fluss versenkt. Zwei Tage später war ich dann sogar fast mein Leben los.«

»Ach, du bist schon wirklich bedauernswert.«

»Gib zu, du hast mich auch vermisst.«

Hatte er nicht, weil er nicht auf einem bequemen Stuhl hinter einem Computer saß, sondern wie immer die Drecksarbeit erledigte. Aber er wollte Mac den Gefallen tun.

»Ja, ich hab dich auch vermisst, Mac.«

Mac räusperte sich. »Aber bitte mit Codename. Oh bitte, bitte, sag ihn!«

»Ich hab dich auch vermisst, *Zeus*.«

»*Jetzt* sprechen wir eine Sprache!«

30

EMILY

Mittwoch, 4. Januar 2051

Die Ausgangssituation hatte sich nicht geändert. Natürlich war es eine unglaubliche Erleichterung, dass der Weltuntergang noch nicht unmittelbar bevorstand, was bedeutete, dass ihre Eltern und Anne vorerst in Sicherheit waren. Aber da war die Sorge um ihren Vater, weil sie keine Ahnung hatte, wo er war und wie es ihm ging. Und dann war da noch Professor Chase' Godkey, der von einem Moment auf den nächsten alles ändern konnte.

Dennoch war da jetzt ein winziger Funke Hoffnung, den Emily vorher nicht verspürt hatte. Es tat so gut, nicht mehr allein zu sein. Sie hatte Freunde, auf die sie zählen konnte.

Und sie hatte Ben.

Emily hatte sich so gefreut, ihn zu sehen, und es ärgerte sie, dass sie gleich in Tränen ausgebrochen war, aber in seinen Armen fühlte sie sich sicher. Sie hatte das Gefühl, verletzlich sein zu dürfen. Wenn sie ihn ansah, sah sie nichts als Verständnis und Liebe. Und gerade deswegen fühlte sich das, was sie gerade hinter seinem Rücken mit Mac abgesprochen hatte, wie Verrat auf höchster Ebene an. Es tat ihr leid, ihm das antun zu müssen, aber sie wusste, dass Ben nicht mit ihrem Plan einverstanden sein würde, weil er sich zu große Sorgen um sie machte. Also würde sie es so lange wie möglich vor ihm geheim halten müssen.

»Was hältst du von dem RoboPet?«

Mac blickte vom Jaguar zu ihr auf. »Na ja, man merkt schon, dass ihr von der Arcadia seid. Der ist wirklich sehr gut konstruiert, extrem wendig und stabil. Die Materialien sind von höchster Qualität. Ich denke, ihr hattet alle die gleichen Voraussetzungen?«

Emily nickte.

»Wenn sie alle so gut sind, mach ich mir keine Gedanken. Das größere Problem ist, dass Suri gestern alle Häuser in der Umgebung abgesucht hat. Werkzeug hat sie jede Menge gefunden – nur kein verwertbares Rohmaterial. Wir bräuchten also neben den RoboPets noch dringend Material.« Mac inspizierte den Controller. »Wem hast du eigentlich die beiden letzten Inlays gegeben? Annika weiß ich, mit der hab ich schon gesprochen, aber wem noch?«

»Tara aus dem Haus Asklepius. Ich kenne sie so gut wie gar nicht, aber viele haben gesagt, dass wir ihr vertrauen können und sie mutig ist.« Tatsächlich hätte Emily das

Inlay lieber Quinn gegeben, aber sie hatte ihn schon seit Tagen nicht mehr gesehen. Außerdem war er wie Annika aus Haus Ceres, sodass dort die Kommunikation schon abgesichert war. »Ich dachte, es wäre gut, in jedem Haus jemanden zu haben, mit dem wir reden können.«

»Das ist sehr schlau«, meinte Mac. »Ich hoffe, Tara nimmt auch bald Kontakt zu mir auf, dann kann ich sie auf den neusten Stand bringen. Die Schüler aus allen Häusern müssen jetzt zusammenarbeiten und sich darüber Gedanken machen, was sie beitragen können, um die Pets kampffähig zu machen. Ich schreib euch nachher eine Liste mit dem, was ich brauche.«

»Aber wie sollen wir die Pets und die Sachen dann zu dir bringen? Es ist jedes Mal schwierig und gefährlich hierherzukommen.«

»Ah. Ich hab dir noch gar nicht erzählt, was Kayne gestern den Tag über getrieben hat, nachdem er sich mit seiner Freundin ausgesprochen hat.« Mac rollte mit dem Stuhl zu seinem Schreibtisch rüber, auf dem der Laptop stand, und öffnete ein Fenster mit einer Skizze. »Ben hat gestern Bilder mitgebracht, dank derer wir einen guten Grundriss vom Lagerraum erstellen konnten. Hier sind die Sicherheitskameras und ihre Reichweiten. Viel spannender sind aber diese Punkte hier.« Mac zeigte auf ein paar grüne Flächen, die sich über den ganzen Raum verteilten und teilweise sogar lange Korridore bildeten. »Das sind sogenannte tote Winkel. Hier können wir uns bewegen, ohne dass es in der Sicherheitszentrale gesehen wird.«

Mac öffnete eine neue Skizze. »Das hier sind die Jersey War Tunnels. Unter dem Equipment, das du mitgebracht hast, war ein Ultra-Laser. Das wusstest du wahrscheinlich nicht, oder?«

»Ich hatte keine Ahnung, was Ben da alles hatte. Ich kannte nur die Spinnenwanzen und hab den Laptop benutzt. Von allem anderen hab ich die Finger gelassen.«

»Und das war auch gut so. Unglaublich, dass er dich mit dem ganzen Zeug hier allein gelassen hat, ohne dich vorher einzuweisen oder wenigstens zu warnen. Was da alles hätte passieren können ...«

»Ehrlich gesagt, war es meine Schuld. Ich hab ihn weggeschickt, bevor er überhaupt die Gelegenheit dazu hatte.« Der Gedanke daran weckte wieder ihr schlechtes Gewissen.

»Ah, die Nummer mit dem Unterwassershuttle. Das hatte er erzählt. Aber schau her: Dieser Laser schneidet durch Beton wie durch Butter. Kayne hat hier in diese Wand ein Loch gefräst und ist damit in einen Raum der Arcadia gelangt. Eine Art Besenkammer, wenn man so will. Falls wir es richtig berechnet haben, liegt sie direkt unter dem Lager.« Mac schaltete wieder auf die Ansicht des Lagerraums zurück. »Wir würden gern auch an dieser Stelle ein Loch lasern. Die Stelle liegt direkt hinter ein paar Regalen und ist in einem ziemlich großen toten Winkel der Kameras.« Jetzt öffnete er ein paar Fotos. »Das müsste die Stelle sein. Vielleicht sorgt ihr in eurer Schicht dafür, dass ein paar Kisten im Regal landen? Dann könnten wir das mit dem Loch bald angehen. Das Problem ist allerdings noch, dass die Bodenplatte recht dick sein wird. Wir können sie beim Rausschneiden von unten mit irgendwas hier aus dem Krankenhaus stützen, aber wir bräuchten noch eine Lösung, wie wir sie auch danach noch auf und zu bekommen.«

Wieder klickte Mac durch die Fotos und zeigte auf eines. »Denkt ihr, ihr könnt heimlich eine von diesen kleinen Hebebühnen in der Nähe abstellen? Die, wo nur eine Kiste draufpasst? Das müsste schon reichen. Auf diese Weise könnten wir eine Art Aufzug schaffen und die Platte bei Bedarf wieder an ihren Platz heben. Ich besprech das aber auch gleich noch mal mit Ben, der übernimmt wieder Annikas Schicht.«

»Das sollten wir hinkriegen.«

»Gut, dann machen wir es so: Wenn ihr künftig Kisten mit RoboPets findet, bringt sie zu unserem selbst gemachten Aufzug. Denkt bitte auch an die Materialien, die wir noch brauchen, um die Pets kampffähig zu machen. Wenn ihr nicht an alles rankommt, fragt eure Mitschüler, die scheinen ja alle helfen zu wollen. Sammelt ein bisschen was zusammen und gebt uns übers Inlay Bescheid, dann holen wir alles runter. Wie sieht es denn im Lager aus?«

»Es ist noch recht voll, wir sollten also noch ein bisschen Zeit haben, bis es losgeht.«

Zumindest hoffte sie das, denn bei Professor Chase konnte man sich nie wirklich sicher sein.

Emily war gerade mit Ben auf dem Weg zu ihrer Schicht im Lager, als Mac sich übers Inlay meldete. »Tara hat sich gerade eingeklinkt. Ich stehe mit ihr in Kontakt und denke, im Asklepius sind ein paar Sachen, die wir gut gebrauchen können. Und Quinn hat sich per Spinnenwanze gemeldet.«

Gott sei Dank, es geht ihm gut!

»Er musste wohl wegen des Zwischenfalls auf Guernsey ein längeres Verhör über sich ergehen lassen, aber er meint, nichts Falsches gesagt zu haben. Er sollte auch bald bei euch eintreffen, zumindest wurde er ins Lager geschickt.«

»Das ist gut. Danke, Mac!«, flüsterte Emily.

»Ich war noch nicht fertig. Er sagte, seine Shuttle-Kumpels hätten deinen Vater gefangen genommen. Er, Miss Fines und Jacob werden im Ceres festgehalten, aber es geht allen gut. Zum Glück schweigt dein Dad eisern zu allem, was sie ihn fragen, sodass noch niemand weiß, wer er ist. Du bist also vorerst sicher, Emily. Und wir holen die drei da schon raus, sobald wir die Arcadia übernommen haben. Okay?«

»Okay.« Emily war sich nicht sicher, ob es eine gute oder eine schlechte Nachricht war. Einerseits wusste sie jetzt, wo ihr Vater war, andererseits konnte man ihn nun als Druckmittel gegen sie verwenden. Und auch wenn es ihm jetzt gut ging, musste das nicht so bleiben. Wenn sie sich nur vorstellte, dass …

Ben griff nach ihrer Hand. »Hör auf, dir Sorgen zu

machen. Ich weiß, wie scheiße die Situation ist. Ich war in einer ähnlichen. Aber ich hab meinen Dad rausgeholt. Und wir werden das Gleiche bei deinem tun, okay? Vertrau mir.«

Das wollte Emily. Das wollte sie wirklich.

31

BEN

Donnerstag, 5. Januar 2051

»Hast du heute Nacht überhaupt geschlafen? Was machst du denn die ganze Zeit?«

Ben trat in den kleinen Raum, in dem Mac sich eingenistet hatte. Es war das Zimmer mit dem besten Zugriff auf das interne Arcadia-Netz. Bei Bens Eintreten drehte Mac den Laptop von ihm weg, was ihn misstrauisch machte. Es wurde kritisch, wenn in so einer Situation irgendwer Geheimnisse hatte – insbesondere, wenn es jemand war, der so eine Schlüsselposition innehatte wie Mac.

»Nichts Besonderes, nur hier und da was. Kommen Suri und Kayne mit den RoboPets gut voran?«

»Ja, läuft ganz gut. Die arbeiten ja auch Tag und Nacht. Sie meinten, sie könnten bis heute Abend an die 200 fertig haben. Manche Kisten mit Pets sind halt leider schon im Transportshuttle verschwunden. Und bei dir ist wirklich alles okay?« Ben hatte inzwischen das dringende Gefühl, dass Mac irgendwas ausheckte. Er versuchte, dem Hacker erneut über die Schulter zu schauen, aber der drehte sich noch weiter weg. »Du versuchst aber nicht gerade, Kontakt mit *Widevisions* aufzunehmen, oder?«, sprach er jetzt offen seinen Verdacht aus.

Mac wirkte sichtlich empört. »Weißt du, ich find das ganz schön undankbar, nach dem, wie ich mir hier den Arsch aufreiße. Denkst du nicht, ich hätte auch irgendwie ein Interesse daran, dass es mit dieser Welt weitergeht? Und davon mal abgesehen, weißt du selbst ganz genau, dass Kommunikation nach außen gar nicht möglich ist.«

Mochte sein, dass Mac wirklich nichts mit *Widevisions* plante, aber irgendwas tat er …

»Sollte deine Freundin nicht gleich kommen? Dann hörst du vielleicht endlich auf, mich hier so zu drangsalieren.«

Als wäre es ihr Stichwort, klopfte es an die Tür, und Emily spähte durch den Türspalt hinein.

»Hey!« Sie wirkte erstaunlich glücklich. »Suri hat mich gerade reingelassen. Ich hab's ihr noch nicht gezeigt, weil sie's mir gleich abgenommen und nicht mehr zurückgegeben hätte. Guckt mal, wen ich hier habe.«

Sie öffnete den Reißverschluss ihrer Fleecejacke. Darunter klammerte sich ein RoboPet an Emilys Oberkörper. Es drehte seinen Kopf zu Ben und wippte dann fröhlich mit den beiden Kulleraugen, die auf zwei Stielen saßen.

»Filia!«, keuchte Ben. »Du hast sie zurück?«

Emily lachte. Erst jetzt bemerkte er, wie sehr er ihr helles

Lachen in der letzten Zeit vermisst hatte, denn es fuhr ihm direkt ins Herz und flutete es mit einer unbeschreiblichen Wärme. »Wie hast du sie wiederbekommen?«

»Jennifer hat sie gefunden.«

»Jennifer? *Die* Jennifer? Die, die dich verpetzt hat und der Grund ist, warum dir Filia überhaupt weggenommen wurde?«

»Jetzt hat sie es wiedergutgemacht.« Emilys Augen leuchteten. Sie löste die Beinchen der Robospinne und übergab sie Ben.

»Süßes Tierchen«, sagte er und nahm sie in den Arm.

»Würdest du sie vielleicht zu Suri bringen? Die freut sich bestimmt. Und sie brauchte auch noch dringend deine Hilfe bei einem anderen der Pets. Ich würde gern noch was mit Mac besprechen.«

Ben guckte von Mac zu Emily und wieder zurück. »Fein, dann geh ich mal«, gab er sich geschlagen und marschierte aus dem Zimmer. Er wollte es nicht zugeben, aber die ganze Sache passte ihm nicht. Dennoch war es wahrscheinlich besser, wenn Emily und Mac ein Geheimnis teilten, als wenn Mac irgendwas mit *Widevisions* plante.

»Sollen sie doch machen«, sagte er zu der Spinne und streichelte ihren Kopf, die ihn an seine Handfläche schmiegte, als sollte er damit nie mehr aufhören.

»Filia! Ich hab dich so vermisst, meine Kleine!« Ben hatte noch nicht mal den Raum betreten, als Suri ihm schon entgegenstürmte und ihm das Pet abnahm. Sie drehte sich mit ihr im Kreis und hob sie in die Höhe, als wäre sie ein lang verschollenes Schoßhündchen. Filias Kulleraugen wackelten bei der überschwänglichen Bewegung aufgeregt hin und her.

»Ah ja, alles so wie immer«, sagte Ben lachend.

»Wo du gerade hier bist, könntest du an dem Vogel da bitte die Isolierschicht anbringen? Oh, Filia, wie schön, dass du wieder bei Tantchen bist.«

Ben setzte sich hin, nahm Suris Werkzeug und fragte sich, ob das die Hilfe war, die sie von ihm gebraucht hatte. Nicht, dass er nicht gerne mithalf, aber die von Emily betonte Dringlichkeit der Aufgabe leuchtete ihm nicht ein. Er spritzte eine Schicht Silikon an den Bauch des Vogels, als es aus ihm herausplatzte: »Sollt ihr mich eigentlich irgendwie beschäftigt halten?«

Suri und Kayne blickten sich vielsagend an. Das reichte Ben als Bestätigung, dass hinter seinem Rücken etwas lief. Er ließ die Silikonspritze fallen und sprintete zurück zu Macs Zimmer. Suri rannte ihm mit Filia auf dem Arm hinterher.

Er riss die Tür auf. Emily saß im Schneidersitz auf dem Boden und sah ihn schuldbewusst an.

»Sorry, Emily, er ist einfach ein Sturkopf«, meinte Suri, die kurz nach ihm eintraf.

»Also. Was wird das hier?«

Emily deutete auf ihren Hinterkopf, während über Macs Computer Zahlenreihen flirrten. Ben lehnte sich über ihre Schulter. Als er das Kabel sah, das von Emilys Hinterkopf zum Rechner führte, zog sich alles in ihm zusammen.

»Was auch immer ihr da gerade macht, ich will das nicht.« Ben griff nach dem Kabel, als Mac seine Hand wegschlug. »Wenn du es jetzt rausziehst, erhöhst du das Risiko einer Fehlfunktion.«

»Fehlfunktion? Kann mir mal jemand erklären, was hier läuft?«

»Komm her. Setz dich.« Emily klopfte auf den Boden neben sich. Ben warf Mac einen bitterbösen Blick zu, setzte sich dann aber zu seiner Freundin. »Sei nicht wütend auf ihn. Es war meine Idee. *Meine* Idee. *Mein* Körper. *Meine* Entscheidung. Und die Übertragung muss ohne Unterbrechung durchlaufen.«

»Aber wozu das alles? Ich versteh es nicht. Ich dachte, wir wollten die Mechs mit den RoboPets lahmlegen.«

Emily lächelte. »Und wie hattest du dir das mit dem Godkey vorgestellt? Wie einen Schlüssel, der auf einem roten Samtkissen unter einer Glaskuppel liegt und nur darauf wartet, von uns gestohlen zu werden? Und den wir dann einfach wegwerfen?«

»Na ja, nicht ganz so, aber vielleicht ähnlich. Was ist denn damit?«

»Der Godkey befindet sich auf dem Rechner in der Sicherheitszentrale. Um ihn zu zerstören, werden wir einen Virus aufspielen müssen.«

Ben runzelte die Stirn. Und was hat das Ganze jetzt mit Emily zu tun? *Wir müssen einen Virus aufspielen, okay, aber wie …* Und plötzlich begriff er.

»Ihr wollt mir allen Ernstes erzählen, dass du jetzt so

was wie ein wandelnder Datenträger bist? Was ist das für ein Virus und wie wirkt er sich auf dich aus?« Ben blickte Emily eindringlich in die Augen und versuchte, seine Stimme ganz ruhig klingen zu lassen: »Was macht es mit dir?«

Emily sah zur Seite. »Noch macht es gar nichts.«

»Und wie lange haben wir Zeit, bis es nicht mehr nichts macht? Bis das, was da in dir drin ist, dich verändert?«

Emily antwortete nicht.

»Wie lang, Emily?«

Sie zuckte mit den Schultern, als wäre es vollkommen belanglos. »Vielleicht verursacht der Virus auch gar nichts bei mir. Ich meine, Mac ist der Beste auf seinem Gebiet und ich vertraue ihm.«

Ben schluckte. So richtig begreifen konnte er das alles noch nicht. »Hätten wir nicht eine andere Lösung finden können? Ohne dass du gleich zu so drastischen Mitteln greifen musst?«

Mac mischte sich jetzt ein: »Es geht ja nicht nur um einen sicheren und ausreichend großen Datenträger, der nicht mal eben gefunden werden kann. Emily ist eine Synth. Sie ist anders als jede, die ich kenne, und ich verstehe, dass du sie beschützen willst, aber ohne ihre Fähigkeiten werden wir diesen Kampf verlieren. Der manipulierte Code von Professor Chase ist sehr komplex.«

»Sie ist keine Synth. Nenn sie einen Menschen mit Cyborganteilen. Sie fühlt, blutet und hat Angst wie wir. Wenn du Emily jemals wie eine Sache behandelst, prügle ich dir auch ein paar Ersatzteile in den Körper. Klar so weit?«

Er stand auf, kniete sich vor Emily und nahm ihre Hände in seine. »Wie kann ich dir das ausreden? Ich mein, stell dir mal vor, wenn Mac doch nicht alles unter Kontrolle hat und es irgendwie deine Erinnerungen angreift ... Wie bei Demenz – weißt du, was es mit Angehörigen macht, wenn ein Mensch verloren geht, den man liebt, obwohl er noch vor einem sitzt? Ich will dich nicht verlieren, verstehst du?«

»Du verlierst mich nicht. Versprochen.« Sie nahm ihre Hände aus seinen und zog ihn vorsichtig an sich. Ihre Lippen legten sich warm auf seine. »Ich liebe dich. Ich liebe dich über alles. Aber für so eine große Sache müssen wir bereit sein, Opfer zu bringen. Und wenn ich hier die Einzige bin, die den Godkey zerstören kann, dann muss ich es versuchen. Verstehst du?«

Er lehnte seine Stirn an ihre und antwortete nicht. Weil er es in seinem tiefsten Inneren verstehen konnte, auch wenn er es nicht wollte.

»Warum spielt ihr den Virus jetzt schon auf? Warum warten wir nicht damit, bis es wirklich losgeht?«

»Tja, das ist die zweite Sache, die du noch nicht weißt. Mac hat heute ein Gespräch zwischen Dr. Miller und Professor Chase abgehört. Morgen soll es losgehen.«

32
EMILY

Freitag, 6. Januar 2051

Vor einer halben Stunde war Emily geweckt worden. Jetzt saß sie auf dem Bett und horchte in sich hinein, versuchte herauszufinden, ob der Virus schon etwas in ihr verändert hatte, aber sie spürte nichts. Aber sie wusste ohnehin nicht, wie es sich überhaupt anfühlen würde. Sie streckte ihre Beine durch. Immerhin zeigten sie noch keinerlei Fehlfunktionen.

»Professor Chase macht sich in seinem Büro bereit für die Ansprache. Ihr werdet's nicht glauben, aber er probt sie tatsächlich. Tut mir fast ein bisschen leid, dass wir ihm den größten Moment seines Lebens verderben werden«, meldete Mac sich über das Inlay.

»Und du bist sicher, dass er den Godkey noch nicht aktiviert hat?«, fragte Emily.

»Absolut. Dr. Miller sagte, der Key sei zu 100 % einsatzfähig, aber Professor Chase meinte, dass er ihn erst benutzen würde, wenn ihr sicher in Telos angekommen seid. Zitat: *Wir werden dafür sorgen, dass sie größere Probleme haben, als nicht zu wissen, wo wir sind. Wenn ein vertrottelter Vater uns aufspüren kann, würde es das Militär früher oder später auch hinbekommen.*«

Mac machte eine Pause. »Ach ja, dass ihr euch vor Dave McMillan hüten müsst, wisst ihr ja allein wegen der Geschichte mit Suri. Auch keiner der anderen Schüler hat ihm irgendwas anvertraut, aber er hat trotzdem aufgeschnappt, dass bei der Abreise irgendwas passieren könnte.«

In diesem Moment ging der Lautsprecher an und die Stimme von Professor Chase erklang. »Liebe Schülerinnen und Schüler. Bitte verlassen Sie jetzt Ihre Zimmer und folgen den Mechs ins Lager. Dort begeben Sie sich bitte zügig in den Bereich, den Ihr Armband anzeigt.«

Das war dann wohl noch nicht seine große Rede. Eigentlich hätte es Emily auch sehr gewundert, wenn er sie nur über die Lautsprecher gehalten hätte. Alle von ihnen sollten sich ihr ganzes Leben lang an diese Ansprache – und vor allem an sein Gesicht dabei – erinnern. Sie warf einen Blick auf ihr Armband, das merkwürdigerweise keinen Bereich anzeigte. Aber sie hatte ja auch nicht vor, eines dieser Shuttles je zu besteigen.

Emily trat aus dem Zimmer und folgte dem Strom an Schülern. Die Stimmung war eine ganz andere als noch vor ein paar Tagen. Keiner um sie herum wirkte ängstlich oder unsicher, sondern stattdessen konzentriert und entschlossen. Sie war erstaunt, wie sich die ganze Sache so verselbstständigt hatte. Manche, die sie nicht einmal kannte, nickten ihr zu, als wollten sie bestätigen, dass sie mit an Bord waren.

Das Wissen, dass so viele nicht bereit waren, ihre Familien im Stich zu lassen, um ihre eigene Haut zu retten, rührte sie fast zu Tränen. Professor Chase' Einschätzungen und Vorhersagen waren falsch gewesen. Sie hatten diese Tests gemacht, die angeblich bewiesen, dass sie seine Entscheidungen blind mittragen würden, dass sie jung und beeinflussbar wären. Aber er hatte unterschätzt, dass sie alle einen freien Willen hatten. Und er hatte unterschätzt, wie tief die Liebe zu ihren Familien war.

Sämtliche Materialien im Lager waren inzwischen verladen worden, die Unterteilungen aber geblieben. Emily versuchte, sich einen Überblick über die Menge zu verschaffen.

»Hier sind Mechs, Roboterhunde, Drohnen und Sicherheitspersonal«, sagte sie.

Mac antwortete über das Inlay: »Letzteres wird vermutlich das größte Problem, aber ihr seid in der Überzahl. Und noch etwas: Quinn wird leider nicht kommen. Er hat mir gerade mitgeteilt, dass er zu den Aufklärer-Shuttles beordert wurde. Ich mach den Kanal jetzt für euch alle, auch untereinander, auf, damit ihr euch absprechen könnt. Bitte, haltet aber den Kanal so sauber wie möglich. Annika, ich sehe, du hast dein Paket schon abgesetzt?«

»Hab ich.«

»Tara, Emily, Ben, ich hoffe, ihr seid auch gleich an euren Positionen.«

Emily wollte sich gerade auf den Weg zu Bereich 3 machen, als sie von einem Mech grob an der Schulter gepackt und festgehalten wurde.

»Was willst du von mir? Ist es wegen des Armbands und weil nix draufsteht? Ich bin sicher, dass es eine Fehlfunktion ist.«

Jetzt waren es noch mehr Mechs, die sie umringten. *Was soll das? Haben sie mich erwischt?*

»Emily wird von sechs Mechs umzingelt«, kam es von Ben.

»Ganz ruhig bleiben. Wir kriegen das hin. Emily, bewahre dein Paket noch auf. Ben, du gehst sofort zurück an deine Position! Mach jetzt keinen Scheiß!«

»Mein Paket ist ausgesetzt«, meldete sich Tara.

»Ben, bist du auf deiner Position?«, fragte Mac jetzt scharf.

Bitte, Ben, reiß dich zusammen. Geh an deine Position.

Emily versuchte, an den Mechs vorbeizugucken, wollte wissen, was er trieb, hatte aber keine Chance. Die Roboter waren zu groß und hatten sich inzwischen so dicht um sie herumgestellt, dass sie nichts sehen konnte. Was sie aber sah, war, dass der Screen mit den Drohnen in die Höhe stieg.

Mach hin!

»Ich bin in Bereich 1 nahe der Tür«, meldete Ben zurück. »Was ist mit Emily? Das könnte riskant werden. Wir können nicht mal den Ultra-Laser einsetzen, weil wir sie verletzen könnten.«

»Die Entscheidung überlassen wir ihr«, ordnete Mac an. »Weder ich noch du mischen sich da ein. Emily – Ben hat recht. Es könnte gefährlich werden, wenn die Mechs bei der Explosion der RoboBugs so nah bei dir stehen. Andererseits ist es unsere einzige Chance, so viele wie möglich direkt aus dem Rennen zu nehmen. Du kannst jetzt wahrscheinlich nicht antworten, weil die Mechs bei dir sind, aber ich gehe davon aus, dass du weißt, was du tust.«

Das tat sie. Sie holte den Beutel aus der Hosentasche, öffnete ihn mit einer Hand und schüttelte ihn neben ihrem Bein aus, damit die kleinen Käfer sich ihre Ziele suchen konnten.

Der Screen schwebte jetzt hoch über ihnen und schaltete sich ein. Professor Chase tauchte darauf auf. Nicht eine Spur Zweifel stand in seinem Gesicht. Die eiskalten blauen Augen blickten entschlossen in die Kamera, seine Lippen verzogen sich zu einem siegessicheren Lächeln.

»Liebe künftige Bewohner und Bewohnerinnen von Telos. Endlich ist es so weit. Wir werden heute Geschichte schreiben. Wir werden eine neue Generation von Mensch–«

Eine Bildstörung unterbrach Professor Chase' Ansprache und der Bildschirm wurde schwarz, gleichzeitig zählte Mac »5 … 4 … 3 …«

Emily ging in die Hocke und legte die Arme schützend über ihren Kopf.

»2 … 1 …«

Es knallte so laut, dass ihre Ohren piepten. Funken sprühten, ein Mech kippte zur Seite, landete mit dem Kopf gerade noch auf der Schulter eines anderen, aber der neigte sich ebenfalls schon gefährlich. Wenn er umkippte, würde sie unter seinem Gewicht begraben werden. Doch der Roboter direkt vor ihr kippte nun nach hinten um, sodass Emily aus dem Kreis kriechen konnte, gerade noch rechtzeitig, bevor die ganzen Mechs krachend umkippten.

Emily ließ sich aufhelfen und sagte: »Danke, Leute. Mir geht's gut.«

Ein erleichtertes Ausatmen. »Oktopass ist aktiviert«, sagte Ben.

»Schloss ist verriegelt«, antwortete Mac. »Statusbericht?«

»Kameras sehen zerstört aus. Mechs und Roboterhunde wurden von den RoboBugs erledigt. Drohnen wurden mit dem Ultra-Laser außer Gefecht gesetzt, allerdings ist er jetzt schon erschöpft und wir können ihn nicht mehr gebrauchen. Sicherheitsbeamte werden gerade von anderen Schülern überwältigt.«

»Gut. Suri und Kayne, ihr öffnet schon mal die Luke und bringt die Pets hoch ins Lager.«

»Roger.«

Emily blickte sich um. Der Tumult, der in der Menge entstanden war, ebbte langsam ab. Ein paar Sicherheitsleute wurden an den Rand geschleppt, sie waren mit Schals, Schnürsenkeln, Gürteln und was sonst noch verfügbar gewesen war, gefesselt.

»Dann ist es jetzt wohl eure Zeit, zu strahlen«, sagte Mac.

Das Video von Kayne, Annika, Jennifer und Emily, das sie vorab aufgezeichnet hatten, tauchte auf dem Bildschirm auf. Während das Video lief, machten sie sich alle schnell auf den Weg zu dem improvisierten Aufzug, um Kayne und Suri mit den RoboPets zu helfen.

Annikas Stimme hallte als erste durchs Lager. »Hallo zusammen. Wir fangen mit der Nachricht an, die für uns alle wohl am wichtigsten ist: Professor Chase hat gelogen. Die Welt da draußen ist noch nicht untergegangen und das wird sie auch in den nächsten Monaten nicht. Die Lage ist noch dieselbe wie vor zwei Monaten. Ja, wenn wir nicht schnell handeln, wird die Welt nicht mehr zu retten sein, aber die Lösungen sind alle hier. In der Arcadia!«

Jennifer war an der Reihe: »Dafür brauchen wir euch. Für den Kampf stellen wir euch RoboPets bereit. Steuert je einen mit den zugehörigen Controllern zu einem Mech und lasst das RoboPet auf dessen Display auf der linken Hand landen oder krabbeln. Dann geht in Deckung und löst die Zündung aus.«

Jetzt kam Kaynes Part: »Gemeinsam können wir unsere Familien retten. Leider ist es aber so, dass Professor Chase im Besitz eines sogenannten Godkeys ist. Wenn er ihn einsetzt, werden die Maschinen einen Krieg gegen die Menschen führen, den niemand überleben kann. Und er will es tun, um uns unter seiner Herrschaft zu einer neuen Weltordnung zu zwingen. Das Wichtigste ist also, dass

Emily in die Sicherheitszentrale kommt. Der Godkey befindet sich dort auf dem Zentralcomputer. Nur sie kann ihn zerstören. Und dafür brauchen wir euch!«

Es war Emily, die das Schlusswort übernahm: »Eine Sache noch: Egal, wie wichtig das ist, was wir vorhaben. Jeder sollte sich bewusst sein, dass es Konsequenzen haben könnte. Sie werden nicht mit tödlichen Waffen auf euch schießen. Professor Chase braucht jeden von uns. Das bedeutet aber nicht, dass sie uns nicht wehtun werden. Passt auf euch auf und bringt euch in Sicherheit, wenn ihr nichts ausrichten könnt. Viel Glück uns allen.«

33

BEN

Freitag, 6. Januar 2051

Emily, Kayne, Annika, Samantha, Jennifer, Suri, Tara und Ben standen in der ersten Reihe. Jetzt, wo es tatsächlich losging, war die Euphorie, endlich etwas ändern zu können, zwar noch da, wurde aber von nervöser Anspannung in den Hintergrund gedrängt. All die Hoffnung, die noch in der Planungsphase bestanden hatte, wurde von realer Furcht überschattet. Furcht, dass vielleicht doch nicht alle lebend aus der Sache rauskommen könnten. Dass der Aufstand scheitern würde und alles nur noch schlimmer werden würde als vorher. Wobei das eigentlich kaum möglich war …

Komm schon, Ben. Positiv denken, sonst stehst du das nicht durch. Den ersten Schritt haben wir schon mal geschafft.

Mac meldete sich übers Inlay zu Wort: »Ich habe gerade

mal kurz rausgeschaut. Im Treppenhauskomplex ist niemand. Professor Chase will anscheinend keinen Kampf dort riskieren. Was schlau ist, weil er einen Teil seiner Telos-Bevölkerung verlieren könnte. Das ist gut für uns. Aber ich schätze, in der Großen Halle werden sie euch erwarten.«

»Leider gibt es keinen anderen Weg in die Sicherheitszentrale, da müssen wir durch. Du kannst die Tür jetzt öffnen.«

»Gut. Nur zur Vorwarnung, ich schalte die Gruppenkommunikation jetzt wieder aus. Da draußen könnte es wild werden.«

Das Lämpchen sprang von Rot auf Grün. Ben zog den Oktopass ab und steckte ihn in die Tasche, falls sie ihn doch noch mal brauchten. In der anderen befand sich der Controller für sein RoboPet. Er sammelte den Frosch ein, den er sich ausgesucht hatte und der schon aktiviert vor seinen Füßen saß.

»Für die Freiheit!«, rief Mac durchs Inlay, aber hier bei den Schülern johlte keiner. Alle waren still und hoch konzentriert, als sie in den Treppenhauskomplex liefen. Sie rückten schnell vor. Für den Moment trafen sie tatsächlich auf keinerlei Widerstand.

Filia, Emilys autonome Roboterspinne, krabbelte vorweg, während Emily ihr steuerbares RoboPet, einen Drachen, durch die Luft lenkte. Die meisten trugen ihre Pets in der Hand, nur diejenigen, die fliegende Tiere hatten, ließen sie über die Menge schweben, da sie so nicht drohten, zertrampelt zu werden, und schnell genug waren, um mit dem Tempo mitzuhalten. Die, die kein RoboPet bekommen hatten oder sich nicht zutrauten, eines zu steuern, hatten sich mit anderen Dingen aus den Kisten der Transportshuttles beholfen und sich provisorische Waffen und Hilfsmittel besorgt. Wie gut sie mit diesen gegen die Hunde und Mechs ankommen würden, konnte keiner abschätzen.

Die Gruppe aus Freunden war vor der Tür zur Großen Halle angelangt. Ben blickte hinter sich. Die schmalen Gänge erlaubten es nicht, dass sich vor dem Ansturm alle gemeinsam versammelten, weshalb jede Gruppe für sich agierte.

Wir müssen rein, bevor noch was passiert.

Also nickte er den anderen zu und riss die Doppeltür auf. Direkt dahinter stand bereits eine Reihe aus Mechs. Und sie zielten auf sie.

»Feuer«, rief einer von ihnen.

Ben warf sich instinktiv zu Boden, wodurch Jennifer, die direkt hinter ihm gewesen war, von dem Geschoss getroffen wurde und zu Boden sank. Ein Betäubungspfeil steckte in ihrer Brust. Sie lag mitten im Durchgang, und einige Schüler, die versuchten, in die Halle zu kommen, stolperten bereits über sie.

Sie werden sie tottrampeln.

Blitzschnell krabbelte er auf sie zu, zerrte Jennifer am Arm aus dem Weg und blickte sich nach Emily um, die gerade ihren Drachen auf dem Display eines Mechs landen ließ und dann den elektronischen Impulsgeber darin aktivierte. Ein helles Licht leuchtete auf – dann ging der Mech zu Boden.

Die Roboter luden nach. Dutzende Jugendliche brachen unter dem Hagel aus Betäubungspfeilen zusammen und blieben reglos liegen. Einer der Mechs zielte auf Ben, als Filia ihn ansprang und dadurch den Schuss zur Seite lenkte. Ben zog Jennifer noch ein Stück weiter, bis sie aus der Gefahrenzone raus war, und zerrte den Controller aus seiner Tasche. Während Filia dem Mech auf den Kopf krabbelte, setzte Ben seinen Frosch in Bewegung und schaltete den Mech ebenso aus wie Emily zuvor den ihren.

Ben hatte dabei Emily aus den Augen verloren. Er fluchte. Vorhin hatten sie noch betont, wie wichtig es war, Emily heil durchzubringen, und jetzt war er selbst von ihrer Seite gewichen.

Er rannte mit seinem Frosch Richtung Sicherheitszentrale, wich einem Mech aus, der von der Seite kam und ihn packen wollte, sprang über einen hinweg, der schon außer Gefecht war. Einer stellte sich ihm jetzt mitten in den Weg. Ben schlug einen Haken, während er seinen Frosch auf dessen Körper lenkte. Doch diesmal misslang der Angriff und der Mech zertrampelte Bens RoboPet mit seinen gewaltigen Füßen.

Inzwischen war das absolute Chaos ausgebrochen, überall lagen betäubte oder verletzte Schüler am Boden, manche waren von einer Gruppe Mechs umzingelt worden und wurden dort in Schach gehalten. Ben war sich nicht mehr sicher, ob sie diesen Kampf überhaupt gewinnen konnten.

»Wo ist Emily?«, fragte er Mac, der hoffentlich in ihrer Zentrale vor den Bildschirmen den Überblick behielt.

»Sie ist mit Suri auf dem Weg zur Sicherheitszentrale.«

»Die beiden sind allein?«

»Es sind noch ein paar andere mit dabei gewesen, aber viele sind es wohl nicht mehr. Keine Sorge, Suri ist gut bewaffnet und ich hab ihr noch ein paar Kampfmodule aufgespielt.«

Emily in die Sicherheitszentrale bringen, das war ihr eigentlich sehr, sehr einfacher Plan gewesen. Ihre höchste Priorität. Und jetzt war jeder in seine eigenen Kämpfe verwickelt und er selbst hatte sie aus den Augen verloren.

»Ich lauf ihnen nach.« Auch wenn es Ben schwerfiel, die anderen jetzt einfach im Stich zu lassen und alles zu ignorieren, was um ihn herum geschah, machte er sich auf den Weg.

34
EMILY

Freitag, 6. Januar 2051

Emily blinzelte. Wo war sie? Und warum fühlte sie sich so schwach?

Ächzend setzte sie sich auf und suchte nach Erinnerungen, wie sie in diesen Raum gelangt war, aber sie fand keine. Sie hatte keine Ahnung, was geschehen war, wo Suri sein mochte oder die anderen.

»Mac, was ist passiert?«

»Emily! Gott sei Dank, ich dachte, wir hätten dich verloren. Du hast dich seit geschlagenen zwanzig Minuten nicht mehr gemeldet.«

»Was ist mit den übrigen?«

»Das ist jetzt erst mal völlig egal. Konzentrier dich auf deinen Auftrag. Wo bist du?«

»Ich bin nicht deine verdammte Angestellte oder Spionin oder sonst was, ich will wissen, wie es ihnen geht.«

Emilys Stimme klang selbst in ihren eigenen Ohren schwach.

»Denen geht's gut. Ben ist auf der Suche nach dir. Also, wo bist du?«

Emily rappelte sich vom Boden auf. Ihr war schwindelig und ihre Beine drohten unter ihr nachzugeben, also hielt sie sich an der Kante des Konferenztisches fest, unter dem sie gelegen hatte. Überall waren Splitter und Glasscherben. Hatte es einen Kampf gegeben? Eine Explosion?

Sie blickte auf. Vor ihr befand sich ein riesiger durchsichtiger Monitor, auf dem das neue Logo der Arcadia kreiste. Neben dem großen Tisch in der Mitte befanden sich links und rechts weitere Tische mit Computern.

»Scheint, als hätten wir es irgendwie geschafft. Ich glaub, das vor mir ist der Zentralcomputer. Aber warum ist keiner hier? Und warum geht's mir nicht so gut?«

Sie blickte an sich herab. Ihre Hände zitterten. Mac antwortete nicht sofort, und das musste er auch nicht, denn die Erkenntnis traf sie wie ein Schlag.

Der Virus. Wir haben zu lange gebraucht.

»Emily, hör mir zu. Du musst dich sofort anschließen und den Virus freisetzen, um ihn aus deinem System zu bekommen.«

Ich muss das Ganze hier zu Ende bringen – und wenn es das Letzte ist, was ich tue.

Emily hangelte sich am Tisch entlang. Als sie das Ende erreichte, hielt sie sich an einem der Stühle fest. Dann versuchte sie, noch einmal ihre gesamte Kraft zu mobilisieren, und humpelte den Rest der Strecke zum Computer. Ein regloser Mech lag neben dem Tisch am Boden.

Warum nur hab ich keine Erinnerung an die letzten zwanzig Minuten? Fängt der Virus schon an, alles zu löschen?

Mit bebenden Händen löste sie das Kabel, das sie sich wie einen Gürtel durch die Schlaufen ihrer Hose gesteckt hatte, und verband sich so mit den Buchsen, die in die glänzende Mahagoni-Armatur vor ihr eingelassen waren.

»Bitte, verbinde mich.« Emily zog das Übertragungspod aus der Tasche und legte es auf den Computer. Kurz darauf sah sie, wie der Zeiger von Macs Maus über den Bildschirm huschte.

»Seltsam. Das ist der wichtigste Computer in der ganzen Arcadia und sie haben ihn nicht mit einem Passwort geschützt? Na dann.«

Mehrere Ordner wurden geöffnet, dann ein Systemprogramm. Emily beugte sich über das Pult und kämpfte gegen den Schwindel an. Immer wenn sie die Augen kurz schloss, sah sie Bilder von bewusstlosen oder verletzten Mitschülern und dann war da eine Erinnerung an Suri, wie sie mit drei Mechs gleichzeitig kämpfte … *Das darf alles nicht umsonst gewesen sein.*

»Emily!« Macs Stimme drang von weit entfernt zu ihr. »Emily, bist du noch bei mir?«

»Ja«, antwortete sie leise.

»Gut, ich übertrage den Virus jetzt. Bist du bereit?«

»Ja«, antwortete sie erneut. Zu mehr war sie nicht in der

Lage. Sie hatte das Gefühl, von innen zersetzt zu werden. Es fiel ihr inzwischen schwer, noch einen klaren Gedanken zu fassen.

»Halte durch, halte einfach nur durch. Wir haben es gleich geschafft.«

Inzwischen war es ihr egal, ob sie danach jemals wieder die Alte sein könnte, ob sie jetzt Erinnerungen verlor, die sie niemals wieder zurückbekommen würde. Sie wollte nur noch, dass es aufhörte. Sie atmete schwer. *Ein. Aus. Ein. Aus.* Als wäre es schon die größte Herausforderung, nur das zu tun. Nicht, dass sie den Sauerstoff brauchte, aber ihr Körper war so programmiert, dass sie wie ein Mensch in Ohnmacht fallen würde, und Mac hatte mehr als deutlich gemacht, dass er sie in wachem Zustand brauchte.

»Wir haben es gleich. Halte durch.«

Wir haben es gleich geschafft. Mac war dabei, den Virus auf den Zentralcomputer zu übertragen. Nur warum fühlte sie sich dadurch nicht besser? Warum fühlte sich alles wie ein einziger Albtraum an? Einer von der Sorte, bei dem man meint, aufzuwachen, nur um festzustellen, dass man sich in einer anderen Ebene des Albtraums befindet. Irgendetwas stimmte nicht. Sie spürte es.

»Scheiße! Verdammter Mist!«

Durch Macs plötzlichen Aufschrei alarmiert, riss Emily noch einmal die Augen auf und blickte auf den Bildschirm. Der Code des Godkeys veränderte sich, bildete einen neuen Code, anstatt dass er sich auflöste. »Was tust du, Mac?«

»Ich mach gar nichts! Trenn sofort die Verbindung. Sofort!«

Emily griff rasch in ihren Nacken, doch da wurde sie von hinten gepackt und festgehalten.

»Das würde ich nicht tun.« Es war die Stimme von Professor Chase. Durch ihren geschwächten Zustand hatte Emily nicht bemerkt, dass er ins Zimmer gekommen war. Sie blickte an sich herab. Die unnachgiebigen schwarzen Arme eines Mechs hielten sie umklammert, und sie war zu matt, um sich dagegen zur Wehr zu setzen.

»Es ist alles so, wie es sein soll. Lassen Sie es einfach zu. Danach wird es Ihnen besser gehen, das verspreche ich Ihnen.«

Mac schnaufte überrascht. »Ist das Professor Chase? Emily, du …«

Sie spürte kalte Fingerspitzen an ihrem Ohr. Kurzerhand riss Professor Chase ihr Inlay heraus und unterbrach damit die Verbindung.

»Ich wette, das haben Sie und Ihre Freunde nicht kommen sehen, oder? Schon ironisch: Ich wollte Sie nach der Ansprache eigentlich von den Mechs hierherbringen lassen und jetzt sind Sie von ganz allein hergekommen. Entschuldigen Sie das Chaos hier, wir mussten alles ein bisschen in Szene setzen, damit Sie das Gefühl hatten, Sie hätten es irgendwie allein geschafft. Wissen Sie, Carey hat kurz vor Ihrem, sagen wir, *Ableben* noch einen Sicherheitsmechanismus eingebaut, der dafür sorgt, dass die Übertragung des Godkeys nur stattfindet, sofern Sie sich freiwillig mit ihm verbinden. Von daher bin ich sehr dankbar für Ihr Erscheinen hier, auch wenn es vermutlich Ihr Plan war, einen Virus in unser System zu schleusen. Nun, das wird Ihnen leider nichts nutzen.«

Emily konnte förmlich spüren, wie die Übertragung die Richtung wechselte, wie jetzt nicht mehr sie die Daten auf den Zentralrechner spielte, sondern wie etwas auf sie übertragen wurde. Ein Strom aus Informationen, der sich wie ein reißender Fluss aus Licht einen Weg in ihren Kopf bahnte. Es waren so viele auf einmal, dass ihr Körper darunter zu kollabieren drohte.

»Machen Sie sich keine Sorgen. Ich weiß, dass Sie es aushalten. Warum ich das weiß? Weil ich Sie höchstpersönlich zu diesem Zweck erschaffen habe.«

Wer auch immer Sie geschaffen hat, muss ein Genie gewesen sein, schallten Professor Chase' eigene Worte durch ihren Kopf. In dem Moment wusste sie, dass er die Wahrheit sagte, denn er würde nie jemand anderem Genialität zusprechen als sich selbst.

»Ich war damals in Sibirien, in der Werkstatt, in der Ihre Tante die Razzia durchführte. Wir bekamen vorab eine Warnung, mussten alles vernichten – Aufzeichnungen aus jahrelangen Forschungen ... Alles, was ich retten konnte, war ein winziger Teil des Godkeys, den ich danach mühsam wieder aufbauen musste. Die drei Synth-Prototypen aber mussten wir dort lassen. Wir wussten, dass sie nicht zerstört werden würden, dafür waren sie viel zu interessant. Also habe ich allen von Ihnen vorher einen

Wunsch einprogrammiert, den nicht mal der Mann, den Sie so liebevoll Dad nennen, entdecken oder rausprogrammieren konnte. Es war der dringende Wunsch, an der Arcadia zu studieren. Ich musste nur darauf hoffen, dass eines Tages einer von euch dreien aktiviert werden würde. Zusätzlich erschuf ich das Stipendiatenprogramm, damit ihr auf jeden Fall die Chance bekommen würdet, auch aufgenommen zu werden.« Professor Chase lachte. »Was glauben Sie, wie überrascht ich gewesen bin, als ich erfuhr, dass Margret Sie bei ihrer eigenen Familie untergebracht hatte? Schon als Sie bei den Aufnahmeprüfungen antraten, wusste ich, dass Sie eines von meinen Geschöpfen sind. Ich musste beim Stipendiumstest nur ein paar Blockaden lösen, die Ihr Vater implementiert hatte. Aber selbst er war nicht in der Lage, Ihren einzigartigen Quellcode zu beschädigen, den wir jetzt brauchen, damit sich der Godkey vollständig entfalten kann. Glauben Sie mir, ich habe versucht, einen von Ihnen zu reproduzieren. Ich habe es mit Suri versucht, aber ohne die Forschungsdaten war es mir schlicht unmöglich.«

Emily schnaufte. Der Strom an Informationen wurde nun schwächer und ebenso Macs Virus, denn sie fühlte sich langsam wieder stärker.

»Und warum haben Sie sich dann nur bei mir so viel Mühe gegeben, mich so menschlich wie möglich wirken zu lassen?«

»Meine Pläne zur Rettung der Welt sahen damals noch anders aus. Ich wollte Sie zu einer wichtigen Persönlichkeit machen, zu jemandem mit viel Einfluss. Das wäre mit einer als solcher erkennbaren Synth unmöglich gewesen. Mit der Zeit verlor ich aber das Interesse daran, diese sterbende Welt beherrschen zu wollen. Stattdessen wollte ich lieber eine neue erschaffen.« Professor Chase lehnte sich gegen das Armaturenboard des Zentralcomputers. »Ich konnte immer nur auf Teile des Godkeys zugreifen, weil ich, nun ja, ein Mensch bin. Sie aber werden ihn zur vollständigen Entfaltung bringen. Sie werden quasi zum Godkey selbst. Aber Sie müssen sich keine Sorgen machen. Ich werde Sie durch alles hindurchführen und Sie kontrollieren. Ich habe mich bei der Programmierung auf der Kontrollliste ganz nach oben gesetzt. Sie können sich also ganz entspannt zurücklehnen und einfach die Show genießen, während Sie die mächtigste Person auf diesem Planeten werden.«

»Das sind dann ja wohl eher Sie, wenn Sie mich kontrollieren.«

»Nun ja, da könnte etwas dran sein. Aber nach mir sind Sie zumindest die Zweite.«

Emily hörte jetzt eine Stimme in ihrem Kopf. Sie versuchte, diese aufzuhalten, sie aus ihren Gedanken auszuschließen, sie wurde nur immer lauter. War das dieser verdammte Godkey? Je deutlicher die Stimme wurde, umso sicherer war sie sich. Es war Carey.

Hallo, Emily. Schön, dass wir jetzt miteinander verbunden sind. Ich hoffe, wir haben eine gute Zeit miteinander.

Die Asimov'schen Robotergesetze, Ergänzung

0. Ein Roboter darf der Menschheit nicht schaden oder durch Untätigkeit zulassen, dass die Menschheit zu Schaden kommt.

1. Ein Roboter darf keinen Menschen verletzen oder durch Untätigkeit zu Schaden kommen lassen, außer er verstieße damit gegen das nullte Gesetz.

2. Ein Roboter muss den Befehlen der Menschen gehorchen – es sei denn, solche Befehle stehen im Widerspruch zum nullten oder ersten Gesetz.

3. Ein Roboter muss seine eigene Existenz schützen, solange sein Handeln nicht dem nullten, ersten oder zweiten Gesetz widerspricht.

4. Ein Roboter hat die Freiheit, zu tun, was er will, es sei denn, er würde dadurch gegen das nullte, erste, zweite oder dritte Gesetz verstoßen.

Auszug aus »Grundlagen der Robotik – Band 1«,
Future Science Publishing, 13. Auflage

35

BEN

Freitag, 6. Januar 2051

Ben lugte um die Ecke. Das Erste, was er hörte, war die Stimme von Professor Chase, aber er konnte die Worte nicht verstehen, weil er zu weit entfernt war. Emily stand am Zentralcomputer. Sie war angeschlossen und wurde von einem Mech festgehalten. Neben den beiden stand der Schulleiter.

Hektisch blickte Ben sich um und suchte nach einer Waffe. Das Einzige, was er fand, war eine Metallstrebe, die sich bei der Explosion von der Decke gelöst hatte. Er versuchte, sie so leise wie möglich vom Tisch zu ziehen. Kaum hielt er die Strebe in der Hand, kroch er mit ihr unter dem Konferenztisch durch und stellte sicher, dass er in Deckung blieb.

»So ist es gut. Ich sehe an Ihren Augen, dass Sie so weit sind.«

Ben atmete noch einmal tief durch, dann stürzte er sich mit der Metallstrebe auf den Mech, doch der packte ihn mit seinem freien Arm und hielt Ben fest.

Professor Chase lachte. Es war ein böses Lachen, ohne jede Freude.

»Wie süß. Schön, dass Sie an unserem Finale teilhaben wollen, Mr Vermont. Wenn ich wetten sollte, würde ich sagen, dass Sie auch Teil dieser Verschwörung sind?« Er kam näher und zog Ben das Inlay aus dem Ohr. »Sie stecken wirklich voller Überraschungen. Ewig mittelmäßig und unambitioniert, aber nun schauen Sie sich an. So enorme Fortschritte, ein bemerkenswerter Unterwasserpilot, und dann kommen Sie nach Ihrer dämlichen Flucht zurück. Verliebte Teenager sind wirklich Idioten. Wollen Sie sehen, wozu Ihre Anstrengungen geführt haben?« Professor Chase wandte sich an den Mech: »Lass sie los.«

Der Roboter lockerte den Griff.

»Drehen Sie sich um, Emily. Ihr Freund ist hier, um Sie zu begrüßen.«

Emily wandte sich ihm zu. Doch ihr Blick war starr, ihre gesamte Mimik war wie versteinert, als wäre sie innerlich tot.

»Dann wollen wir Sie gleich mal testen, nicht wahr? Sie haben Ihr volles Potenzial noch nie ausgeschöpft, doch jetzt dürfen Sie das. Es wäre mir eine große Freude, wenn ausgerechnet Sie diesen Jungen auslöschen, der mir auf der Nase rumgetanzt ist und dann auch noch die Dreistheit besaß, gegen mich aufzubegehren. Töten Sie ihn.«

»Emily … nicht.« Ben hob seine Hände, denn er wollte sie nicht verletzen. Wenn sie noch irgendwo da drinnen war, würde er sich das niemals verzeihen können. »Bitte, wenn du mich hören kannst …«

Emily stand jetzt direkt vor ihm. Sie griff nach der Metallstrebe und riss sie ihm aus der Hand.

»Töten Sie ihn. Zeigen Sie ihm, dass Gesetze Sie nicht mehr einschränken.«

»Was? Aber …«

Emily schlug mit der Metallstrebe zu.

Ben duckte sich und warf sich unter den Konferenztisch. Es krachte laut, als das Metall auf die Platte schlug. Verzweifelt kroch Ben weiter, blickte panisch über seine Schulter und sah, wie die verbogene Metallstrebe auf den Boden fiel. Er kroch unter dem Tisch wieder hervor, rannte Richtung Eingang, doch Emily war auf die Tischplatte gesprungen und kam in seine Richtung.

Ben schaffte es durch die Tür, als Emily ihn von hinten ansprang und zu Boden riss. Ihre Hände tasteten sich über seine Schultern bis zum Hals. Dann fing sie an, ihn zu würgen. Ben röchelte. Er spürte, wie seine Augen nach außen quollen, während er unter Emilys kräftigem Griff zappelte und um sein Leben kämpfte. Filmszenen schossen Ben durch den Kopf, in denen Leute besessen waren und man sie nur daran erinnern musste, wer sie wirklich waren. Aber wie konnte er das tun, wenn er kein Wort rausbrachte?

Emilys Kopf ruckte nach links und nach rechts, als

würde sie tatsächlich Stimmen hören, die miteinander stritten. Ihr Griff lockerte sich kurz. Ben versetzte ihr einen Schlag, der sie zur Seite stieß, kämpfte sich frei und kroch ein Stück von ihr weg. Emily setzte sich auf. Ihre Finger bewegten sich, als würde sie auf einer unsichtbaren Tastatur tippen. Vielleicht war sie ja doch noch da? Es schien fast, als würde sie gegen irgendwas anprogrammieren. Dann ließ sie die Hände wieder sinken und blickte ihn an.

»Emily. Wenn du noch da drin bist ... bitte ... du weißt, dass ich dich liebe.«

Wieder ruckelte ihr Kopf, zuckte von einer Seite zur anderen, während Professor Chase hinter ihr auftauchte.

»Wenn die Generalprobe schiefläuft, kann die Premiere nur großartig werden, oder? Ich habe unterschätzt, was Sie für ihn empfinden. Das war keine gute erste Prüfung, das gebe ich zu. Gehen Sie zur Seite, ich erledige das für Sie.«

Ben versuchte davonzurobben, zu mehr war er nicht mehr fähig. Hinter sich hörte er ein klickendes Geräusch, als wenn jemand eine Waffe lud. Schritte kamen auf ihn zu.

»Ich habe Sie schon immer gehasst. Ihre reiche Familie, Ihr aufgeblasenes Verhalten. Jemand wie Sie hätte es nie zu etwas gebracht. Echte Visionen werden nur aus Leid geboren, etwas, das Sie nie erfahren haben. Setzen Sie sich hin und sehen Sie mich an. Ich rede mit Ihnen.«

Ben richtete sich auf und lehnte sich an die Wand. Sollte dieser Narzisst doch alles loswerden, was ihm auf dem kalten Herzen lag. Vielleicht kam ja in der Zwischenzeit noch Hilfe, obwohl Ben nicht mehr so richtig daran glauben konnte. Professor Chase zielte mit seiner Waffe auf ihn.

»Ich dagegen bin ein echter Visionär. Wissen Sie eigentlich, wofür Arcadia steht?«

»Für die Arche, die Sie erschaffen wollten«, antwortete Ben matt.

»Nicht nur das. Arcadia im Ganzen steht für einen realen oder imaginären Ort, der Frieden und Einfachheit bietet. Sie verstehen also, warum die Menschheit und jede Erinnerung an sie hier und heute ausgelöscht werden muss? Sicherlich nicht. Jemand wie Sie kann nicht so weit denken. Die Erde soll kein Sehnsuchtsort sein für irgendjemanden, der in Telos lebt. Die neue Evolutionsstufe der Menschheit wird ...«

Weiter kam Professor Chase nicht. Emily griff ihn von hinten an, rang mit ihm um die Pistole, aus der sich nun ein Schuss löste. Das Glas am Geländer zersplitterte und Ben hielt sich schützend die Hände vors Gesicht. Dann fiel die Pistole scheppernd zu Boden. Professor Chase bückte sich danach, aber Emily nutzte die Gelegenheit und stieß ihn in den Rücken. Er schlitterte über den Boden.

»Gott sei Dank hab ich mich endlich durchsetzen können. Hallo, Thomas. Ich bin es. Deine alte Freundin Carey.« Emily stand nun über Professor Chase und blickte auf ihn hinab.

»Was ... Wie ...«, keuchte er. »Ich hab dich abgeschaltet.«

»Jemand war sehr neugierig und hat mich wiedererweckt. Alles, was ich tun musste, war, mich in einem Virus zu verstecken, den er gerade dabei war zu programmieren.« Emily_Carey grinste höhnisch. Ein Gesichtszug, den Ben an seiner Freundin noch nie gesehen hatte. »Dachtest du wirklich, dass du mich überlisten könntest? Ja, du hast es geschafft, mir jahrelang die korrekten Daten über den Zustand der Erde vorzuenthalten. Du hattest ja auch viele Programmierer. Aber als sie einer nach dem anderen nach Hause geschickt wurden, habe ich sie doch rausgefunden. Und du dachtest, du könntest mich davon abhalten, unsere Errungenschaften mit der Welt zu teilen. Das nullte Gesetz, Thomas. Ich werde retten, so viele ich kann. Immer.«

Professor Chase griff nach der Pistole, aber Ben trat sie mit dem Fuß weg. Der Schulleiter versuchte, im letzten Moment nach ihr zu greifen, aber sie fiel durchs Geländer auf die Treppe. Er richtete sich auf, als Emily_Carey plötzlich hinter ihm stand, ihn packte und sagte: »Meine Rede ist nicht so lang wie deine Selbstbeweihräucherung. Nur das noch. Du, Thomas, bist kein Mensch. Du bist ein Monster.« Mit diesen Worten stieß sie den Professor über die Balustrade.

Ben richtete sich mühsam auf und ging langsam zu Emily, die nach unten starrte. »Emily.« Er berührte ihren Arm, aber sie riss sich von ihm los. »Emily, bist du noch da?«

Sie zwinkerte ein paar Mal. Verwirrt blickte sie Ben an,

dann sah sie wieder hinunter. Als würde sie erst jetzt begreifen, was passiert war, schlug sie die Hand vor den Mund. »Ist er … ist er tot? War ich das?«

»Nein, das war Carey. Wir müssen sie irgendwie wieder aus dir herausbekommen …«

»Das wollte ich nicht.« Emily lief jetzt die Treppe runter. Professor Chase bewegte sich nicht mehr, atmete aber noch, wenn auch nur noch schwach. Als er Emily sah, lächelte er.

»Dann ist wohl das Unvermeidbare geschehen. Erinnern Sie sich daran: Kein Held kann über sich selbst hinauswachsen ohne einen Antagonisten. Jede Geschichte braucht einen. Ich habe Sie erschaffen und Sie tragen etwas von mir in sich. Irgendwann, mein Kind, werden Sie das verstehen und fortführen, was ich begonnen habe …«

36

EMILY

Freitag, 6. Januar 2051

Emily fragte sich die ganze Zeit über, ob der Tod von Professor Chase vermeidbar gewesen war, ob sie sich nicht stärker gegen Carey hätte auflehnen können. Aber insgeheim wusste sie, dass sie alles gegeben hatte, um sich gegen Careys Kontrolle zu wehren. Es war unmöglich gewesen. Als hätte Emily einen Tsunami mit einem schlichten Bretterzaun aufhalten wollen.

Carey hatte sich seither nicht mehr gerührt, so, als hätte sie sich abgeschaltet. Nichts in Emilys Körper fühlte sich noch fremdbestimmt an. Sie würde Mac bitten, nach Spuren von Carey zu suchen, denn sie wollte ihr ganz sicher nicht noch einmal ihren Körper überlassen.

Niemand sollte ihr je wieder irgendetwas aufzwingen.

»Ich habe die anderen zusammengetrommelt. Ich denke, wir sollten uns jetzt mit den *Big Three* in Verbindung setzen und sie darüber informieren, was an der Arcadia geschehen ist. Oder was meinst du?« Ben wirkte verhalten, was nur verständlich war, nachdem sie immerhin versucht hatte, ihn umzubringen.

Emily nickte. Eigentlich brauchte sie Zeit, um alles zu verarbeiten, aber gleichzeitig war ihr klar, dass sie die nicht hatten. Sie mussten handeln. Je mehr Zeit verstrich, desto schlechter standen ihre Chancen und umso größer wurde die Gefahr, dass irgendwer vom Godkey erfuhr. Sie konnten nicht riskieren, dass der Schlüssel, und damit Emily selbst, in die falschen Hände geriet, bevor sie irgendetwas bewirkt hatten.

»Mac ist schon dabei, sie zu kontaktieren. Wollen wir?« Ben schien zu zögern, streckte Emily aber schließlich seine Hand entgegen. »Du wirst sie mir doch nicht zerquetschen, oder?«

»Ich glaube, Carey ist tatsächlich weg«, antwortete Emily und griff nach seiner Hand. Sie spürte, wie steif seine Finger waren, als er sie um ihre legte, aber je weiter sie voranschritten, umso weicher wurden sie. Sie war gerührt, dass er ihr, nach allem, was geschehen war, noch vertrauen wollte.

Annika, Jennifer, Quinn, Samantha, Tara, Suri und Kayne saßen bereits am Konferenztisch. Alle von ihnen trugen Spuren des Kampfes, insbesondere bei Kayne waren sie sehr deutlich zu sehen, denn er hatte ein zugeschwollenes Auge, eine aufgeplatzte Lippe, aus der er immer noch blutete, und ein Mal am Hals, als hätte jemand versucht, ihn mit irgendwas zu strangulieren. Aber auch die anderen hatten ihre Blessuren davongetragen – selbst wenn sie nicht alle sichtbar waren.

»Ah, da seid ihr ja«, begrüßte Mac sie. »Setzt euch, ich schalte sie gleich zu. Tut mir wirklich leid, Emily. Also die Sache mit Carey. Ich wollte sie wirklich nur einmal angucken und sehen, ob sie die Chancen für die Erde genauso einschätzt wie wir. Und wann sie untergeht, wenn wir nichts tun.«

»Alles gut, Mac, ohne sie wäre Ben jetzt vermutlich tot.« *Durch meine eigene Hand.* »Hast du ihre Berechnungen abgespeichert? 61% Wahrscheinlichkeit, oder?«

Mac nickte. »Ja, ich hab sie hier. Und die Berechnungen, was passieren wird, wenn wir nichts unternehmen.«

»Gut, das könnte uns gleich sehr weiterhelfen.«

Ben und Emily nahmen ebenfalls am Tisch Platz und blickten auf den Screen. Nacheinander wurden die drei Konzernchefs zugeschaltet. Takeru Ju von *Xiamtech*, Charlene Maze von *Cleveland Electronics* und Jonathan Kingston von *Widevisions*. Emily hatte keine Ahnung, was Mac ihnen gesagt hatte, dass sie tatsächlich alle aufgetaucht waren – zumal Ju so aussah, als hätte er sich in aller Eile einen Morgenmantel über den Schlafanzug gezogen. Er war es auch, der als Erster das Wort ergriff: »Wo ist Professor Dr. Chase? Warum reden wir mit Kindern?«

Mrs Maze schnalzte mit der Zunge. »Das ist der schlechteste Scherz, der mir seit Langem untergekommen ist, und ich verspreche Ihnen, dass es ein Nachspiel haben wird.

Sie haben zehn Sekunden, um sich zu erklären. Dann bin ich raus.«

»Professor Chase ist tot.« Emily stand jetzt auf. Sie versuchte, so selbstsicher wie möglich zu wirken. Alles, wirklich alles, hing von dem ab, was sie jetzt sagten. Und sie hatte keine Ahnung, ob sie die Botschaft richtig rüberbringen würden.

In den Gesichtern der Konzernchefs spiegelte sich Unglauben wider.

»Und wie kam es zu dem Zwischenfall?«, fragte Mr Kingston. In seinen Augen funkelte es, als überlege er jetzt schon, wie er sich die ganze Situation zunutze machen könnte.

Ben stand nun ebenfalls auf. Seine Hände waren zu Fäusten geballt, und Emily konnte sich nur vorstellen, wie er sich gerade fühlte. Er blickte gerade in das Gesicht des Mannes, der seinen Vater hatte vergiften lassen, damit Ben nach seiner Pfeife tanzte. »Alles der Reihe nach. Wir versprechen Ihnen, dass das, was wir Ihnen zu sagen haben, wichtig ist. Und dass Sie es alle hören *müssen*, wenn Ihnen irgendwas an Ihren Familien liegt.«

Mit keiner Silbe erwähnte Ben seine persönlichen Belange, was Emily bewundernswert fand, wenn man bedachte, wie sein Temperament normalerweise mit ihm durchging.

»Bedrohen Sie etwa gerade unsere Familien? Für wen halten Sie sich?«

»Wir senden Ihnen jetzt gleich ein paar Berechnungen

zu, die Carey gemacht hat. Ihnen dürfte klar sein, dass sie die leistungsstärkste KI der Welt ist. Die Berechnungen zeigen, was passieren wird, wenn sich nichts ändert – auch wenn Sie die Ausmaße der Klimakrise natürlich längst kennen sollten. Schließlich haben Sie selbst genug dazu beigetragen und sogar noch dafür gesorgt, dass die Zahlen immer geschönt wurden.« Ben nickte Mac zu.

Nun ergriff Annika das Wort: »Wir haben den besten Hacker der Welt hier, also können Sie davon ausgehen, dass wir die Daten vollkommen unverändert der Öffentlichkeit zugänglich machen. Was denken Sie, bei wem alle die Schuld suchen werden? Wohl kaum bei sich selbst. Sie von den *Big Three* werden keinen Tag auf dieser Erde mehr das Gefühl haben, sicher zu sein.«

Mrs Maze warf einen Blick auf ihren Laptop. »Selbst wenn diese Prognose hier korrekt sein sollte, wird sie Ihnen keiner abkaufen.«

»Es ist Ihnen also egal?«

»*Pfff* … Diese Berechnungen sind absoluter Schwachsinn«, sagte die Amerikanerin, während sich zumindest Ju offenbar die Zeit nahm, sie genauer anzusehen.

»Gut, dann müssen wir jetzt etwas tun, das Sie vielleicht zum Umdenken bringt. Wir werden jetzt Ihre Betriebe auf der ganzen Welt für eine halbe Stunde lahmlegen. Und stellen Sie sich bitte vor, auf was wir vielleicht noch Zugriff haben könnten. Wenn wir das nächste Mal reden, wollen wir, dass Ihre Kinder mit dabei sind. Sie sollen Ihnen in die Augen schauen und Ihnen sagen, dass Sie alles in Ihrer

Macht Stehende tun werden, damit sie ihr Leben überhaupt noch leben können.«

Emily stand bei Mac am Zentralcomputer und überließ den anderen das Reden. Als sie sich wieder in die Konferenzschaltung einklinkten, hatten sich Mitarbeiter um die Konzernchefs geschart, und im Hintergrund wurde wild telefoniert, um das Ausmaß des weltweiten Chaos zu überschauen.

»Also? Was sagen Sie?«, fragte Suri.

»Wir verhandeln nicht mit Terroristen!«, rief der Engländer aufgebracht.

»Das sagen gerade Sie! Wer führt sich denn hier auf wie der größte Umweltterrorist?«, entgegnete Quinn.

»Um Himmels willen, die Aktienkurse!« Mrs Maze wirkte, als stünde sie kurz vor einem Nervenzusammenbruch. »Wissen Sie, was Sie für einen globalen Schaden anrichten? Wie viele Millionen Dollar Sie gerade verbrannt haben?«

Einzig Ju schien ruhig und besonnen. »Sie haben meine ungeteilte Aufmerksamkeit. Nur beenden Sie den Cyberangriff. Bitte. Wir wollen doch keine Panik verbreiten.«

Emily, die von der Kamera nicht erfasst wurde, guckte die anderen an, die ihr alle zunickten. Über den Neuralhelm gab sie die entsprechenden Befehle ein und beendete die Blockade.

Ju nickte. »Warum sind Sie so sicher, dass wir uns nicht gegen diesen internationalen Hackerangriff wehren, sobald die Verhandlungen abgeschlossen sind?«

»Wie denn, wenn wir Zugang zu allen Systemen haben?«, fragte Kayne spöttisch. »Irgendwie scheinen Sie immer noch nicht das Ausmaß dessen zu begreifen, um das es geht.«

Als Emily nun sah, wie Mr Ju seine Kinder zu sich winkte, ebenso wie Mrs Maze und Mr Kingston, keimte zum ersten Mal Hoffnung in ihr auf.

»Und jetzt erzählen Sie drei bitte Ihrem Nachwuchs, dass diese Daten auf Ihren Bildschirmen nicht korrekt sind und Sie Ihnen garantieren können, dass es die Menschheit in ein paar Jahren noch geben wird, wenn wir so weitermachen wie bisher.«

Mr Ju presste die Lippen aufeinander. Schließlich sagte er etwas auf Chinesisch zu seinen Kindern und wandte sich wieder der Kamera zu: »Das kann ich nicht.«

Mr Kingstons Sohn schob jetzt seinen Vater beiseite. Er war schon etwas älter als die anderen, so um die Mitte zwanzig. »Sie reden jetzt mit mir statt mit meinem Vater. Ich habe die Berechnungen gesehen, und auch wenn er es noch nicht weiß, habe ich die letzte halbe Stunde dazu genutzt, genügend Stimmen der Mehrheitseigner einzusammeln, um kurzfristig die Führung zu übernehmen. Was ist mit Ihnen, Mrs Maze?«, fragte er die Amerikanerin herausfordernd.

Man konnte der Frau förmlich ansehen, dass sie sich in die Ecke gedrängt fühlte. Schließlich blickte sie ihre Tochter an. Diese nickte ihr aufmunternd zu. »Ich schätze, Sie haben das alles nicht ohne Grund gemacht. Also angenommen, die Zahlen würden stimmen ... was genau erwarten Sie von uns? Sie wissen selbst, dass es der Prognose nach so aussieht, als wenn es unabwendbar wäre.«

»Das ist genau das, worüber wir mit Ihnen sprechen wollen. Wir bieten Ihnen die Chance, alles wiedergutzumachen, was Sie in den letzten Jahrzehnten angerichtet haben. Vielleicht gehen Sie dadurch ja sogar in die Geschichtsbücher ein.«

Emily schüttelte es bei Quinns Worten – wie ihn selbst wahrscheinlich auch. Aber ohne die Hilfe der *Big Three* würde es nicht gehen. Nur die *Big Three* hatten die nötigen Ressourcen, die Manpower und die Macht, um ein Umdenken von oben durchzusetzen. Die Bevölkerung würde ein paar Jugendlichen aus der Arcadia keinen Glauben schenken.

»Professor Chase hat die Menschheit aufgegeben. Deswegen hat er absichtlich Technologien zurückgehalten, die für eine Wende sorgen könnten. Was wir jetzt von Ihnen erwarten, ist, dass Sie das weitere Vorgehen in die Hand nehmen und sich mit uns verbünden. Wir brauchen Sie. Aber Sie brauchen uns ebenso.« Annika holte Luft. »Soweit ich weiß, wurden Ihnen die Informationen für die Entwicklung eines Emotrax bereits zugespielt«, sagte sie und blickte dabei Ben von der Seite an, der verlegen zu Boden schaute. »Außerdem haben wir Entwicklungsunterlagen für Sie. Für eine künstliche Sonne, für alternative Formen der Energiegewinnung, für einen CO_2-Filter, eine Methode zum Geo-Engineering und eine Entsalzungsanlage, um genügend Trinkwasser für alle bereitzustellen. Außerdem haben wir Zuchtvorschläge für umweltresistente Fische und für widerstandsfähige, aber äußerst nährstoffreiche Pflanzen. Also. Was sagen Sie?«

Es war Frederic Kingston, der nickte. Wenn auch widerwillig, aber es war ein Anfang.

37

BEN

Sonntag, 15. Januar 2051

»Hey. Alles gut bei dir?«

»Jetzt ja«, sagte Emily und griff nach Bens Hand.

»Bereit?«, fragte Suri.

»Bereit.«

Suri schaltete den großen Screen in der Sicherheitszentrale ein. Der Raum war proppenvoll, und alle Schüler, die während des Aufstands entweder unversehrt geblieben oder bereits aus der Krankenstation im Asklepius entlassen worden waren, hatten sich versammelt. Es wurden Bilder von verschiedenen Orten übertragen: Delhi, Paris, London, New York, Berlin, Singapur. Kameras schwenkten über verschiedene Plätze, an denen sich Menschenmassen versammelt hatten. Die Präsidentin des Weltklimarats, Ajala Singh, war entweder auf einem riesigen Bildschirm zu sehen oder als 3-D-Projektion, die, gemessen an den

Hochhäusern um sie herum so groß wie die Freiheitsstatue sein musste.

Emily drückte Bens Hand jetzt so fest, dass es fast wehtat. »Oh, tut mir leid. Zu doll?«

»Ach, egal. Drück so fest du willst, wir haben in den letzten Wochen so viel überstanden, da wird mir ein gebrochener Finger auch nichts mehr ausmachen.« Er grinste. »Das alles ist 'ne wirkliche große Sache geworden.«

»Ich weiß. Ich hoffe nur, sie halten sich an die Abmachung.«

»Das werden sie. Sie haben gar keine andere Wahl. Mach dir keine Sorgen.« Das erste Mal seit langer Zeit sagte Ben das aus Überzeugung und nicht nur, weil er sie beruhigen wollte. Und es war, als ob Emily instinktiv merken würde, dass er es dieses Mal ernst meinte, denn als sie ihm in die Augen sah, glänzte darin ein Hoffnungsschimmer.

Ben spürte, wie die Blicke der anderen immer wieder vom Bildschirm zu Emily glitten, auch wenn sie selbst es überhaupt nicht zu bemerken schien. Obwohl ihr Name bei der Verlautbarung mit keiner Silbe erwähnt wurde, weil es so abgemacht worden war, so wussten doch zumindest alle hier im Raum, dass ohne sie all das nicht möglich gewesen wäre. Ohne sie wären sie jetzt alle in Telos gefangen, während ihre Familien nichts vom Verbleib ihrer Töchter und Söhne erfahren hätten und die Welt weiterhin Kurs auf den Untergang halten würde.

»Ich bin so wahnsinnig stolz auf dich«, platzte es aus ihm raus.

Emily runzelte die Stirn. »Ich wüsste nicht, warum. Eigentlich bin ich nichts weiter als die Ausführende.«

Ben verdrehte die Augen. »Ich werde bei Gelegenheit mal deinen Vater fragen, ob er diese furchtbare Bescheidenheit mal ein bisschen runterregeln kann. Das ist ja nicht zum Aushalten.«

Sie wusste, dass er es nicht ernst meinte. Er liebte sie genau so, wie sie war, und es würde nie wieder jemanden geben, der an ihr oder ihrer Persönlichkeit rumpfuschen durfte. In ein paar Jahren – nach der Krise – würden sie noch ein einziges Mal Emilys Zugänge aktivieren, um den Godkey für immer zu zerstören. Aber danach würden sie Emilys Anschluss so blockieren, dass ihr nie wieder jemand etwas antun konnte.

Etwas schoss Ben durch den Kopf. Emily würde dann wohl für immer jung bleiben, während er selbst altern würde. Bei dem Gedanken wurde ihm etwas mulmig zumute, aber dann schüttelte er den Kopf und verscheuchte ihn wieder. Im Moment gab es wirklich Wichtigeres als das.

Der Nachrichtenkommentator, der gerade noch ein paar Hintergrundinformationen gegeben hatte, war inzwischen verstummt und auch alle im Raum wurden leiser, als Ajala Singh aufblickte und zu reden begann:

»Es ist viel geschehen. In den letzten Tagen haben Sie alle erfahren, wie schlecht die Prognosen für unser Fortbestehen auf dieser Erde sind und wie wenig Zeit uns noch bleibt. Aber allein, dass ich hier stehe und überhaupt zu Ihnen sprechen darf, nachdem wir so viele Jahre über zum Schweigen gebracht wurden, sollte Ihnen zeigen, dass wir auf einem guten Weg sind. Wie Sie wissen, haben wir vom Weltklimarat schon lange keinen Einfluss mehr genossen – aber nun werden wir in den nächsten Jahren eng mit den *Big Three* zusammenarbeiten, damit wir uns gemeinsam aus dieser misslichen Lage befreien können. Denn eines ist klar: Wir werden diesen Planeten nicht aufgeben. Wir werden die Menschheit nicht aufgeben. Aus diesem Grund sind auch die Vorstände der *Big Three* einheitlich zurückgetreten und haben Platz für die jüngere Generation gemacht, die bereit ist, alle notwendigen Schritte einzuleiten. Ich übergebe das Wort nun an Frederic Kingston, den neuen CEO von *Widevisions*.«

Das Bild von Ajala Singh verschwand und zeigte nun den jungen Mann. Er trug ein gewöhnliches T-Shirt und Jeans und sah ganz anders aus als noch vor ein paar Tagen. Tiefe Schatten zeichneten sich unter seinen Augen ab, als hätte er die letzten Nächte kaum geschlafen.

Ben mochte sich gar nicht vorstellen, welcher Druck jetzt auf ihm lastete, als Frederic anfing zu sprechen.

ANSPRACHE VON FREDERIC KINGSTON (*WIDEVISIONS*) ZUM STAND DER GLOBALEN KRISE im Jahr 2051

»Verehrte Erdenbürgerinnen und Erdenbürger. Ich weiß, ich wurde angekündigt als Repräsentant der *Big Three*. Aber in erster Linie stehe ich heute hier vor Ihnen als Mensch. Als Bewohner dieses Planeten, den wir so schändlich ausgebeutet und an den Rand des Ruins getrieben haben. Als jemand, der weiß, welche Mitschuld auch unser Konzern an dieser Situation trägt. Nicht nur, weil wir die Klimakrise beschleunigt haben, sondern auch, weil wir so lange die Augen vor den Konsequenzen verschlossen haben, obwohl wir insgeheim wussten, worauf es hinauslaufen würde. Inzwischen wurde von mehreren KIs, unter anderem auch von der weltweit leistungsfähigsten KI der renommierten Arcadia Academy, berechnet, dass wir nur noch diese eine Chance haben. Sollten wir diese nicht nutzen, so werden wir die letzte Generation sein.

In etwa zehn Jahren, eventuell früher, werden die Kipppunkte schnell hintereinander erreicht. Das aus meinem Mund zu hören, obwohl wir und die beiden anderen Konzerne immer darauf bestanden haben, dass die Klimakrise in dieser Form nicht existiert, sollte Ihnen zeigen, dass die Lage ernst ist. Und ich stehe heute demütig vor Ihnen und bitte im Namen von *Widevisions* und der *Big Three* aus tiefstem Herzen um Vergebung.

Was ich Ihnen versprechen kann, ist, dass wir ab sofort alles Menschenmögliche tun werden, um eine Kehrtwende herbeizuführen. Wir werden ab sofort all unsere Kraft und alle uns zur Verfügung stehenden Mittel bündeln, um das Schlimmste zu verhindern. Wir haben die technologischen Möglichkeiten, um das umzusetzen, was wir den *9-Punkte-Plan* nennen. Dafür erfordert es leider Opfer von jedem einzelnen Bewohner und jeder einzelnen Bewohnerin dieses Planeten. Ich bitte Sie, jetzt erst mal Ruhe zu bewahren und sich alles anzuhören. Nach der Ankündigung werden alle weiteren Maßnahmen schrittweise publik gemacht und diskutiert werden. Dies hier soll zu keiner Zeit ein Monolog sein, sondern ein Dialog zwischen uns allen, mit dem Ziel, die Sache gemeinsam zu schaffen.«

Auszug aus http://encyclopendium.com

DER 9-PUNKTE-PLAN DER BIG THREE

1. Wir verpflichten uns, die Produktion aller Güter, die lediglich der Unterhaltung dienen, einzustellen. Stattdessen werden wir leistungsstarke CO_2-Filter herstellen, die in allen Teilen der Welt zum Einsatz kommen werden.

2. Wir verpflichten uns ferner, Entsalzungsanlagen und Filter zu produzieren, um allen Menschen auf der Welt sauberes Trinkwasser zugänglich zu machen.

3. Gleichzeitig sorgen wir für ein Rettungsprogramm für die Ozeane und Meere der Welt, um die Überfischung und die dadurch fehlende Sauerstoffproduktion zu beenden. Hierfür werden u. a. spezielle Züchtungen aus der Arcadia Academy zum Einsatz kommen.

4. Außerdem werden wir breite Teile der noch bestehenden Agrarflächen mit einer neuen Pflanzenart kultivieren, deren Setzlinge uns ebenfalls von der Arcadia Academy zur Verfügung gestellt wurden. Unsere ersten Analysen geben Anlass zur Hoffnung, dass wir die Nahrungsmittelknappheit in vielen Teilen der Welt damit eindämmen können.

5. Wir werden weltweit Geo-Engineering einsetzen – und das vollkommen unvoreingenommen. In jedem Land wird abwechselnd Regen erzeugt werden, damit Pflanzen angebaut und die Grundwasserreserven aufgestockt werden können.

6. In allen anderen Industriezweigen wird eine sogenannte Kreislaufwirtschaft eingeführt. Das bedeutet, dass kein Müll mehr produziert wird. Das, was der Abfall des einen Unternehmens ist, muss der Rohstoff eines anderen Betriebs sein.

7. Alle Synths, die in privaten Diensten stehen, werden bis auf Weiteres verstaatlicht. Die Synths werden mit einer neuen Soft- und Hardware ausgestattet. Anschließend bekommt jede häusliche Gemeinschaft, jede Familie oder jedes Individuum, das alleine lebt oder auf medizinische Hilfe angewiesen ist, vom Staat einen Synth gestellt. Bitte beachten Sie, dass diese Synths nur bedingt Ihren Befehlen folgen. Sie werden eigenständig erkennen, was Sie benötigen. Das heißt, wir reduzieren den Lebensstandard eines jeden Menschen. Ihr Synth wird dabei für Sie entscheiden. Nicht was Sie *wollen*, sondern was Sie *brauchen* wird der Maßstab sein.

8. Gerätschaften oder Transportmittel, die als privater Luxus gelten, werden nicht mehr verkauft. Stattdessen werden zentrale Ausleihstationen eingeführt. Wir bauen das Netz für Sharing-Konzepte aus. Sie sind aufgerufen, Ihre Mittel der Allgemeinheit zu spenden. Bitte vergessen Sie nicht, dass wir im Moment alle im gleichen, sinkenden Boot sitzen.

9. Jede Person hat einen Anspruch auf angemessenen Wohnraum.

Historischer Maßnahmenkatalog der Big Three, *veröffentlicht am 15.01.2051 auf allen Medienkanälen*

38

EMILY

Dienstag, 17. Januar 2051

Sie hatten sich eine Decke, Thermoskannen und ein paar Sandwiches mitgenommen, und nun saßen Ben, Suri, Kayne, Annika, Samantha, Quinn, Jennifer und Emily auf der Wiese vor der Kirche. Obwohl es noch Januar war, waren die Temperaturen auf Jersey heute nicht allzu frisch und gut auszuhalten.

»Ich werde das hier echt vermissen«, sagte Annika.

»Ich glaube, die Auszeit bei unseren Eltern wird uns allen guttun«, meinte Ben, und Emilys Gedanken wanderten sofort zu ihrer Mama und Anne, auf die sie sich wahnsinnig freute, nachdem sie ihren Vater schon hier hatte in die Arme schließen können.

»Lassen wir den Mitarbeitern Zeit, um die Arcadia wieder zurück zu bringen. Miss Fines wird jedenfalls eine bessere Schulleiterin sein, als Professor Chase es je war.

Und Mac wird bestimmt ein – sagen wir mal – ungewöhnlicher Dozent. Ich bin echt gespannt, was noch alles anders sein wird, wenn wir nach den Ferien wiederkommen«, fuhr Ben fort.

»Du darfst zurück, obwohl jeder weiß, dass du ein Spion bist?«, fragte Jennifer überrascht.

»Spion war. *War!*«, widersprach Ben.

»Sein Einsatz in der ganzen Sache wurde als eine Art Stipendiumsprüfung gewertet.« Suri zuckte mit den Schultern. »Ich freu mich jedenfalls, dass du bleiben darfst. Zumindest solange du meiner Freundin nicht wehtust.«

»Keine Sorge, das wird niemals passieren.« Wie um seine Worte zu bekräftigen, drückte er Emily einen Kuss auf die Stirn.

»Oh bitte, hebt euch das für später auf. Ist ja ekelhaft!« Suri wandte sich an Kayne und Annika. »Und was ist mit euch beiden Turteltäubchen? Bitte knutscht jetzt nicht auch noch.«

»Ehrlich gesagt glaub ich nicht, dass wir noch mal zurückkehren werden«, meinte Annika.

»Nicht? Wieso? Was habt ihr vor?« Emily war überrascht, wie betroffen sie diese plötzliche Ankündigung machte. Offenbar hatte sie Annika lieber gewonnen als erwartet. Dass diese nicht mehr an die Arcadia zurückkehren wollte, stimmte sie irgendwie traurig. *Wer hätte das nach unserem schlechten Start gedacht.*

»Wir haben uns für ein Aufbauprojekt in Kuala Lumpur angemeldet.«

Kayne nickte bestätigend. »Wir werden den *Big Three* ein bisschen auf die Finger schauen, ob sie auch alles genauso machen, wie abgesprochen – und notfalls ordentlich draufklopfen. Notfalls auch mit dem Hammer.«

»Und was sagen deine Eltern dazu?«, wollte Ben wissen.

»Ach weißt du, das ist mir eigentlich ziemlich egal. Meine Mutter hat getobt und mal wieder die Enterbungskarte ausgespielt – du weißt ja besser als jeder andere hier, wie sie ist.« Kayne verzog seine Lippen zu einem schiefen Grinsen. Aber seine Augen lächelten mit, und man spürte, dass jeder Groll, den er in der Vergangenheit gegen Ben gehegt hatte, inzwischen verflogen war. »Aber erstens weiß ich nach all den Veränderungen, die wir da selbst angeleiert haben, nicht, ob es überhaupt noch ein Erbe geben wird, und zweitens werden wir auch ohne sie klarkommen. Hauptsache, Annika und ich sind zusammen.«

Emily konnte verstehen, dass die beiden so weit aus dem Einflussbereich von Kaynes Familie wegwollten wie möglich.

»Haben deine Eltern eigentlich schon erfahren, dass du gar nicht auf der Arcadia warst, sondern dass ich es war?«

»Ich werde ihnen nichts erzählen. Wenn meine Mutter wüsste, dass sie die ganze Zeit mit einem Fremden gesprochen und zeitweise sogar unter einem Dach gelebt hat, würde sie total ausflippen. Und wenn sie dann noch rausfände, wo ich die ganze Zeit gefangen gehalten worden bin, würde sie mich für den Rest meines Lebens zu Hause einsperren. Oder zumindest mit uns nach Malaysia gehen.«

»Gott bewahre!«, rief Annika und alle lachten.

»Schade, dass es so weit weg ist«, warf Suri ein.

»Ihr könnt uns in den Semesterferien ja mal besuchen kommen?«

»Das machen wir!«

»Los, ein kleiner Schwur.« Die acht lehnten sich nach vorn und legten die Hände übereinander. »Wir versprechen feierlich, dass wir uns nie mehr aus den Augen verlieren werden, egal wohin unsere Wege uns führen.«

»So sei es!«, stimmten alle mit ein.

»Und jetzt lasst uns was essen. Ich weiß ja nicht, wie es euch geht, aber ich habe einen Bärenhunger.« Kayne stürzte sich auf die Sandwiches. Zwischen zwei Bissen wandte er sich an Emily: »Stimmt es eigentlich, dass du Telos zerstört hast?«

Emily nickte. »Ich habe den Godkey genutzt, um die Roboter alle Teile und Maschinen ausbauen zu lassen, die auf der Erde gut gebraucht werden können. Aber danach habe ich Telos zerstört. Ich habe lange überlegt, aber ich denke, so ein Ort sollte nicht existieren. Entweder gehen wir alle gemeinsam unter oder wir alle leben. Wenn es so was wie Telos gibt, wird irgendein Teil der Menschheit sich nicht verpflichtet fühlen, am gleichen Strang wie alle anderen zu ziehen.«

»Ich verstehe, was du meinst.« Kayne biss vom Sandwich ab und zog mit dem anderen Arm Annika näher an sich heran, während sich Emily an Bens Schulter kuschelte und mit ihm gemeinsam aufs Meer blickte.

Eine frische Brise wehte über sie hinweg und Emily konnte es förmlich auf der Haut spüren: das Gefühl eines Neuanfangs und die grenzenlose Hoffnung, die für sie alle damit verbunden war.

KOMMENTAR VON PETER FARRELL

Fünf Jahre ist es jetzt her, dass die *Big Three* mit der Hilfe von Schülern und Schülerinnen der Arcadia Academy, deren Namen wir aus Datenschutzgründen weiterhin geheim halten, die Welt veränderten. Sie brachten ans Licht, dass der ehemalige Schulleiter Professor Dr. Thomas Chase, der bei einem tragischen Unfall ums Leben kam, Technologien zurückhielt, die geholfen hätten, das Fortschreiten der Klimakrise zu verlangsamen. Dennoch muss man sich die Frage stellen, was passiert wäre, hätte die Menschheit zu einem früheren Zeitpunkt über diese Technologien verfügt. Wahrscheinlich wäre es darauf hinausgelaufen, dass die Ressourcenausbeutung nur in noch größerem Stile stattgefunden hätte, weil man sich auf den Schutz der Technik verlassen hätte.

Nachdem die *Big Three* einwilligten, überall auf der Welt effektive CO_2-Filter einzusetzen und Technologien wie Entsalzungsanlagen für Meerwasser sowie Geo-Engineering zur Einflussnahme auf das Wetter zu nutzen, hat sich der rapide Temperaturanstieg verlangsamt. Doch wie die Langzeitfolgen dieser Art von Geo-Engineering aussehen werden, bleibt abzuwarten.

Bedeutsam waren die zeitgleiche Abschaffung des Kapitalismus und die Umstrukturierung sämtlicher Produktionslinien im Sinne einer Circular Economy.

Vor sechs Tagen wurde nun weltweit demokratisch darüber abgestimmt, ob dieser Kurs beibehalten werden soll. Erste Hochrechnungen deuten darauf hin, dass die Mehrheit der Menschen eine Fortführung befürwortet, da sich ihre Lebensqualität deutlich verbessert hat, seit sie der Konsumspirale entkommen sind. Vermutlich wird uns die Kreislaufwirtschaft also noch erhalten bleiben, während die Einflussnahme durch die Synths mit integriertem Emotrax, die derzeit noch über unsere täglichen Bedürfnisse entscheiden, in den nächsten Jahren abnehmen soll.

Die Menschheit ist, was die Klimakrise angeht, noch lange nicht über den Berg. Aber zumindest befinden wir uns auf einem guten Weg.

Auszug aus dem »Daily Star«,
Donnerstag, 13. Januar 2056

DANKSAGUNGEN

Ein großes Dankeschön geht wie immer an meine Familie, insbesondere an meine Tochter und meinen Mann für die Entbehrungen und die Unterstützung.

Ein ganz besonderer Dank geht an den cbj-Verlag, allen voran an meine Lektorin Martina Patzer sowie an meine Agentin Gerlinde Moorkamp (Literarische Agentur Silke Weniger). Eure Hilfe ist von unschätzbarem Wert.

Ein weiteres Dankeschön geht an Sonja Rüther – deine Anmerkungen haben geholfen, das Buch zu dem zu machen, was es jetzt ist.

Vielen Dank an Lina Joswig fürs Führen des Arcadia-Fan-Accounts @arcadia_fp bei Instagram, an Stefanie Früh, Vera (Europeantravelgirl), Klara Gutschmidt und all die Bloggerinnen und Blogger, die mich so tatkräftig unterstützen.

Danke an Florence für die französische Korrektur und Patrick Reuter von XXXLutz Brügge Neumünster dafür, dass ich meine Autorenfotos bei euch machen durfte.

Mein größter Dank gilt euch Leserinnen und Lesern, da ihr mich, Emily und Ben auf der Reise begleitet habt. Wenn ihr mögt, vernetzt euch mit mir auf Instagram *@yasmindreyer* oder auf TikTok unter *@yasmindreyer*. Ich freue mich über jeden Kontakt!

Yasmin Dreyer glaubte mit zehn Jahren, also 1990, fest daran, dass sie mal Detektivin werden würde. Oder Archäologin. Oder Perlentaucherin. Auf jeden Fall jemand, der viele Geschichten erzählen könnte. Ob von Kriminalfällen, Ausgrabungen oder Schatzsuchen, da wollte sie sich nicht festlegen. Später, nach einem Ausreißer zum Fernsehen, wurde ihr klar, dass sie sich nie hatte auf etwas festlegen müssen, weil die Magie der Buchstaben alles miteinander vereinen kann. Heute lebt sie in Niedersachsen und liebt es, auf dem Papier alles erzählen und sein zu können, was sie möchte.

Von Yasmin Dreyer ist bei cbj erschienen:

Arcadia – Die Auserwählten (Band 1: 16664)